本书为鞍山师范学院 2023 年度校级科学研究项目（第二批）"晚清时期报刊小说的传播研究"的研究成果，立项编号为"23b26"。

晚清时期报刊小说的
新闻化研究

李 南◎著

长 春 出 版 社

全国百佳图书出版单位

图书在版编目（CIP）数据

晚清时期报刊小说的新闻化研究 / 李南著. —长春:
长春出版社，2023.10
ISBN 978-7-5445-7224-8

Ⅰ.①晚… Ⅱ.①李… Ⅲ.①古典小说–小说研究–
中国–清后期 Ⅳ.①I207.41

中国国家版本馆 CIP 数据核字(2023)第 213787 号

晚清时期报刊小说的新闻化研究

著　　者　李　南
责任编辑　孙振波
封面设计　张　合

出版发行　长春出版社
总 编 室　0431–88563443
市场营销　0431–88561180
网络营销　0431–88587345
地　　址　吉林省长春市长春大街309号
邮　　编　130041
网　　址　www.cccbs.net

制　　版　荣辉图文
印　　刷　三河市华东印刷有限公司

开　　本　710毫米×1000毫米　1/16
字　　数　244千字
印　　张　14.25
版　　次　2023年10月第1版
印　　次　2024年1月第1次印刷
定　　价　78.00元

目　录

绪　论

　　小说在中国有着悠久的历史，曾出现过诸如《三国演义》《水浒传》《金瓶梅》《儒林外史》《红楼梦》《聊斋志异》等文学名著。然而小说作为一种在人们的文学观念中能与诗歌、散文并驾齐驱的文学样式，作为在中国文学史上占有举足轻重地位的文学形式，并且能够以自己丰富的理论建树和创作实绩成为文学研究者注目的重心，却是从 19 世纪末 20 世纪初的晚清时期才真正开始的。正如阿英所说："在中国小说史上，有两个时期是最突出的。一是唐朝的传奇小说，二是晚清小说。这两个时期小说的特点，就是全面地反映了当时政治、经济以及社会生活情况，和产生于当时政治、经济制度急剧变化基础上的各种不同的思想。"① 晚清时期，在外敌入侵，社会转型，中西文化与文学大冲撞、大交流、大融会的背景下，小说不但在创作出版的数量上呈现出繁荣局面，"1902—1910 年间，文学类书籍占商务印书馆出版图书的 85.9%，所谓文学书，绝大部分为小说"②；而且从艺术上"开始发生近乎地覆天翻的变化，开始由古典形态向现代形态转换、发展，由幼稚不断走向成熟，为未来中国小说艺术更深入发展奠定了深厚的基础"③。20 世纪 80 年代，"20 世纪中国文学"概念的提出，使中国现代文学史的发生与开端有了新的表述，晚清小说得以进入中国现代文学的研究视野。

---

　　① 阿英. 说小说 [M]. 上海：上海古籍出版社，2000：90.

　　② 陈平原. 二十世纪中国小说史（1897—1916）[M]. 北京：北京大学出版社，1989：88 – 89.

　　③ 季桂起. 中国小说体式的现代转型与流变 [M]. 济南：山东大学出版社，2003：01.

一、概念界定与研究范围

"小说新闻化"现象自然涉及文学与新闻学两个学科范畴。要想对晚清时期"小说新闻化"现象做出正确而全面的认识，先要从两个学科领域分别对小说、新闻的本质特征给予简要的说明，再讨论"小说新闻化"的定义。小说与新闻分属不同的学科领域，各有其本质属性和价值追求。总体说来，小说以人为本，以形象为特质，以审美为追求，可以兼容各种文学表现手法，使人物形象、故事情节以及环境描写鲜明而生动，完整而具体，令读者阅读后荡气回肠；它还富于情感化，可以直接叩开读者的心扉。而新闻和人类生活息息相关，每时每刻都在发生，"新闻的洪流奔腾不息，人人都能感受到它的冲击"①。新闻以事为主，以真实为特质，以时效性为追求。晚清时期是近代报刊新闻的成长期，各种文体之间边界不清，因此本书讨论的"新闻"是就广义而言。小说与新闻在精神文化领域中各归其类、各有分工，小说不能代替新闻，新闻也不能代替小说，这是有关小说和新闻保持独立特征的基本原则问题。然而，值得关注的是，世界上并不存在互相绝对隔绝、纯而又纯的事物。在某些特定的历史时期，小说与新闻在文本建构及传播方式上相互借鉴，并逐渐走近对方。以我国晚清时期为例，伴随近代报刊的兴起，小说的传播载体发生了巨大变化，小说作为报刊不可或缺的组成部分，随报刊的发展而发展。据统计，晚清时期（1840—1911）报刊登载的国人创作小说"共有 1167 篇（部），占这一时期总小说作品数量的 63.08%"②。这些小说以报刊为载体传播四方，同时受到报刊版面的制约及新闻文本的影响，兼具文学和新闻的双重属性。本文将对这一时期的 1000 多篇刊载在报纸杂志上的国人自创小说展开研究。

要对晚清时期报刊小说的新闻化现象进行系统化、科学化的考查论述，必须先对"小说新闻化"这一概念有准确的把握与合理认识。关于"小说新闻化"的概念，目前学界还没有一个明确的定位，很多学者都是在具体的文本分

---

① 米切尔·斯蒂芬斯. 新闻的历史 [M]. 陈继静，译. 北京：北京大学出版社，2016：01.

② 郭浩帆. 清末民初小说与报刊业之关系探略 [J]. 文史哲，2004（03）：46.

析中对其进行阐释的。郭光华认为："因为新闻本身具有一种不容置疑的严肃性，所以小说新闻化即小说借助新闻语言来实现小说的真实性。"① 张立认为，小说新闻化是当前媒体文化语境中，小说文体在发展中显现的新态势。王金胜在研究中发现，"由于新闻话语对文学话语的渗透，新世纪小说普遍存在新闻化风格"②，但是没有明确指出"新闻化风格"的具体呈现形式。邱艳认为：80 年代后期以来，小说的新闻性特征呈现出两种状况，一是较为严格遵守新闻几大要素，在内容上不追求传奇性和虚构性，回归到日常生活中。第二种只侧重新闻的客观性和真实性两大特征。③ 易红丹将新世纪的纪实小说与小说"新闻化"之间的异同性进行了比较，在此基础上提出："新世纪小说新闻化倾向是小说作品由于受到新闻传媒的影响所呈现出的纪实性、消费性与时尚性等特征的文学现象。"④ 上述学者均以 20 世纪 90 年代以来的小说作品为研究对象，对小说"新闻化"进行探讨，尽管对小说"新闻化"倾向没有明确的定义和指向，但各有一定的见解和可取之处。故本书在前人研究的基础上经过自己的研究思考，认为"小说新闻化"是指小说以文学化为基本旨归，由原来的纯虚构向非虚构转化，在创作上吸取新闻写作的特点，以新闻价值中的客观性、纪实性、时效性作为参照，把刻意求真当作一种叙事策略，反映社会现实、传递信息、批判社会、引导舆论，语言简洁、直白、清晰，呈现新闻报道所具有的品质特征。

二、研究的缘起

清朝统治的末期，是近代中国半殖民地半封建社会的形成时期，也是中国社会、中国文化剧烈动荡、深刻变革的时期。中国近代新闻业的兴起与发展，传媒市场的形成，外敌入侵，晚清政府对社会重大新闻信息的管控与封锁，小说作家的爱国思想的积聚和丰富的新闻从业经历等都对这一时期的小说创作产生了重要影响。在"小说界革命"的倡导下，小说以其特殊的文体优势得以进

① 郭光华. 小说新闻化及其美学倾向 [J]. 中国文学研究，1989（04）：74.

② 王金胜. 新世纪小说的新闻化叙事批判 [J]. 东方论坛，2008（03）：70.

③ 邱艳. 当代小说的新闻性倾向分析 [J]. 文学教育，2013（09）：29.

④ 易红丹. 新世纪小说"新闻化"倾向研究 [D]. 长沙：湖南师范大学，2017：11.

晚清时期报刊小说的新闻化研究

入知识分子的视野，成为其"新民"的手段。小说搭载新闻报刊这一快车，不但数量规模上呈现出繁荣局面，扩大了社会影响力，而且其自身被纳入报刊这一有机体，从内容到形态均受到规约，表现出异于传统文学的新形态：以传统的形式、通俗的语言、崭新的时事内容，补新闻之缺，呈现出新闻化的特征。本书拟以晚清报刊小说为主要研究对象，从新闻化的视角入手，对晚清小说新闻化这一文学现象进行过程性、深入性的全景式考察。新闻化视角，不失为晚清小说研究的一条具有可行性的研究路径。

（一）小说的新闻化呈现是晚清小说繁荣的重要体现

晚清末世，社会动荡、朝廷腐败，随着列强对中华民族的侵略，在国家存亡的关头，国人民族意识迅速崛起，觉醒的国人在"小说界革命"的时代呼声中纷纷投入文学创作，把握时代脉搏、紧贴现实生活，以小说为武器，以生动形象的故事展现关乎国计民生的重大事件，暴露社会的黑暗与吏治的腐败，建构国家民族想象，鲜明地提出救国救亡的有效途径。大量的小说呈现在民众面前，据阿英统计，含翻译小说在内，"晚清小说数量达到 2000 篇（部）"①。首先，这些小说大量取材于新闻，将真实的事件，诸如中法战争、拒约运动、秋瑾女士被害、资产阶级武装起义等演绎成一个个新闻故事。这些新闻事件一部分成为小说情节的有机组成部分，"所选轶闻便围绕在重大历史事件的周围，成了新闻背后的故事"②，还有一部分甚至成为小说的主要情节，相关人物也进而成为小说的主角。《孽海花》在情节设计上几乎涵盖了这一时期的重大历史事件及俄国复据东三省等相关的新闻话题。晚清小说如新闻报道一样，不仅仅描写新闻事件中"崭新"的事实，而且较注重所写内容将给人们带来的信息的分量。由于封建统治者对民间舆论管控森严，因此这些信息很难为广大读者所知，大量具有新特质的新闻信息构成了晚清知识分子建构民族国家危亡图景的一部分，是小说新闻性的凸显，也是晚清新小说区别于古代小说的重要特点之一。其次，众多晚清的时代风云人物成为小说的主角和配角。晚清小说不但内容涉及的范围广，从山东到山西，从西藏到杭州；而且涉及众多历史人物，

---

① 阿英. 说小说 [M]. 上海：上海古籍出版社，2000：90.

② 郭亮亮. 新闻与小说文体的现代转型：以《孽海花》为例 [J]. 殷都学刊，2014（04）：55.

其中从封建政府最高统治者到官场要员,从维新派代表、革命志士到医、卜、星相等三教九流,凡是当时的新闻人物,《劫余灰》《地方自治》《立宪万岁》等小说都有提及。晚清小说大量写真人真事,融名人轶事入小说,既增加了小说的真实感,又增添了小说的无穷魅力。再次,这些晚清小说有意描写新近发生的事实,注重时效性,往往是刚刚有一件轰动社会的事件发生后,小说就会有所反映。这些晚清小说满足了社会希望获得信息,并且详尽获得新闻的要求。满足了某些读者较为及时地获得新闻的要求,一经问世就产生了较大的社会影响。而且它们从题材内容、结构形态、社会功能等方面呈现出新闻化的特征,小说成为新闻外的新闻。

从古至今,任何一种文体的产生或者发生变革,都与社会中与之相联系的诸多要素关系密切。也就是说每一种文体的产生和嬗变都不是偶然的,其必定是多种因素共同作用的结果。清中叶,中国传统小说已达到登峰造极的鼎盛状态,但是晚清报刊小说并没有沿着中国传统小说所开创的艺术道路前进,反而另辟蹊径,是什么推动着晚清报刊小说向新闻靠拢,其文体嬗变的背后有着什么样的深层原因?小说的新闻化现象是否为这一时期独有的文学现象?在中国文学发展史上,是否出现过类似的文学现象?大量小说在晚清的最后十五年集中涌现出来,引发世人关注,但是这个时期却没有集中出现类似中国古典四大名著那样流传千古的小说精品,其中多数仅仅是昙花一现。这跟小说的新闻化特征有着怎样的关系?这些都是我们在进行晚清小说研究中不可回避的问题,也是亟待解决的问题。

(二) 晚清时期新闻业的繁兴对小说的面貌特征产生了重要的影响

首先,创作小说的数量随近代报刊的发展而发展。"一种文体的选择与创造主要取决于时代传播媒体与传播方式。"[1] 晚清时期,伴随近代报刊的兴起,小说以报刊为主要载体传播向四方。据统计,晚清时期(1840—1911)报刊登载的国人自创小说"共有 1167 篇 (部),占这一时期小说总作品数量的 63.08%"[2],具体如表 1:

---

① 周海波. 现代传媒视野中的中国现代文学 [M]. 北京:商务印书馆,2008:276.

② 郭浩帆. 清末民初小说与报刊业之关系探略 [J]. 文史哲,2004 (03):46.

表1 晚清时期 (1840—1911) 报刊登载国人自创小说统计表

时间	创作小说数量	报刊刊载数量	刊载率%	时间	创作小说数量	报刊刊载数量	刊载率%
1840—1891	63	1	1.6	1902	21	15	71
1892	6	3	50	1903	73	57	78
1893	8	0	0	1904	96	78	81
1894	10	0	0	1905	85	59	69
1895	9	1	11	1906	155	96	62
1896	2	0	0	1907	224	170	76
1897	22	11	50	1908	297	212	71
1898	5	1	20	1909	265	165	63
1899	15	2	13	1910	247	172	70
1900	12	2	17	1911	197	92	47
1901	38	30	79				
合计	190	51	26.8	合计	1660	1116	67.2
总计	创作小说数量	1850	报刊刊载数量	1167	刊载率%	63.08	

在鸦片战争到甲午海战期间，中国近代新闻业在外报的引领下起步，中文报刊数量有限，小说数量少，与新闻混编在新闻报纸中，而且以传统小说为主。在维新运动的推动下，民间报刊大量涌现，小说数量随之而增加。1898年后随着维新运动的失败，大量宣传革新思想的民间报刊被镇压，小说的数量也随之而减少，报刊刊载的国人自创小说仅出现1篇。20世纪初，流亡海外的梁启超等精英知识分子继续探索救国救民之路，在海外竞相创办旨在"新民"的中文报刊。伴随资产阶级革命运动的兴起，以报刊为载体的革命宣传和政治思想论战，进一步推动了报刊业的发展，1905年至1911年中国近代新闻业进入繁盛发展期。1902年在"小说界革命"的感召下，具有爱国主义思想的各路知识精英纷纷响应，将小说创作、报刊出版与"新民救国"思想统一起来，报刊的数量和种类大幅度提升，以《新小说》《月月小说》《小说林》等为代表的文艺期刊大量涌向市场，"综合性杂志甚至理科类杂志登载小说也成为一时风气"①，

---

① 郭浩帆. 清末民初小说与报刊业之关系探略 [J]. 文史哲，2004 (03)：47.

迥异于传统小说的国人自创新小说如雨后春笋般涌现，至 1908 年达到创作数量的最高点。在晚清最后五年，伴随近代新闻业的兴旺以及报刊对小说的提倡和刊载传播，国人自创小说数量达到 1230 篇（部），其中报刊刊载 811 篇（部），占小说作品数量的 65.9%。

其次，晚清报刊小说以报刊为载体传播四方，同时具有文学和新闻的双重属性。鸦片战争结束后，一批旨在奴化中国人心、占领中国市场、掠夺中国财富的外国中文商业性报刊逐渐发展起来。至 19 世纪 90 年代，上海发展成为我国近代报业的中心。而西方侵略者的根本目的是要打开中国的大门，占有市场，实现利益攫取的最大化，他们的商业性报刊彼此展开了激烈的市场竞争。当时中国近代商业性报刊刚刚起步，各大报馆都没有专门的访员，加之电报发稿成本很高，制约了这些商业性大报刊载的新闻量。如早期《申报》采用西方近代报纸的规格和排版形式，但是一期只能刊载几条新闻，根本无法填满报纸版面，迫切需要其他文本来进行填补，以吸引受众。另外，受到近代西方商业性报刊办刊理念的影响，以英国商人美查、美国商人福开森为代表的外报编辑者拥有一定的受众意识，为了报纸能够在广大文人之间打开销路，他们倡导大量刊载文艺作品，尤其是老少皆宜的小说。由于近代报刊在中国大地刚刚兴起，编辑出版业务尚处于探索期，因此这些小说均出现在报纸的社会新闻版面内，成为报纸文体的一部分。这些小说篇幅短小，虽为文言，但承载社会逸闻趣事，内容浅显易懂，随报纸传播，时效性增强，新闻元素凸显。有时让人分不清究竟哪篇是新闻，哪篇是小说。这些为补白版面而出现的报刊小说所呈现的新闻化状态是一种非自觉的新闻化状态，但是它从露面之时就已经成为报纸不可或缺的一部分，从版面编排到字符规模，都要受到报纸的制约。同时报纸扩大了小说的传播范围，加速了小说的传播时效，提升了小说的社会地位，也为小说新闻化的自觉埋下了伏笔。

在外报的引领和刺激下，同时也为了打破外报的舆论垄断地位，进一步掌握话语权，19 世纪六七十年代，国人开始尝试自己创办报刊。艾小梅、王韬等人在香港、汉口、广州等地创办了国人自办报刊。其中王韬创办的《循环日报》产生的社会影响力最大。随着外敌入侵，封建政府的政治威慑力减弱，社会转型、城市建设、工业发展、商业往来频繁等带来了逐渐趋于完备的新的社会体系，为新闻传播业大踏步发展奠定了基础。甲午战争后，一方面，主张变法维新的资产阶级改良派正式登上了中国的政治舞台，维新变法迅速发展成为一股汹涌的社会思潮，维新运动席卷神州大地。另一方面，清政府意识到像洋务运动那样仅学习西方技术已经行不通，唯有变法自强，才是国家安危之命脉。于是，在晚清政府激进派的鼓励和支持下，一部分民办报刊发展起来。这些国人自办的报刊不仅在外报基地发展（外报绝大部分是在上海、天津、广州、香港等沿海城市），还深入江苏、北京、四川、安徽、湖南、广西等省。19世纪90年代中期至20世纪初，随着资产阶级维新派和资产阶级革命派轰轰烈烈的政治运动，国人自办民间报刊出现了两次高潮，报刊的数量、种类进一步提升，传播范围进一步扩大，民族报刊打破了外报的垄断地位，成为中国舆论的中心。报刊的大众化程度得以提高，报人的社会地位也得以改善，资产阶级维新派和革命派均以报刊和学会为核心，形成了公共交往和公众舆论的基本空间。值得关注的是，在两次国人办报高潮中，一些文艺期刊和通俗小报发展繁荣起来，尤其是20世纪初，小说期刊大量出现。这些报纸和期刊不但大量刊载小说，还大量刊载新小说理论，将晚清小说的新闻化创作推向高潮。同时，晚清小说以报纸杂志为主要载体进行传播。这一时期，作为报刊版面重要组成部分的小说，在新闻业务的全面提升中受到新闻界的规约和影响，越来越向新闻靠拢。凸显题材和内容的真实，强调时效性，讲求语言的通俗直白，呈现出新闻化的倾向。伴随报刊的定期发行，尤其是日报的出版，长篇小说创作和刊载发表的周期明显缩短，短篇新小说应时而生。1904年，《时报》刊载了《黑夜旅行》《火车客》等9篇短篇小说。1905年，文艺期刊《月月小说》刊载了吴趼人的关于立宪的系列短篇小说。1906年，《新闻报》刊出了《双义传》《女间谍》《钻石串》《鸿印记》《炸烈弹》等5篇短篇小说。还有《神州日报》于1907年推出了《火！火！火！》《狮子吼》《做好事》等5篇短篇小说，《申报》也在同年推出了《人面兽》《滑头大会》《献土地》《寿头大会》《拆字谈》《剿匪》《铁路》等短篇小说。这些短篇小说不但取材社会时事，而且篇幅短小，往往一期就能刊完，随日报和文艺期刊出版，反映现实的时效性显著增强，比起长篇连载小说，更有新闻的味道。

可见，近代新闻业的发展、传媒的市场化等都使得处于转型期的晚清小说同时具有文学和新闻的双重属性。近代新闻业的繁兴究竟对晚清小说的生产、创作方式、外在形态、社会功能的发挥等产生了多大的影响？在特定的历史时期，小说与新闻的关系究竟如何？这都是我们在对晚清小说的研究中亟待深入探讨的问题。而单纯从文学视角看待和研究晚清小说，无法呈现其全面而真实的面貌。"小说新闻化"现象自然涉及文学与新闻学两个学科范畴。要想对晚清时期"小说新闻化"现象做出正确而全面的认识，需要从历史的维度，基于小说与新闻相关联的大背景进行整体审视。本书从新闻化的视角入手研究晚清小说，将新闻学、传播学和文学研究紧密结合起来，对晚清报刊小说的历史地位以及价值进行更加全面而客观的评估。

（三）晚清时期创作主体职业身份的转变和社会地位的提升，对小说创作产生重要影响

创作主体直接决定小说的风貌。如前所述，大量的小说在晚清的最后十五年间集中涌现，引发世人关注。但是这个时期却没有集中出现类似中国古典四大名著那样流传千古的小说精品，其中多数仅仅是昙花一现。究其原因，除了小说搭载的传播载体因素外，小说的倡导者及创作主体的特殊职业身份对小说风貌的影响，也是我们在晚清小说的研究中需要进一步去探索的内容。晚清报刊小说作者王韬、梁启超、李伯元、吴趼人、刘鹗、曾朴、黄小配、陆士谔、陈景韩等人因《官场现形记》《二十年目睹之怪现状》《痛史》《九命奇冤》《老残游记》《孽海花》《大马扁》等小说而青史留名。他们既是社会赫赫有名的文人、小说作者，同时也从事新闻采编活动，办报打工，又自当老板，是思想、业务、管理素质均高超的全能报人。在晚清风起云涌、复杂多变的社会环境中，他们所经营、主编的几份报刊，在当时的新闻出版业中有着鲜明的特色。虽然他们的小说家的身份盖过了报人的身份，但实际上他们的新闻活动先于文学活动展开，并且他们将人生最宝贵的年华奉献给了中国的近代报业，他们的文学创作之路和他们的报业活动经历有着千丝万缕的联系，彼此之间相辅相成，互为影响。

清末外敌入侵，洋务运动失败，国内各种矛盾交织，封建统治日渐式微，综合国力在大量的赔款中日益衰落，亡国灭种的忧虑席卷精英知识分子阶层，宣传爱国主义思想，挽救民族危亡成为这一阶层的共识。面对晚清政府的腐朽统治和严格的信息封锁，以严复、梁启超、谭嗣同、王韬、吴趼人、黄小配等为代表的知识精英开始探索新的救国救民途径。在外报实践的开启和西方文化思想的引导下，他们发现用报纸宣传要比著书立说快得多，而且更有时效性。

于是他们纷纷踏足新闻业，尝试创办报刊，阐述自己的政治观点，向民众传播民族危亡和寻求救国救民之路的观点、信息。资产阶级报人王韬创办《循环日报》，每天在报上发表一篇政论文章，仅 1874 年至 1884 年的十年间，此类文章即有九百篇以上。资产阶级维新派和资产阶级革命派在宣传政治主张的时候，走的均是"爱国立言"之路，而不是在外报的引领下走商业报刊这条道路。在两次国人办报高潮中，政论报刊占据主流。由于长时间在新闻界摸爬滚打，梁启超、黄小配、陆士谔、陈景韩等人熟悉新闻业的运作规律，常常根据社会变化和民众需求来进行报刊经营和管理，他们所创办的报刊有明确的宗旨和市场定位，而且还通过适当的方法和途径，如重大政治军事事件的跟踪报道，或者举办夺花魁大赛等来提高报刊的销量和影响力，展现出他们作为新闻从业者、经营者的良好素质。

19 世纪末维新运动的失败，迫使倡导政论报刊立言救国主张的新型知识分子认真反思救国救民的宣传路径和有效的宣传方式，而唤起沉默民众的爱国热情和民族情感是当务之急。在"小说界革命"的呼声中，小说以其特殊的文体优势和社会功用优势得以进入知识分子的视野，成为其"新民"的手段。具有新闻职业经历，身兼报刊编辑家、新闻出版家、新闻记者与小说创作者等多重身份的创作主体大多依靠市场安身立命，他们的爱国思想与报国之志，职业身份与新闻素养等直接决定了其大量借鉴新闻资源创作和传播小说，呈现新近一段时间发生的政治军事事件，反映外族入侵、国难当头时民众的反抗以及民生疾苦，小说不但生动演绎新闻故事，而且承载知识分子救国救民的观点，立场鲜明，态度坚决，针砭时弊，揭露讽刺，引导舆论。他们通过新闻与小说两种传播方式在历史真实与故事虚构之间完成了对民族国家的文学想象，进一步实现了自己"办报立言"的文化使命，同时使得这一时期小说的取材、创作方式、叙事模式、传播渠道、社会功能等都呈现新闻化的特征。

目前，关于晚清时期的报刊小说作家以及这一时期以报纸和杂志为主要传播载体的小说的研究成果很多，研究范围也很广，但大多研究者都立足于小说创作者的创作思想、创作内容以及传媒市场化等角度展开研究，真正从小说的"新闻化"的视角进行研究的成果很少。晚清时期具有多重身份的小说创作主体在社会转型期具有怎样的文化心态？在新闻真实与小说虚构之间，报刊小说的生产机制是怎样的？这些问题都是亟须回答的。

综上所述，晚清末世，社会动荡、朝廷腐败，在国家存亡关头，一部分觉醒的国人在"小说界革命"的时代呼声中纷纷创作小说。小说以其特殊的文体优势得以进入知识分子的视野，并搭载新闻报刊这一快车，不但从数量规模上呈现出繁荣局面，而且其自身被纳入新闻业这一有机体，与报刊新闻建立起密切的联系，从内容到形态均受到新闻报刊的规约，表现出异于传统文学的新形态，呈现出新闻化的特征。虽然 21 世纪初期，很多学者关于晚清小说的研究硕果累累，但是从目前笔者收集的资料和掌握的情况来看，对于晚清报刊小说的研究还需要进一步深入。

三、研究综述

从以往视小说为小道的文学观念到晚清推小说为文学的首要代表，从梁启超倡导的"小说界革命"到晚清报刊小说的风起云涌，晚清小说形成了中国小说史上一个极为特殊的时代。晚清报刊小说的兴盛，是晚清文学勃兴的重要代表。这一时期的小说无论是观念、形态，还是题材内容、传播方式等，都与以往不同。而且，大量的小说在晚清的最后十五年集中涌现，引发世人的关注。20 世纪 80 年代"20 世纪中国文学"概念的提出，将中国现代文学史的开端在历史的长河中向前推进，晚清报刊小说得以进入中国现代文学的研究视野。自20 世纪 90 年代以来，学者对晚清文学的研究，呈现出繁荣局面。

（一）以新闻化或新闻性为视角，对晚清小说进行研究

截至目前，立足于文学与新闻学两个学科的交叉、融合，从新闻化或新闻性的研究视角出发，直接对晚清报刊小说进行研究的成果较少，有教材一部，博士论文的一个章节，期刊论文三篇。严家炎的《二十世纪中国文学史》认为晚清小说的兴盛，与中国在 19 世纪末 20 世纪初的工业化和都市化的进程中，印刷技术与传播媒介发生巨大的变革有密切联系。而晚清的政治运动尤其是"小说界革命"运动则直接推动了晚清小说的繁荣，使大量的小说期刊涌现。严本文学史认为，"泛政治化是晚清小说区别于传统小说的特征之一"[1]，谴责小说作为这一时期"舆论监管工具的代表，其与时事相连，向新闻靠拢，对黑

---

① 严家炎. 二十世纪中国文学史 [M]. 北京：高等教育出版社，2011：71.

暗现实的揭露与鞭挞对后世文学产生了广泛影响"①。严本文学史仅以谴责小说为代表，从宏观上概括阐述谴责小说所呈现的新闻化特征，未谈及其他晚清报刊小说的新闻化特征，未深入分析晚清报刊小说新闻化特征产生的原因及影响。方晓红的博士论文就晚清报刊和小说的关系进行研究，该论文第七章指出，"报刊载体和晚清小说家的报人身份对晚清小说产生的直接影响是使晚清小说体现出新闻特性"②。这种特性主要表现为小说"直接取材社会轶闻趣事，再现事实、暴露黑暗，自觉承担批评社会的责任，具有明显的时效性"③。这种观点印证了本论文从新闻化视角研究晚清报刊小说的可行性，并为本文全面而深入研究提供了基础和思路。但是该章节的研究多从题材内容和社会功能两个方面展开对晚清小说新闻性的论述，而且在文本内容所表现出的新闻性的论述中作者侧重于对新闻和文学的差异性的比较，缺少对晚清小说文本的全面分析；在社会功能所表现出的新闻性的论述中，作者侧重于分析这一时期谴责小说鞭笞丑恶以实现改造社会的目的，认为"小说与政治的过分接近既促使这一时期的小说对于'传播观点、舆论监督'的早期新闻报业观的认同，同时也导致小说的急功近利，使自身所持有的特性被忽视"④。在论述中，作者缺少对晚清小说文本的系统分析，未能结合清末的重大事件阐述晚清小说进行舆论监督的内容、过程和产生的社会效果。从整体上看，该研究仅将小说的新闻性作为小说与晚清报刊关系的集中体现来进行阐述，并未紧密结合刊载在报刊上的新闻的文本特征与小说的文本特征进行比较分析，未从晚清小说的题材内容、结构形态、表现手法等方面所呈现的新闻化特征进行全面而深入的分析。

在期刊论文中，龙桥波在《近代新闻何以要让位于小说——浅析近代小说"新闻化"的客观必然性》中着眼于对晚清小说走上"新闻化道路"的原因进行分析，认为"近代小说是在替代新闻充当舆论工具这一过程中，逐渐形成了

---

① 严家炎. 二十世纪中国文学史 [M]. 北京：高等教育出版社，2011：78.

② 方晓红. 晚清小说与晚清报刊发展的关系研究 [D]. 南京：南京师范大学，2000：205.

③ 方晓红. 晚清小说与晚清报刊发展的关系研究 [D]. 南京：南京师范大学，2000：208.

④ 方晓红. 晚清小说与晚清报刊发展的关系研究 [D]. 南京：南京师范大学，2000：218.

类同于新闻的特征"①。作者仅仅注意到晚清时期政府严苛的信息封锁和报人小说家职业身份的转变问题，未考虑外敌入侵、民族危亡、西方文化思想涌入以及社会转型、传媒市场化、受众社会角色和身份转变对小说的影响，未能全面分析晚清时期小说新闻化的原因。虽然作者用一句话直接指出"1840 年以来的中国近代小说具有新闻的特征"，但是缺乏对晚清小说所呈现的新闻特征进行全面而详细的论述。纪德君的论文《清末报载小说叙事"新闻性"探究》认为受报刊新媒介的制约与影响，"晚清小说叙事在不同程度上带有报纸的新闻特性，诸如小说叙事的时效性与纪实性、政论倾向、新异趣尚、地域意识等，因而与古代小说相比，报载小说呈现了一种崭新的时代艺术风貌"②。该研究从叙事话语层面，对晚清报刊小说呈现的新闻化叙事特征进行了分析，但未对新闻与小说的关系进行历史性梳理，未从叙事故事层面进行深入分析，缺乏对晚清报刊小说新闻化特征的全面阐述与分析。郭亮亮的论文《新闻与小说文体的现代转型——以〈孽海花〉为例》，通过对《孽海花》的文本细读，认为它"融汇传统轶闻与报刊新闻，是晚清小说与新闻联姻的典范……新闻是促使小说文体现代转型的催化剂，为新小说打通了与现实世界的关联，却也制约了新小说表现人物内在心理的深度，使其无法真正完成小说文体的现代转型"③。受到期刊论文篇幅的制约，该研究未紧密结合与晚清小说共载体的新闻文本的形态特征，从叙事故事层面对小说文本的新闻化特征进行分析。

　　综上所述，从目前笔者收集到的与本书直接相关的资料来看，这些研究成果均指向晚清小说所具有的新闻化特征，进一步印证了本书从新闻化视角研究晚清报刊小说的可行性。这些与本书直接相关的研究成果，基本从叙事话语层面对晚清报刊小说呈现的新闻化叙事特征进行了分析，但是未对新闻与小说的关系进行历史性梳理，缺乏对晚清报刊小说新闻化特征表现的全面阐述，未对晚清报刊小说新闻化的叙事效果及产生的影响进行辩证分析。这说明受到新闻濡染的晚清报刊小说虽得到了评论界的重视，但对其是如何游走在文学性与新

---

①　龙桥波. 近代新闻何以要让位于小说：浅析近代小说"新闻化"的客观必然性 [J]. 大众文艺，2016（21）：31.

②　纪德君. 清末报载小说叙事"新闻性"探究 [J]. 求是学刊，2015（01）：86.

③　郭亮亮. 新闻与小说文体的现代转型：以《孽海花》为例 [J]. 殷都学刊，2014（04）：54.

闻性之间、如何呈现出报刊小说新闻化的结构形态、审美意蕴如何、叙事功能如何等缺乏系统而深入的研究。

（二）以近代新闻业的兴起和发展为研究视角，对晚清报刊小说进行研究

晚清时期，伴随外敌入侵，近代报刊逐渐兴起，在外商的市场化运作和激烈的行业竞争推动下，晚清新闻业逐步建立起来。新闻业的兴起与发展一方面为小说的大众化传播奠定了基础，另一方面作为小说的传播载体，近代新闻业的繁兴对晚清文学的创作方式、外在形态、社会功能等多方面产生了很大的影响。小说兴盛是晚清文学的一大特色。因此，很多学者往往将近代新闻业的兴起和发展作为研究视角，对晚清小说进行研究。认为报刊媒介对晚清小说的产生、发展，地位的提升，风貌的呈现起到推动作用。

在专著方面，丁帆的《中国新文学史》上册第一章提出，晚清小说的繁荣与社会思潮、知识阶层的提倡及晚清新闻期刊业的逐步兴盛密不可分。认为舆情小说作为晚清小说的代表"在晚清价值迷茫、规范失衡之时，有劝百讽一之效"[①]，突出强调了晚清小说的舆论监督功能和社会价值。蒋晓丽在研究中发现，近代大众传媒在近代中国文学现代化过程中扮演了重要角色，其中"小说的兴起与近代大众传媒的繁盛密切相关，小说因大众传媒的特性而变革，无论在形式上还是内容上均打上了大众传媒的烙印。以长篇连载形式发表的纪实性社会小说反映出了新闻的某种特征，是大众传媒对晚清民初小说产生影响的最直接体现……《二十年目睹之怪现状》具有社会新闻综述的纪实作用和认识价值"[②]。作者在论及近代传媒与文学的密切关系时选取了晚清社会小说为主要代表，从宏观上指出其因受到传媒影响所具有的新闻特征，但尚未对晚清小说整体上所呈现的新闻化特征进行关注，未能从微观入手将小说文本与新闻文本进行细化分析，深入阐述小说文本的新闻化呈现。周海波认为，"中国现代文学的研究需要切入现代传播媒体的研究视角，一种文体的选择与创造主要取决于一个时代的审美倾向和传播媒体与传播方式，而一个时代的审美倾向又往往与一定的文化传播媒体和传播方式联系在一起。新闻报刊的成功影响到了文学报刊的创办及小说文体。同新闻报道要求新闻材料的真实可靠一样，晚清小说

---

① 丁帆. 中国新文学史（上）[M]. 北京：高等教育出版社，2013：35.

② 蒋晓丽. 中国近代大众传媒与中国近代文学 [M]. 成都：巴蜀书社，2005：192.

吸收新闻文体的特点，努力向新闻文体接近，试图给读者真实的印象，小说文体又向新闻文体屈服和利用。新闻文体和小说文体由于新闻媒体而在叙事方式上达成了异质同构的关系，小说文体获得了存在的物质基础，呈现出平民化特征"①。晚清时期媒体主要的表现形式就是近代报刊，而近代报刊尤其是近代商业性报刊以信息传播为主营业务，因此"近代报刊业"与"近代新闻业"应归属于同一概念范畴。周海波所提出的"媒体研究视角"也等同于"报刊研究视角"或者"新闻研究视角"，即对中国现代文学的研究应切入"新闻研究视角"，从而验证了本书拟从"新闻化"的视角入手研究晚清报刊小说的可行性。周海波的研究侧重于从宏观上对晚清小说与新闻文体之间的关系进行粗略概述，而未从微观层面系统而深入地研究这一时期报刊小说与新闻文本的异同。晚清时期新闻业的繁兴究竟对晚清小说的创作方式、外在形态、社会功能的发挥等产生了多大的影响等问题，周海波的论著尚未提及。

在论文方面，上海师范大学刘永文的博士学位论文《晚清报刊小说研究》以报刊小说为研究对象，从报刊小说出现的成因、传播方式、日报和期刊小说的发展情况、传播内容和艺术特色等方面详细叙述了晚清报刊小说发展的全貌。该研究从整体上探讨报刊小说的发生、发展及其特点，着重分析了晚清小说如何通过报刊这一新的媒体得到广泛传播的情况，同时报刊传播使"繁复而标准不一"的晚清小说具有了"从随刊随止到按回刊登、短篇小说适合报刊登载、长篇小说常常因报刊连载而残缺不全"②的特色。论文的第七章对晚清报刊小说的艺术特色进行了细致的分析，认为晚清报刊小说是从传统到现代的过渡，第一人称的借鉴、游记体的采纳、倒叙手法的运用以及政治思辨性的体现等都是其异于传统小说的艺术表现。该章第六节特别提到"时事性是晚清报刊小说重要的艺术特色之一"③，认为"小说中写新近发生的事，在晚清是很普遍的事……当时的人们读小说确有忽略美感而重视实录的现象"④。虽然"时

---

①　周海波. 现代传媒视野中的中国现代文学 [M]. 北京：中华书局，2008：276 - 278.

②　刘永文. 晚清报刊小说研究 [D]. 上海：上海师范大学，2004：191 - 214.

③　刘永文. 晚清报刊小说研究 [D]. 上海：上海师范大学，2004：195.

④　刘永文. 晚清报刊小说研究 [D]. 上海：上海师范大学，2004：195 - 197.

事性"是小说"新闻性"的重要体现，但研究者关注的重点是处于文学由近代向现代转型期的晚清报刊小说的过渡性特征，并未明确指出晚清报刊小说所具有的"新闻化"特征，而且仅从艺术分析的角度出发指出晚清小说因报刊载体的影响而具有的时事性特征，并未将之作为其最具有代表性的特征进行全面而细致的考察，未能在小说载体的新闻文本与小说文本的——比对中深入阐述晚清小说文本的新闻化呈现。郭浩帆的《清末民初小说与报刊业之关系探略》详细梳理了 1840—1919 年期间报刊刊载小说的基本脉络，探讨了清末民初小说与报刊业的密切而微妙复杂的关系，认为"在清末，小说与新闻业呈同步发展的态势……清末民初的小说杂志是承载小说和小说理论发表的摇篮"①。该研究以表格和数据的形式呈现小说发展与新闻业之间的关系，其中对晚清时期报刊刊载小说情况的统计具有史料价值，可以作为本文研究的基础资料。该研究侧重于呈现报刊刊载小说情况的纵向发展脉络，重点从宏观上强调小说与报刊发展之间的相互影响，而未从微观层面着眼新闻文体对小说文体的影响。

晚清小说期刊的出现既是这一时期新闻业的重要组成部分，也是晚清文学繁兴的重要体现。20 世纪初四大小说期刊的出现和发展有力推动了晚清小说的发展，提升了小说的地位和社会影响力。李嘉的硕士论文从商业化角度梳理了四大小说期刊兴起和发展的基本脉络，认为"商业化既是晚清小说期刊兴起的原因，同时也是晚清小说期刊兴起的原动力"②。第四章从商业化运营方面整理出与晚清四大小说期刊出版密切相关的书局、售价、告白以及发行等基本情况，具有史料价值。李九华认为"社会政治因素和印刷业、新闻业的发达是晚清小说繁盛的主要原因。报刊登载小说丰富了小说的传播形式，报刊小说的发展带动了小说在其他载体上尤其是文艺期刊上的发展"③。在研究的过程中，经过量化分析，她认为"晚清报刊小说实际上是期刊小说，特别是文艺期刊小说的天地。只占晚清时期 20％数量的文艺期刊却有效推动了晚清小说的繁荣"④。

---

① 郭浩帆. 清末民初小说与报刊业之关系探略 [J]. 文史哲，2004 (03)：45.

② 李嘉. 晚清小说期刊的商业化倾向研究 [D]. 南昌：南昌大学，2012：32.

③ 李九华. 论晚清文艺期刊与小说繁荣 [J]. 宁夏大学学报（人文社会科学版），2003 (05)：44.

④ 李九华. 论晚清文艺期刊与小说繁荣 [J]. 宁夏大学学报（人文社会科学版），2003 (05)：45.

该研究的量化数据具有史料价值，为本书研究对象的界定提供了借鉴。

综上，近代新闻业的发展、传媒的市场化等都使得处于转型期的晚清小说同时具有文学和新闻的双重属性。很多研究者从近代报刊的发展视角切入对晚清报刊小说的研究，也都注意到了这个问题。但是近代新闻业的繁兴究竟对晚清小说的创作方式、外在形态、社会功能的发挥等产生了多大的影响？晚清报刊小说新闻化特征的呈现是怎样伴随近代新闻业发展而发展的？在特定的历史时期，晚清小说与新闻的关系究竟如何？这些问题都是我们在对晚清小说的深入研究中亟待探讨和解决的问题。

（三）从晚清小说作家的角度切入对晚清报刊小说进行研究

小说的倡导者及创作主体的特殊职业身份对小说风貌的影响是学界在研究晚清小说时一直关注的问题，以晚清小说作家为研究对象的成果不断涌现，它们多集中于报刊小说家报业活动对其小说创作的影响研究，或晚清小说作家的作品特色研究，对本文具有启示和借鉴作用。张中、高峰的著作《插图本中国文学小丛书——李伯元·吴趼人》详细梳理了晚清小说作家李伯元、吴趼人的生平和新闻从业经历，认为二人的"办报活动影响了其小说创作的题材和内容，同时也制约了小说作品的艺术特性"[①]。研究者特别提到，在晚清末期，吴趼人除了创作中长篇小说，还"在《月月小说》上发表了十二篇短篇小说，更加及时地、近距离地反映社会现实"[②]。研究者注意到了吴趼人短篇小说题材内容的及时性和时事性，但是并未深入探究其报业活动经历对小说创作的影响，未能在新闻文本和小说文本的详细比对中探寻吴趼人短篇小说的新闻特色。吕朋的硕士学位论文《晚清四大小说家的报业活动研究》[③]立足于新闻学研究，从新闻史学研究的视角出发对晚清四大小说家的报业活动进行了全面的研究与分析，逐个梳理了李伯元、吴趼人、刘鹗、曾朴的报业活动，明晰了他们辉煌的小说创作成就与其报业活动的紧密联系。吕朋侧重于站在历史的维度还原四大小说家的人生经历与小说创作历程，没有对晚清小说因创作者的报业

---

① 张中，高峰. 插图本中国文学小丛书：李伯元·吴趼人 [M]. 沈阳：春风文艺出版社，1999：70 - 73.

② 张中，高峰. 插图本中国文学小丛书：李伯元·吴趼人 [M]. 沈阳：春风文艺出版社，1999：58 - 59.

③ 吕朋. 晚清四大小说家的报业活动研究 [D]. 青岛：山东大学，2016：05.

经历所呈现的新闻化特征给予关注。祝均宙在论文中梳理了小说家李伯元在《指南报》的经营活动,认为"《指南报》可以说是他走向社会,贴近社会现实,实施人生抱负的阶梯",同时为其小说创作积累了丰富的素材,并举例分析了报载小说《官场现形记》与李伯元新闻从业经历的关系,认为该小说是对其报刊活动中"'批谭风波'的生活素材的客观写照"①。李怀中的论文《李伯元的"游戏笔墨"与报章趣味》介绍了李伯元创办《游戏报》时的社会背景及发展状况,他在研究中发现李伯元的报刊文章如报刊名一样,具有"游戏笔墨"的特色,突出表现在其报刊文章往往"以市井世相为叙述对象""以幽默、戏谑为叙述趣味""以'寓意劝惩'为叙述主旨"②。该研究虽然侧重于李伯元的报业活动经历的叙述,但是也进一步说明其所从事的新闻活动与小说创作相互影响的关系。类似关于晚清报刊小说家的报业活动研究的论文还有很多,这些研究成果将成为本书的研究基础。

可见,目前关于晚清时期的报刊小说作家以及这一时期以报纸和杂志为主要传播载体的小说的研究成果很多,研究范围也很广,但大多数研究者都立足于小说创作者的报业经历、创作思想、传媒市场化等角度,真正从小说的"新闻化"的视角进行研究的成果很少。晚清时期具有多重身份的小说创作主体在社会转型期具有怎样的文化心态?这种文化心态在新闻真实与小说虚构之间究竟扮演了一个怎样的角色?这些问题都是亟须回答的,尚需我们从新闻化的视角切入,在对晚清报刊小说的深入研究中寻找答案。

综上所述,目前学界对于晚清报刊小说的研究成果较为丰富,但尚存一定的局限和缺憾。这主要表现在:

第一,从研究对象来看,学界直接以"晚清报刊小说的新闻化"为研究对象的较少,目前尚无专著出版。学界对晚清报刊小说的研究,多集中于报刊业繁荣对晚清小说现代转型方面,对在这一特定的历史时期因为时代所赋予小说的受到新闻界的濡染所呈现的新闻化特征,给予的关注度略显单薄,使得晚清小说研究在表面繁荣的景象下,存在视野不够开阔之不足。

第二,从研究的理论基础来看,缺少对晚清报刊小说的跨学科的研究。现

---

① 祝均宙. 李伯元与《指南报》[J]. 图书馆杂志, 1990 (05): 55-56.
② 李怀中. 李伯元的"游戏笔墨"与报章趣味 [J]. 传媒观察, 2012 (09): 62-63.

有研究成果或以经典叙事学为理论基础，注重对晚清报刊小说文本进行叙事学分析，展现其由传统到现代的过渡时期的文学特色；或以传播学为研究视角，从传播者、传播内容、传播载体、传播效果等方面对晚清小说展开研究。虽然小说与新闻分属于不同的学科领域，各有其本质属性和价值追求。但是晚清小说以报刊为载体进行传播，在近代新闻繁兴和传媒市场化的影响下，具有文学、新闻学的双重属性，单纯从某一学科视角对其进行研究，无法对晚清报刊小说所呈现的新闻化特色的历史地位以及价值进行全面而客观的评估，从而有意无意地掩盖了中国现代文学进程中的"报刊小说新闻化"这一文学现象所蕴含的社会价值。因此，对晚清报刊小说所具有的新闻化特征的研究，需要将文学、新闻学、传播学理论紧密结合起来，进行跨学科研究。

第三，从研究的深度和广度来看，现有研究成果已经关注到晚清报刊小说的新闻化特征，或者已经发现晚清小说所具有的新闻性，但是没有还原现场，通过对这一时期以报刊为载体的小说文本和新闻文本进行全面而系统的比对，从晚清报刊小说的题材内容、结构形态、表现手法、叙事功能等诸多方面详细而深入地研究其所呈现的新闻化特征，使得晚清小说研究存在一定的不足。

为此，对晚清报刊小说的新闻化研究需要从社会外部到文本内部，进行全面的考量和探寻，以进一步探究其从传统到现代过渡的价值和意义以及蕴含的社会价值。或许，这种探寻能够揭开包裹在晚清报刊小说身上模糊的迷雾，科学地看清晚清报刊小说新闻化集体显现的实质，探究到晚清报刊小说的文学史价值、新闻传播史价值，能够进一步界定晚清报刊小说在社会文化史上的地位。

四、主要研究内容

本书拟在前人研究的基础之上，以新闻化为研究视角，以晚清时期刊载在报纸期刊上的国人自著小说为主要研究对象，采用跨学科研究的方法，通过对晚清时期报刊小说文本的系统考察，分析晚清时期受到报刊新闻濡染的小说的呈现方式、审美意蕴及其引发的社会效应，并从文学史、文化史层面考察这一时期报刊小说新闻化所呈现出的具有时代特征的价值与意义。拟解决的核心问题是：受到新闻化濡染的小说的特征、审美意蕴及其引发的社会效应。具体章节设计如下：

　　绪论主要介绍选题的缘起及对晚清报刊小说研究的回顾,审视已有的研究成果,提出新的研究视角;对相关概念、史料、研究方法等做解释和界定。

　　第一章为晚清报刊小说题材内容的新闻化研究。小说文本全方位展现了社会政治、经济、外交、文化等方面的真实图景,暴露与批判了晚清社会政治专制、吏治腐败、世风日下、道德沦丧,具有很强的写实性,从而构建了一个"超真实"的拟态环境,使读者形成了对晚清社会环境的全面认知。

　　第二章为晚清报刊小说文体结构的新闻化研究。主要从文体结构形态入手,分析报刊小说呈现的新闻化特征。认为晚清时期的报刊小说既吸收了中国古典小说的结构因素,同时更受到报刊新闻业的影响,长篇小说主要采用动态报道式和采访见闻式的文体结构形式,报刊短篇小说时评化的新闻特征更加明显。

　　第三章为晚清报刊小说语言与表现手法的新闻化研究。为了更好地凸显客观性和纪实性,晚清报刊小说一改往日面目,用浅显、亲切、易懂的半文半白的通俗语言对受众进行引导规劝,采用议论的表达方式参与舆论,呈现出新闻化的特征。

　　第四章为晚清报刊小说叙事功能的新闻化研究。伴随晚清报刊和新闻自由思想的发展,舆论监督成为清末新闻界的主流思想。该思想为报刊小说的言说提供了一个相对自由的舆论空间。尤其是在晚清最后的十五年间,表现社会现实的报刊小说大量出现,并且具有同一情节主题的小说在一定时间内反复出现,进一步强化了受众对晚清社会腐朽没落、道德沦丧的信息认知,积聚了"群体效应"。小说取材于报刊新闻,反映舆论,报刊小说与报刊新闻一起形成互补,共同发挥"舆论场"的效能,小说舆论监督与舆论引导的功能得以彰显,呈现出新闻化的特征。并且,从宏观论述转移到微观论述,选取清末秋瑾案窥视小说对舆论的参与及其所发挥的舆论监督与引导的社会功能。

　　第五章为晚清报刊小说新闻化的原因分析。晚清时期社会动荡、外敌入侵、国家衰败、官场腐败,公众需要大量信息来了解国家的实情。一方面社会需要大量的信息,另一方面承载传递信息任务的新闻报纸满足不了社会需求,这种现实矛盾是晚清报刊小说新闻化产生的根本原因。

　　本书在论述上,采用从"新闻"到"小说",再到"小说"与新闻、古典小说比对的论述策略。在研究过程中,将以文本为基础,探究小说与新闻之间的融合共生关系。

五、研究特色和创新之处

本书的研究特色和创新之处具体表现为：

（一）采用跨学科的研究方法，尝试拓展晚清小说研究的视野和空间

本书的研究特色在"新闻化"三字，将新闻学、传播学、舆论学与文学交叉融合，展开对晚清报刊小说的研究，具有一定的跨学科特色。小说与新闻分属不同的学科领域，各有其本质属性和价值追求。但是晚清报刊小说是处于转折时期的小说，具有过渡性的特色，同时兼具文学和新闻属性，小说的新闻化现象涉及文学、新闻两个学科领域，很难以单一的学科理论和研究方法进行观照，那样会抹杀文学本身存在的价值与意义。本书以新闻化为研究视角，以晚清报刊小说为主要研究对象，将晚清报刊小说置于文学与新闻学融合发展的历程中，综合运用文学、新闻学、传播学、舆论学理论对其进行全景考察，由此及彼，由表及里，以探究小说新闻化这一文学现象的产生、发展、呈现特征及其影响。采用跨学科研究方法，既有对晚清报刊小说来龙去脉的外部追索，也有从文本内部的探寻，使读者对晚清报刊小说的文学史、新闻传播史地位及其所产生的社会文化影响有更具体、更清晰的了解和认识。可以解决晚清小说研究在表面繁荣的景象下，存在视野不够开阔、研究视角受限的问题。不但有利于我们对这一时期小说新闻化现象的理解以及其所蕴含的社会价值的把握，而且有助于进一步拓展晚清小说研究的空间。

（二）梳理小说新闻化的历史脉络，在小说与新闻文本的对比中全面呈现小说的新闻化特征，丰富晚清小说研究的内容

在历史的长河中，小说与新闻关系密切。小说的新闻化现象不是晚清时期独有的文学现象。翻阅相关文献后可以发现，在每一次外族入侵、社会变革更替时期，都会出现这种情况。目前尚无研究成果对此内容进行梳理。从研究的深度和广度来看，现有研究成果虽然已经关注到晚清报刊小说的新闻化特征，或者已经发现晚清小说所具有的新闻性，但是没有还原现场，没有对这一时期以报刊为载体的小说文本和新闻文本进行全面而系统地比对，进而详细、深入地研究其所呈现的新闻化特征。这一研究内容体现出本书的特色，具有一定的创新性。

（三）从舆论学的视角出发，探讨晚清报刊小说与报刊新闻的舆论共建问题，拓宽晚清报刊小说的阐释维度

近代新闻业在中国的诞生，不但成为小说的传播载体使之传播四方，而且开拓了公共空间，给小说的发展带来了新的契机。社会政治的变迁、近代新闻业的发展、传媒的市场化以及域外文化的输入等，都使得晚清报刊小说在产生与发展的过程中同时具有文学和新闻双重属性。小说与新闻在晚清舆论场竞相呼应，挥斥方遒。目前，学界从舆论的角度分析晚清小说的成果略显单薄。本研究把舆论学的"舆论监督思想"和传播学"议程设置理论"应用于晚清报刊小说传播效果的分析，探寻晚清时期小说文本舆论监督与舆论引导功能的特质与表现，这是在实践层面对文学"接受理论"的丰富和发展，可以拓宽晚清报刊小说的阐释维度。这也体现出本书的研究特色和创新之处。

六、研究的意义和价值

本书研究的意义和价值表现为：

（一）有助于丰富晚清小说研究的内容

目前，学界直接以新闻化为研究视角，对晚清小说进行研究的成果数量较少，尚无专著出版。学界对晚清小说的研究，多集中于报刊业繁荣对晚清小说现代转型的影响方面。从研究的深度和广度来看，现有研究成果已经关注到晚清报刊小说的新闻化特征，或者已经发现晚清小说所具有的新闻性，但是没有还原现场，通过对这一时期以报刊为载体的小说文本和新闻文本进行全面而系统的比对，详细而深入地研究其所呈现的新闻化特征。因此，本书的研究有助于填补晚清报刊小说研究内容的不足。

（二）有助于拓展晚清小说研究的视野和空间

小说与新闻分属不同的学科领域，各有其本质属性和价值追求。总体说来，小说是以人为本，以形象为特质，以审美为追求；而新闻则是以事为主，以真实为特质，以时效性为追求。二者在精神文化领域中各归其类、各有分工，小说不能代替新闻，新闻也不能代替小说，这是有关小说和新闻保持独立特征的基本原则问题。然而，值得关注的是，世界上并不存在互相绝对隔绝、纯而又纯的事物。在某些特定的历史时期，小说与新闻在文本建构及传播方式上相互借鉴，并逐渐走近对方，小说也会呈现新闻化的特征。晚清报刊小说是处于转折时期的过渡小说，很难以传统的单一的研究方法和研究理论对其进行观照，那样会抹杀文学本身存在的价值与意义。要想深入探讨晚清报刊小说新闻化复杂的面向，就需要将晚清报刊小说置于文学与新闻学融合发展的历程中进行研究，对其进行全景考察，由此及彼，由表及里，以探究小说新闻化这一文学现象的产生、发展、呈现的特征及其影响。单纯从某一学科对其进行研究，无法对晚清报刊小说所呈现的新闻化特色的历史地位以及价值进行全面而客观的评估。因此，本书力图将文学、新闻学、传播学、舆论学理论紧密结合起来，进行跨学科研究，不但使人们对这一时期小说新闻化现象的理解和把握提升到一个新的层面，而且有助于进一步拓展晚清小说研究的视野和空间。

（三）有助于提升晚清小说研究的理论价值和社会价值

近代新闻业在中国的诞生，给小说的发展带来了新的契机。社会政治的变迁、近代新闻业的发展、传媒的市场化以及域外文化的输入等，都使得晚清报刊小说在产生与发展的过程中同时具有文学和新闻双重属性。首先，晚清报刊小说所呈现的新闻化特征必然涉及接受学、传播学、舆论学等理论与方法，把它们应用于晚清报刊小说的研究，可以进一步提升本研究的理论价值。其次，作为一种社会文化现象，晚清报刊小说的新闻化特征对特定历史时期人们的思想和生活方式产生了广泛而深刻的影响，尤其是对受新闻濡染的晚清报刊小说的舆论监督与舆论引导功能所引发的社会效应的研究分析，对当代社会的舆论管控与引导都具有一定的实践价值和借鉴意义。

第一章　题材内容新闻化

晚清社会，随着外敌入侵，了解和掌握新的信息已成为人们的一种基本生存需求。一方面，动荡的社会产生了比以往任何时期都多的信息，对最具有新闻价值的信息的传播，成为必要；另一方面，在急速的社会变革中，人们的生存危机意识空前增强，迫切需要接收更多的信息，及时了解和掌握国内外发展状况。因此，时代需要新闻，时代呼唤新闻。这是以往社会生活从没有出现过的情况。于是，与报刊新闻共版面的晚清小说登场，勇敢地扛起了传播社会信息的大旗，并逐渐发展繁荣起来。小说文本作为一种另类的"新闻"文本与报刊的新闻信息形成互补，多角度、多方位展现晚清社会图景，满足了市民读者的阅读和娱乐需求。

第一节　对民族国家意识的建构与激励

清末，甲午战败，国内各种矛盾交织，封建统治日渐式微，综合国力在大量的赔款中日益衰落，亡国灭种的忧虑席卷全国。维新改革最终的失败，迫使新型知识分子认真反思，唤起沉默民众的爱国热情和民族情感是当务之急。以严复、梁启超、谭嗣同、王韬等为代表的知识分子精英在外报的开启和引导下，尝试创办报刊，阐述自己的政治观点，向民众传播民族危亡和寻求救国救民之路的观点。小说以其特殊的文体优势得以进入知识分子的视野，成为其"新民"的手段。一些接受了西方文明的激进的青年知识分子开始创作小说，呈现政治军事事件，反映外族入侵、国难当头时民众的反抗以及生活的疾苦，小说不但生动演绎新闻故事，而且承载着知识分子救国救民的观点，立场鲜明，态度坚决，成为新闻外的新闻。

一、书写重大军事外交事件

国家危在旦夕，晚清政府施行"对外求和对内镇压"的政策，重大军事外交事件关系着国家的生死存亡，政府官报对此类消息避而不谈或者蜻蜓点水，使民众无从知晓，晚清小说却全面而深入地进行了"报道"。

（一）小说详述影响时局的重大外交事件

这一时期的小说，《宦海升沉录》《邻女语》《京华碧血录》《痴人说梦记》等以开阔的视野，记录了晚清时期的政治、外交及社会的各种情态，呈现了帝国主义侵略中国、瓜分中国，国土流失、银圆外流的情景。《孽海花》书写了日俄战争、甲午战争、伊犁事件、帕米尔争界等对外战争事件16件，这些事件均以签订不平等条约为结局。《孽海花》第六回先后两次出现《中法天津条约》的签订情况；第二十七回、二十八回和三十二回详细交代了《马关条约》签订的全过程。《宦海潮》第二十八回反映了中国官员在战败后与日本外交官谈判时无法抬头，处处被日本人牵着走的被动处境，这也是国势衰颓的进一步表现。《瓜分惨祸预言记》翔实报道了19世纪末西方强盗瓜分中国的现实情况："近闻各国因贵国不能抵拒俄国，让俄国独得厚利，将东三省占了。各国各因自卫起见，也须向贵国求得同等利益，为匹力均势之计……"《新中国未来记》第四回借李、黄二君北游展现东北被侵占的图景："原来从山海关到营口的铁路，虽是借英国款项，却仍算中国人办理。所以路上还是中国景象。只是中国和俄国合作经营铁路公司，但是中国人却管不着一点儿事情。就是通行货币，也是俄国的。"① 英德日比等国频繁入侵，清政府无能求和，割地赔款，这是国势衰败的信号。值得一提的是，上述事件均以晚清政府在诸多战争及失利中求和告饶，并签订各种不平等条约，割地赔款为结局，泱泱大国迅速衰落。

（二）对战争事件的叙述真实而完整

小说对战争的描述大多以事件的形式呈现，对于战争的起因、经过乃至结局做了详尽的述说。这些历史事实都被以故事的形式生动地演绎出来。《瓜分惨祸预言记》第四回写洋兵对待清军士兵的场面："那洋兵却一拥上山，枪的枪，刀的刀，把官兵压住乱杀，鏖战之声，震天动地。顿时只见山上许多鲜

---

① 梁启超. 新中国未来记 [J]. 新小说，1902（03）：58.

血，宛如红瀑布似的喷着流下，好不伤心惨目。"以《孽海花》中对中法战争这一历史重大军事战争事件中两场小的战役的描述为例，见表1-1：

表1-1　《孽海花》与《清史稿》关于中法战争中的两场战役记叙内容比较表

战争事件	《孽海花》			《清史稿》
	起因	经过	结果	
河内战役	法国通商逼阮哥，得了西贡又要过红河；法将安邺神通大，勾结了黄崇英反了窝。在河内立起黄旗队，啸聚强徒数万多！（第六回《花歌曲》五解）　　慌了越王阮家福，差人招降刘永福，要把黑旗扫黄旗，拜了他三宣大都督。（第六回《花歌曲》六解）	大军山前四处伏，我领全队向后崖扑，三百个蛮腰六百条臂，蜿蜒银蛇云际没。（第六回《花歌曲》十二解）　　一声呐喊火连天，山营忽现了红妆妍。弯刀落处人头舞，枪不及肩来炮不及燃。（第六回《花歌曲》十三解）	将军雄风震天吼，五万万雄兵从天降；安邺丧命崇英逃，一战威扬初下马。（第六回《花歌曲》十四解）	刘永福，字渊亭，广西上思人，本名义，幼无赖，率三百人出关……同治末，法人陷河内，法将安邺构越匪黄崇英谋占全越，拥众数万，号黄旗。越王谕永福来归，永福遂绕驰河内，与法人抗，设伏以诱斩安邺，覆其全军。[1]（《清史稿·刘永福传》）
马尾战役	那时正闹着法越的战事……（第六回）	仑樵[2]拥兵，大权独揽，要聪明。	上年七月，马尾海军大败。（第六回）　　况且这一败之后，大局愈加严重，……海上失了基隆，……陆地陷了谅山。（第六回）	（1883年）法越构衅，佩纶章十数上，朝廷始遣兵征土寇、辍敌势……已而法果袭顺化，胁越与盟，越事益坏。[3]（《清史稿·张佩纶传》）

　　河内战役和马尾战役是中法战争中两场比较重要的战役，河内战役是中国支援友邦越南，维护邦属国权益，对法国入侵越南的第一次重大打击，增强了

---

① 赵尔巽. 清史稿［M］. 北京：中华书局，1977：12659.

② 小说中庄仑樵影射张佩纶。

③ 赵尔巽. 清史稿［M］. 北京：中华书局，1977：12395.

军民气势，同时灭了法军的气焰。马尾战役则是中国近代海军队伍创建后的第一次实战，是对中国海军作战能力强弱的检验。小说对法国海军在福州马尾港突袭福建海军的行动做了详尽的描写。对于这两场战役，报刊鲜有刊载。尤其是马尾战役以失败告终，晚清政府不可能让此类有损朝廷威严的军事信息公开传播。但是从表1-1中可知，小说以故事中士大夫的言论、表现，对朝廷政策、指示的对话交流，苗女所唱的《花歌曲》和作者全知全能的解说等把历史事实完全融入故事情节之中，对战争事件的前因后果进行了详细的描述。既完成了对两次军事战争事件的详细展现，揭露和表现了法国对越南的侵略野心和黑旗军的奋勇抗敌，又融事件于故事中，融分析于对话中，说理透彻，生动形象。这样，小说不但起到了补白新闻的作用，又在无形中引导了舆论。

二、书写重大政治、经济和社会变革事件

随着中国在近代中法、中日战争等一系列战争中的接连败退，西方列强开始趁机从四方蚕食中国，一些爱国士人清醒地意识到仿效西方国家进行行政制度改革也许更适合这个积贫积弱的国家。八国联军入侵中国，清政府迫于内外环境，在不得已的情势下开始了晚清最后十年的"新政"时期。各种政治事件令人应接不暇，小说对此进行了记录和呈现。

(一) 记录重大政治事件

对于清朝政府"立宪"的虚张声势，忸怩作态，知识分子心头涌起的是愤怒、忧伤和屈辱，小说家拿起手中的笔，对1898年戊戌变法、1900年义和团运动、清末宪政、五大臣出洋考察、1911年黄花岗起义和保路运动等重大政治事件以及这些事件所涉及的细节，在小说中都予以了呈现。《痴人说梦记》对资产阶级知识分子发起的维新改良和暴力革命进行了全程书写。贾希仙、宁孙谋和魏淡然三人因不愿受教会教育，同约逃往上海。不料，贾希仙被耽搁在半路，从此三人各奔前途。宁、魏二人在国内参加会试时上维新条陈，圣眷虽隆，却无法与强大的旧势力抗衡。另一人物黎浪夫发动的起义也没有取得成功。宁、魏、黎三人的经历真实反映了当时维新改良的情况和资产阶级革命筹备阶段的情况。小说《五日风声》对刚刚发生的广州起义的细节进行了全面报道。小说《六月霜》把清末女革命志士秋瑾蒙冤遇害的过程进行了详细叙述。

晚清小说不但整体而全面地呈现了政治变革，还在故事情节中展现了政治

变革的细节，时代感极强。甲午战争的失败深深刺痛了爱国知识分子，王韬、梁启超等人纷纷走"立言"之路，创办《菁华报》《萃报》《农学报》《立济学堂报》等，既倡导传播西学、实学新知，沟通内外信息，启愚昧，开风气，又阐述自己的政治观点，警醒国人。随着资产阶级维新运动的深入和第一次国人办报高潮的到来，报刊抑或新闻纸这种信息传播载体，逐渐为国人所接受。而创办报刊也成为维新改良政治体制改革的重要组成部分。国人读报成为晚清社会政治变迁的一个缩影，这一情节在晚清小说中多次出现。如《文明小史》第十五回，讲贾子猷"近来看新闻纸"，并从新闻纸上了解到"国家因库款空虚，赔款难以筹付"等诸多关于国家近况的信息。小说第十六回写贾家三兄弟吃饭时，见到报童卖上海滩上的诸多报纸，小说中提到的《新闻报》恰恰是那个年代在上海滩影响比较大的商业性报刊。资产阶级改良派和革命派为宣传自己的政治纲领，都把办学会作为开展政治运动的重中之重。小说《狮子吼》中，直接列出会规，给人以强烈的现场感：

> 一、会员须担任义务：或劝人入会，或设立学堂、报馆，或立演说会、体操所，均视力之所能。会中有事差遣，不得推诿。
>
> ···········
>
> 一、会规有不妥之处，可以随时修改。
>
> 一、前此所设苛刑，一概删除，另订新章。①

小说中描写办学堂、开办工厂、创立报馆、开启民智、联系同志等，对晚清社会的剧变都有反映。如小说第二回：文明种、张威也各筹了一万多银子，在武汉一带组织招工，建立厂房，创办工厂。文明种在汉口开了一个时事新报馆，身兼半日学堂的总监督。

（二）反映当时的经济变革的真实风貌

19 世纪六七十年代，外商投资办企业的刺激，洋务运动对兴办实业的大力宣传，清政府放宽对民间设厂的限制，都使得从官员到民间商人，纷纷投入兴办实业的大潮中。新兴的经济领域里代表政府和企业的名称，如洋务局、轮船招商局、纺纱局、枪炮厂、水师学堂、银行等大量出现在小说中。兴办实

---

① 陈天华. 狮子吼 [N]. 民报，1905 - 12 - 02.

业，交易中采用西方金融方式等成为小说的主要情节。《海上花列传》里庄荔甫做生意赚了钱，不是直接收到银两，而是可以通过钱庄根据自己的意愿将"票上一半规银兑换成英洋"①。

鸦片战争后，列强通过一系列不平等条约终于打开了中国市场，随后便急不可耐地向中国大量兜售工业品，并在东南沿海地区创办了一些船坞、工厂和洋行。《文明小史》第二十一回写道，华清抱做买办，在三五年里，开了几爿洋行，净挣四五百万。第二次鸦片战争后，我国不但国门洞开，甚至外国资本可以自由出入内地，进行贸易。大量洋货，如洋派船、东洋车、电车、墨晶眼镜、吕宋烟、自来火、小洋刀、洋毡、法兰西马桶、外国藤椅、洋铁罐等得以进入内地，这些时新玩意儿受到国人追捧。在小说中，这些洋货在晚清政府官员中被用作礼尚往来的高级物品。《文明小史》第十六回讲贾氏三兄弟跟随老师姚文通到上海看世界，"从小火轮码头上岸，叫了六部东洋车，一直坐到三马路西"②，小火轮、东洋车这些列强资本输出的实实在在的商品，在给国人生活带来便捷的同时，也表明了西方资本对国家交通领域的侵占。甲午战争后，列强进一步向中国输出资本，对中国已经很虚弱的小农经济造成了毁灭性的伤害。小说《市声》一开头，就展示了在外国商品冲击下，国产手工产品没有了市场，手工业者负债的情景。面对强劲的西方资本主义企业家，国人却不思进取，只顾吸烟，无心经营管理纱厂，导致工厂在激烈的市场竞争中败下阵来。《宦海》第十八回讲广兴纱厂自开设三年以来，主人沉迷烟榻，终年不到厂中；经手毛厚卿又好烟、好酒、好色、好财，不负责任。工厂从上到下，一盘散沙，所以这纱厂连年短折。面对社会经济的节节衰退，一部分官员或者知识精英却寻找机会升官发财。彼时中国的危机，不仅仅表现在政治军事领域，还进入了经济领域。伴随自然经济的解体，一些官员不思进取，却借机悟出"为官之道"，他们把改革、兴实业挂在嘴边，其中很多人因为商务讲得好而被委以重任。《官场现形记》里的陶子华，读过书，文笔好，因为会走心经，上条陈，讲商务，而被委在洋务局里充当了一名文案委员。在国家经济濒临崩溃的边缘，封建政府的大小官员却借富国强兵办厂的契机为自身升迁谋利益，置

---

① 花也怜侬. 海上花列传 [J]. 海上奇书，1892（11）：23.

② 南亭亭长. 文明小史 [J]. 绣像小说，1904（16）：81.

国家危亡于不顾，这是危机中的危机，更令国人警醒。

（三）揭露社会变革中的伪与丑

随着西方列强的屡次入侵，大清帝国屡战屡败，有国无防，出现了空前严重的统治危机，在内忧外患之下，1901 年，回到北京后的慈禧开始颁布上谕进行改革，改官制，整吏治等。裁撤厘局，减轻赋税，振商兴业，涉及政治、经济、军事、文化、法律等方方面面，蔚为大观，改革范围很广泛，幅度也超过之前，似乎给满清王朝打了一剂强心针，可民间的实际情况却是《文明小史》第八回里刘秀才与洋教士一同进城的路上看到的情形：

> 正见路旁一个妇人，坐在地下哭泣。问他何事，一旁有人替他说道："只因今天是九月初一，本府大人又想出了一个新鲜法子弄钱。四乡八镇，开了无数的捐局，一个城门捐一层，一道桥也捐一层。这女人因为他娘生病，自己特特为为，几天织了一匹布，赶进城去卖，指望卖几百钱，好请医生吃药。谁知布倒没有卖掉，已被捐局里扣下了。"正说着，又一人攘臂说道："真正这些瘟官，想钱想昏了！我买了二斤肉出城，要我捐钱，我捐了。谁知城门捐了不算，到了吊桥，又要捐。二斤肉能值几文？所以我也不要了。照他这样的捐，还怕连子孙的饭碗都要捐完了呢！"①

当地官员在执行新政过程中，玩"狸猫换太子"的手法，用捐局来代替厘局，百姓赋税根本没有减少，而且这些胥吏连百姓的买药救命钱都要搜刮，真是"想钱想昏了"。见此情形，洋教士都诧异道："朝廷有过上谕，原说不久就要裁撤厘局的，怎么又添了这许多捐局呢？真正是黑暗世界了！等我见了官，倒要问问他这捐局是什么人叫设的！"② 可见新政变革到了民间就是另外一种面目了。

外国资本主义经济势力入侵，导致东南沿海一些地区"纺织""耕织"分离，手工业者大批破产，自然经济解体。中国商品经济刚刚起步发展，其秩序正在摸索中逐渐确立，一些商人、小生产者，借机大发横财，唯利是图，不顾大局。在商业往来中，商人之间坑蒙拐骗与唯利是图的行为常有发生。绅商是

---

① 南亭亭长. 文明小史 [J]. 绣像小说, 1903（08）: 39.
② 南亭亭长. 文明小史 [J]. 绣像小说, 1903（09）: 45.

晚清时期的特殊商人，他们介于官员、文人与商人之间，通过金融、借贷、投资等方式操控金融领域，趁机攫取巨额财富并操控势单力薄的商人。《廿载繁华梦》中的周庸祐心狠手辣、善于钻营、嫌贫爱富，他巴结官僚，攀附富贵，为儿子舞弊谋得举人之名，为自己换来驻洋参赞一职，在广州可以一手遮天。他和身边的绅商一起整日寻欢作乐，狎妓赌博，鸦片不离手，挥金如土，但是天津灾荒，他只助银五十元。他们缺少普通商人诚实守信的正直心，更缺少救国民于水火的使命感，如蛀虫一样吸附着已经破败不堪的国家，使国更加不国。

晚清时期，伴随外人在华企业的激增，买办成为一个职业。他们在官府与洋人之间打交道，为自己谋利益，如《二十年目睹之怪现状》第七十九回中的李雅琴，《黑籍冤魂》第六回中的无良，《官场现形记》第十一回中的仇五科，《发财秘诀》第十五回中的区丙、蔡以善，《苦社会》中招工馆的买办等人。他们常常利用国人不懂商业行情的特点，从中赚取大额利润，牟取暴利。这些买办常常借政府扩充军备之机与洋人勾结，拣外国末等的货色，以次充好，大发不义之财。《宦海》第十八回讲广兴纱厂由于经营不善而亏损，总经理厚卿和账房却朋比为奸，发现工厂已无力回天时，悄然前往钱庄取走仅剩的钱款，随后不管不顾地暗自离开。《市声》第二十七回至第二十九回写直隶候补道鲁仲鱼被委派到上海采办军械军备，被骗走了五万两银子。鲁仲鱼为了弥补这巨大的空缺，无奈请求采声洋行买办卢茨福做样子货——花手枪应景儿。这些官僚昧着良心只为求利，丝毫不顾及国家和民族利益。

总之，伴随晚清社会的商业转型，小商人唯利是图，买办也好，绅商也罢，他们帮着洋商大量攫取中国的资源及商业利润，进一步表明了中国经济环境日趋恶化的情形。

三、表现人民的反抗斗争

晚清小说不但注重书写重大的外交军事及政治经济事件，还聚焦普通民众，书写他们在战争中的悲惨遭遇。

（一）帝国主义铁蹄践踏下民众的悲欢离合

在帝国主义铁蹄的任意践踏和清政府不抵抗、屈辱求和的政策下，国土沦丧，民族遭受蚕食，家国走向衰亡。国势衰败最为明显的标志之一就是帝国主义列强肆无忌惮地频繁入侵，政府无能媚外，割地赔款，百姓被置于水深火热之中。当时的小说纷纷呈现铁蹄践踏下家国破败的景象。《邻女语》描绘了庚子事变，百姓为求全保命而仓皇出逃的景象。逃难的路上，一副凄惨景象，富财主也不例外，"金虞带着一家人，穿着破袄，腋下手中却夹着、提着那破囊败袋……又遇许多妇女，包着脚，一步三跌，拉男拖女，哭哭啼啼的乱嚷瞎跑。也有无业之民喊着乱抢的；也有女人被人掳了驮在肩上跑去的；也有那妇女小孩被人拥挤跌倒践死的；也有那老人跌在沟里乱呼救命的；也有那游民抢着金银、妇女，却被那别个土匪杀了转抢去的"。底层民众成为帝国主义入侵的被蹂躏者。《廿载繁华梦》第十回明确交代中法战争的六百万赔款由广东交出，广大民众才是风雨飘摇、国将不国的情势下对外战争的最大受害者。吴趼人的《恨海》着重表现了庚子事变后的乱世离情。八国联军侵华，东京官陈戟临家破，两个儿子携已有婚约的女子纷纷出逃。途中，大儿子伯和与棣华及其母离散，小儿子仲蔼与未婚妻娟娟也不幸失散。伯和无端发笔横财，却不自律，整日游荡于妓院和赌场，最后钱财散尽，沦为乞丐。这原本令人羡慕的一大家子人，出家的出家，做妓女的做妓女，在战乱中走向毁灭。列强入侵、连年战争对百姓的伤害，发人深省。

（二）书写海外华工和留学生受虐事件，传递民族团结，国强人才强的爱国主义信息

在连年不断的战争中，民众面临着西方侵略者和国内统治阶级的双重剥削压榨，家园荒芜破败，在走投无路时很多国人憧憬未来，尤其在中介机构和招工头的游说下，选择登船远行，到布满黄金的西方国度开疆辟土，寻找新的生活。这些留学生和赴美华工一蹬上船，与国内民众的视线渐行渐远，他们打工、学习的环境和生活的状况，成为国人关注的热点。大家原本以为，凡是出洋的，就会获得好的生活。正如《二十年目睹之怪现状》中，理之与"我"谈论房东的干儿子被卖做猪仔时，理之道："卖猪仔其实并不是卖断了，就是那招工馆代外国人招的工，招去做工，不过订定了几年合同，合同满了，就可以回来。"[①] 但真实情况恰恰相反，晚清小说集中反映了海外华侨华工和留学生所面对的真实图景、悲苦生活。由于路途遥远，他们很多人拥挤在一艘轮船的

---

① 我佛山人. 二十年目睹之怪现状 [J]. 新小说，1905，02（12）：16.

最底层的仓房中，一个挨着一个，一个挤压着一个，连喘息的机会都没有，有时肉皮连着铁链，铁链黏着带血丝的肉皮，惨不忍睹。遇到海中风浪大起，船身左右晃动，有人因晕船呕吐，常常整个仓房都弥漫着令人作呕的馊味。《侨民泪》就这样向我们展示了一幅华工在海上漂泊、饱受虐待的百态图。而小说《黄金世界》也描写了很多怀揣梦想登上大渡轮奔赴美国的中国子民，还没到目的地，就在海上的颠簸中被击碎了美梦，甚至患病后直接被丢进大海，还有无数被关在船上的华工，被一些赤膊浓须的凶横大汉不住地用皮鞭鞭打，一些女工惨遭船员侵犯虐待，直至活活被折磨死的悲惨场景。在《苦社会》和《宦海潮》中，那些经过九九八十一难才死里逃生到达美国的华工，比美国人都能吃苦，他们立足当下，憧憬未来，拼命干活，好不容易凭借自己的勤劳和努力，冲破重重阻挠，在举步维艰的窘况中获取了相对稳定的工作和勉强可以度日的微薄收入。他们苦心积攒，省吃俭用，期冀像当地人那样有自己的工作室、货铺、典当行……可是当马路被拓宽、铁路被修建后，面对经济危机导致国内岗位紧张时，美国政府还是毫不犹豫地选择了排挤和压榨华工。华工在那样一个国度，再怎么努力，都会被边缘化。他们即使逃离了晚清官员的层层剥削和压榨，在美国也依旧处于被暴力欺压的苦态。

《黄金世界》指出，做工的国人每天睡的是牲口棚，遇到雨天屋内立即成河，吃的是发霉了的黑料馒头，常有馊味扑鼻而来，这样的环境，甚至还比不上国内。《宦海潮》中，被派往美国负责协调在美华人问题的官员张任磐都感叹："外交情势，全靠自己国家里头兵力强盛……"[①] 足见弱国子民的满腔愤懑与无奈。小说在同一回中反复出现这种忧时感愤之言，不但分析国势衰弱、外交失利的原因，更意图激发民众强烈的爱国热情。

（三）书写人民英勇反抗的事迹，塑造爱国志士形象，颂扬英雄反抗精神

一些小说家也是报刊编辑，他们更加看重小说的宣传功能。在多次的实践探索与不断反思中，这些知识分子认识到，唤醒民众，不仅要让他们了解外敌入侵的实情，还要唤醒他们内心深处的民族意识和爱国情感。因此这些小说家兼编辑通过小说树立榜样，发挥英雄的示范作用，鼓动民众要勇敢地站出来，发出自己的声音。

---

① 黄世仲. 宦海潮 [J]. 中外小说林，1907（09）：37.

　　小说《孽海花》中清军将领刘永福临危受命，积极带领官兵助越反法，"将军如虎，儿郎如兔"，面对法军的铜船铁炮，一部分政府官员和军士将领闻风而逃，不战自败，刘永福却带兵有方，兵士个个战术精备，骁勇无比。勇猛的黑旗军对法军展开激烈进攻，令法军将领猝不及防，接连溃败，惨败告终。刘永福及其黑旗军的胜利，不仅仅是一次次中法战争中一场场小战争的胜利，更是对军民抵御外侮的极大鼓舞。此外，还有小说描写了在中日平壤、黄海战役中，将领左伯圭（左宝贵）、邓士昶（世昌）英勇抗敌，与战舰、阵地共存亡的大无畏抵抗精神。甲午战役虽然以失败告终，但是左宝贵、邓世昌等中华男儿抵抗外侮、浴血奋战、铁骨铮铮的精神将会深深刻印在民众心中，催人奋进。

　　除了单个的英雄，晚清小说还对群体的积极反抗行为予以肯定。《瓜分惨祸预言记》第二回中，众多学生听了留美归国教师曾子兴的演讲后，立刻表态，并付诸行动："'我们皆愿做个有义气的男儿而死。曾先生你道须如何布置呢？'那子兴未及答言，但听哄的一声，那一百二十个学生，尽举手一跃道：'我等皆愿立义勇队赴战，为国家效死，愿先生做这领袖。那洋兵今日到来，我们便今日与他决死。他明日到来，便明日与他决死。他半夜三更来，我们便半夜三更与他决死。'那先生道：'我是情愿的，好歹我们师生同胞同拼一死，休作那无志无气的人，死了也好见我们神圣祖宗黄帝、尧舜、禹汤、文武于地下了。'众学生齐声鼓掌，口中共高声叫道：'为国死呵！……男儿为国死呵！'那过路的人来听者中有数人道：'我们都是男儿，年纪且是大些，难道反不如小孩子么？我们也回去说给大家听听，也去起义兵来如何？'于是大家叫道：'我们！我们报国！报国！起义兵报国去也。……于是街上三三五五，一群一阵的摩拳擦掌，口口声声只说洋人来了，预备打仗罢。也有跑到乡下转报的，也有取出枪炮刀矛来磨洗的。有二三处已有团练，因此也便重新整顿。后来与英兵累次大战，互有杀伤。"《文明小史》第九回讲傅知府为求业绩，开设捐局，强迫百姓捐赠。百姓在被官兵几人合力殴打时，实际已被压榨至极，愤然团结起来反抗：

　　　　那知这人正在被殴的时候，众人看了不服，一声鼓噪，四处攒来，只听得一齐喊道："真正是反了！反了！"霎时沸反盈天，喧成一片。兵勇见势头不敌，大半逃去，其不及脱身的，俱被众百姓将他号褂子撕破，人亦打伤，内有两个受伤重些的，都躺在地下，存亡未卜……其时百姓为贪官所逼，怨气冲天，早已大众齐心，一呼百应。本来是被兵勇们驱逐出城的，此时竟一拥而进，毫无阻拦。捐局里的委员司事，同那弹压的兵丁，一见闹事，不禁魂胆俱消，都不知逃往何处。[①]

小说在故事中勾画了官逼民反的事实，给民众以启迪。

同时，小说还从反面表现了做"顺民"的下场。《瓜分惨祸预言记》第四回写在一次战斗已结束，"洋兵过了一村，那村内忽然闪出一枝旗，上写着：'大英国顺民'。一班民人，捧着牛酒布帛，也有手拈香火的，一个个跪在乡口河岸之上。只见一个洋兵狠命的将顺民的旗折为两段，却把那手执顺民旗的那民人揪住，便掣佩刀来，忿恨恨的乱刺，又把他摔在地下，乱践乱踢的拿他出气，只见那人登时已一半成了肉泥。……那洋兵又纷纷杀入乡内，把那四角竖着的顺民旗推倒。所有杀的乡民，一个个都丢在河水里，登时那水已成了胭脂水似的红了"。叙事结束，小说作者跳出来直接发表议论：洋人都瞧不起软骨头。

四、寻求国家民族的想象性方案

1904 年，日俄战争爆发，清廷"事不关己"的态度令许多知识分子痛心疾首。除了让救国保种成为民众的共识外，对国家的施救途径的探讨也是知识分子必须思考和回答的问题，振兴国家成为中心议题。此时，正处于国人自办报刊的第二次高潮期，资产阶级改良派和革命派以报刊为阵地，著书立说，上呈下宣，并在《有所谓报》《清议报》《民立报》等报刊上大量刊载政论文，发表观点，摇旗呐喊，小说自然成为这些政治精英表达政治观点的载体。小说不但反映了思想界的纷争，而且作者们还积极参与，就国家如何富强展开辩论。此时，选择宪政还是革命成为这一时期社会舆论场议题的核心。

反对激烈革命，拥护立宪新政。国家建设究竟以何种道路为优，政治派别之间、知识分子之间观点不一，晚清报刊小说成为其发表政见的主阵地。其中一部分小说颂扬宪政思想。《新中国未来记》使用大量篇幅描述孔觉民的演讲，小说中黄克强和李去病在几十个回合的论辩中指出，渐进的立宪主张在当时得到部分民众的赞同。《回天绮谈》以英国人订立宪章的历史过程为背景，在作

---

① 南亭亭长. 文明小史 [J]. 绣像小说，1903（09）：45.

品开头直接点出制定大宪章的必要性，认为民权胜于国权，立宪是促使英国逐渐强大的原因之一，作者的最终意图在于启发民智，宣传政治改革。《黄绣球》《瓜分惨祸预言记》都主张主权天赋，面对清朝政府的顽固势力，作者认为渐进的改造与地方自治于国家更为可行。《痴人说梦记》以"戊戌变法"运动为历史背景，叙述了以贾希仙、宁孙谋、魏淡然为主的一批倡导改革的青年，试图通过"振兴商务，开办路矿，整饬武备，创设学堂"等变法措施，实现君主宪制梦想的奋斗经历。小说从对社会的全景透视中，揭示出在新的世界大势下社会体制之不可救药和世道人心之必须痛加整治的必要性和迫切性。《未来世界》以清末"预备立宪"为背景，设想中国像英国、日本等国实行立宪以后的情境。通过讲述爱国志士陈国柱为造就完全立宪的国民资格致力于教育，青年郭殿光不愿意学生意而要进学堂，以致与坚持要他学商务的父亲发生争执等故事，提出立宪应以改良社会为基础，首先造就合乎立宪制度的国民素质。

反对专制独裁，倡导社会革命。随着中国社会固有矛盾的加剧和发展，尤其是清政府伪立宪的面纱被掀开，以在日本东京为主体的激进的留学生纷纷拥护资产阶级革命派的热血革命斗争。他们发表政论，鲜明指出只有推翻清朝统治，走革命救国之路，才能实现国富民强。《宦海潮》在其序言中鲜明地表明立场，称满洲贵族的枯朽独裁严重制约了民族发展，是中国踏上民主康庄大道的最大障碍。《乌托邦游记》认为中国专制统治已经岌岌可危，靠当时封建政府的实权派去组织民众实行革命救国就是痴心妄想，只有百姓通过流血的斗争才能争得自己的自由。《大马扁》一针见血地指出，由梁启超等人在《新民丛报》《清议报》上所倡导的温和改良根本行不通。《卢梭魂》认为，靠君主立宪来救国是行不通的，主张推翻满清政府，建立独立而自由的国家才是最要紧的事。《狮子吼》极力宣扬资产阶级革命，反对君主立宪，小说紧扣清政府的一系列暴行展开，揭露当朝统治者的腐败无能，赞扬具有大无畏精神的资产阶级革命先行者。《五日风声》中鲜明指出，中国不能像世界其他国家那样轻易得到民主立宪的硕果，直接戳穿晚清政府假立宪的行为，明确提出国人必须行动起来"共趋革命之说"，并热情讴歌流血革命的英雄。其中最具有代表性的是，小说《大马扁》，不但表明支持革命的立场，为了更好地宣传本派别的政治主张，还有意丑化资产阶级保皇派领导人康有为，把他设置成一个嗜酒成性、贪图美色、表里不一的伪君子，对其言行思想进行了全盘否定。借小说打倒政治对手，小说的工具性由此可见一斑。

以梦境的形式建构国家民族的想象性方案。强国富民是摆脱晚清困境的最佳方式。一些知识分子怀揣亡国灭种的危机感，以小说遣怀，以梦境的形式展开对民族国家的构想，并以此寻求更好的想象性方案。《痴人说梦记》里贾希仙因酒楼上无关紧要的题诗遭到捕押，后逃至一仙人岛，拓荒开发，将其建成美丽富饶的岛国。表明作者通过科技力量和宪政设计，在海外孤岛建成了高度繁荣、自由的宪政文明社会。《新石头记》通过宝玉的梦境设想到立宪后的中国位居世界强国之首，国家繁荣富足，农业生产公司化，耕种完全机械化，气候调节人工化，成为现代化的理想世界。

综上所述，面临尖锐的民族矛盾，晚清小说对改良政治，拯救国家命运，实现国家复兴的重要作用为有识之士所认同。通过被赋予了沉重的救亡图存的时代责任，小说大量在故事情节中融入国家重大军事、外交、政治、经济事件，还原现场，翔实记述，并聚焦底层民众在社会变革中的悲惨遭际，树立榜样的力量鼓舞民族士气，为中华民族的安危而大声疾呼。小说成为一种政治宣传的工具和载体，在这段特殊的历史时期传递了国家危亡的重大信息，以梦境幻想的形式勾勒出的崭新中国的美好图景，折射出广大知识分子迫切希望改变落后状况的强烈愿望。

第二节　对社会腐败黑暗的揭露与批判

"文章合为时而著"是我国历久弥新的文学传统。甲午战败，给国人带来了强烈的刺激，拯救民族危亡成为上下共识。大批优秀的针砭时弊的小说诞生于此，这些小说对当时社会、官场和八股科举制度进行了深刻的批判，小说在民族危亡的惨痛现实面前被寄予了强烈的反封建意识。

一、对清末腐朽社会的深刻批判

清末最后十五年间，国内的制度改革和武装革命愈演愈烈。站在全民族的视角下，关心民族前途，倾诉和痛斥清末社会的腐朽为大部分晚清小说家所认同。

（一）聚焦封建统治集团内部的最高统治者

清代统治者施行闭关锁国政策，整日做着天朝上国的美梦，无视西方世界的崛起，从而导致整个国家发展脱离世界。封建统治集团的最高统治者是罪魁祸首，对他们的批判是这一时期晚清小说最为大胆的自我突破。受封建礼教的约束，晚清社会不可直呼最高统治者的姓名，寻常百姓如果姓名与皇帝重叠，都要改名避姓，以示尊重。晚清小说却多次提及光绪皇帝和在他背后实际掌权的慈禧太后，并对其行为直接进行批判。在其近半个世纪的统治中，实权派最高统治者慈禧太后独断专行，常常置国家安危于不顾，对内镇压人民起义，面对外敌入侵的关键时刻，则多次挪用公款，大兴土木，修建公园，以便在自己大寿时纵情享乐，致使中国广大官兵不得不在两军相持进攻的生死关头，面临兵炮枪械陈旧落后、卡弹哑火的情况，眼睁睁地等待被打，甚至是自家战舰在敌方的炮火中沉没的悲惨结局。慈禧自私自利、对外妥协、卖国求荣，为了保住皇权，她支持李鸿章避战求和的方针，借帝国主义力量大力打击光绪为首的主战派，导致政府多次割地赔款，陷入半殖民地的悲惨境地。她阴险毒辣，带头贪腐，为维护自己的实权地位，肆意买卖重臣官位，让白丁余敏由一个"库丁"当上了"东边道"，光绪皇帝对此愤愤不平，将他降三级调用，慈禧太后知道后大怒。在得知上海道鱼邦礼将近二十万两雪花银送入闻太史的后院后，立刻将他革了职。偌大的清朝政府，置国家安危于不顾，最高统治者甚至将官员任免视为争夺权力的手段，罔顾为国家选贤任能的职责。

最高统治者之间不仅将官员任免视作网罗党羽、打击对手、保护自己统治实权的手段，还对各级政府官员买卖官缺的行为视而不见，并将之视为供养自己奢靡生活的重要方式。连年战事，晚清政府不停地割地赔款，造成百姓流离失所，良田尽毁，农业废弛，国库亏空严重。政府将捐官作为各级政府财政收入的主营业务。每年政府按照计划拿出空缺，面向社会招缺，捐官成为晚清社会公开的政治交易。只要舍得拿出钱来，谁都可以当官。为了大肆敛财，政府部门在捐官业务上招数连连，遇着需要紧急筹款的时候，还会统一下发排好顺序的空白官照，遇到报捐，当场填写；如果完不成额度，甚至主动联系乡绅，劝其捐官。有时任务完成，被排好序的空白官照还有剩余，则作废，否则的话，一些官员会趁机以更便宜的价钱将之卖出，从中牟利。《二十年目睹之怪现状》中"我"好不容易用父亲留下的半个家业换来一个空缺，但这个象征身份地位的凭证竟然是伯父用一个作废了的假官照来糊弄的。"湖南捐局"作为中央政府下辖的行政职能部门，其优劣直接关系到百姓的生计。这样的行政部门以政府公信力背书，颁发的官照竟然是作废的旧官照。而且这样的手段竟然早就成了尽人皆知的官方行为。偌大的晚清国，竟沦落到要将关系国家长久发展的选能举贤的关键工作作为政府收入的主要来源，这样的行为却得到最高统治者的大力支持。用老佛爷的话说就是："御史不说，我也装装糊涂罢了。"①可以说慈禧的统治在无形之中使腐朽的清王朝加速走向衰落，走向灭亡。

（二）对腐朽社会的批判渗透到各个角落

伴随晚清社会的舆论空间的拓展以及政治变革轰轰烈烈的开展，封建统治者政治控制日渐式微，小说家们以敏锐的目光捕捉到军界、学界、商界、医界等社会群体与上至军机大臣、总督、巡抚，下至知府、县令、狱卒等各色人物的光怪陆离，以揭假示丑为卖点，意图全面反映社会的黑暗与堕落。从官场、选举、教习到青楼等，小说对腐朽社会的揭露和辛辣嘲讽已然渗透到社会各个领域。政治上，既有对清廷最高统治者暴力执法、软弱无能的批判，又有对清末假立宪的揭露与嘲讽。经济上则既有对晚清政府官督商办工业过程中，政府公务员侵吞公款、损公肥私行为的揭露，又有对晚清"新政"中经济领域伪革新以及商业往来中坑蒙拐骗与唯利是图、不顾大局、道德沦丧行为的批判。《商界现形记》《官商现形记》等小说集中批判了商业活动中的人伦丧尽与欺诈勒索行为。军事上，既有对晚清政府要员面对西方强权处处退让妥协，深恐得罪侵略者行为的强烈斥责，又有对军队防务松懈、纪律涣散、战斗力减弱等现状的揭露，如《官场现形记》第二十八回中的舒军门常年驻守广西一带，带兵骄纵，经常剥削兵卒，以各种理由克扣军饷，"每年足有一百万……一年也得三四十万"。还有诸如《学界镜》《女学生》《学究新谈》等，讥讽了教育界改革中的乱象。晚清小说在反对缠足、女子求学、自由婚恋甚至女性就业等问题上关注新女性的同时，批判在新时代中出现的关于女性的落后行为，《女界宝》《最近女界鬼域记》《女界风流史》等对此予以全面的展示与揭露。《医界镜》《医林外史》等则对医界进行了揭露。

可以说，晚清小说的笔触几乎遍及整个社会群体，涉及的各行各业都是畸形的：医不像医，商不像商，学生不像学生。种种问题，皆要归到封建专制制度这个畸形的母体上，腐朽的封建制度已经从里到外无一可取之处。

---

① 南亭亭长. 文明小史 [J]. 绣像小说，1904（18）：90.

二、对清末吏治腐败的全视角揭露

清末海外列强对中华大地虎视眈眈，逐步蚕食，最高封建统治者却昏庸腐朽，独断专权，置国家安危于不顾，沉迷于歌舞升平之中。一些觉醒的知识分子憎恨国家的腐败，面对晚清社会的种种弊端，他们开始思考国家积贫积弱的根源，寻求救国救民的良方。揭露官场黑暗和吏治腐败，是这一时期小说的主要内容。从李鸿章、左宗棠等封疆大吏到狱吏、看门小卒，大量官员的所作所为简直让人触目惊心。

（一）对政府官员无作为、鱼肉百姓的揭露与批判

晚清政府里的达官贵人，尤其是满洲贵族享有特权，生活上锦衣玉食，过着富足优越的日子。他们置内忧外患于不顾，纵情享乐。上自尚书、中堂，下至巡抚、督办，对世事毫不关心，不求上进，整日狎妓，鸦片烟不离手。这些官员守旧落后，不思进取，迂腐不堪。《官场现形记》中的钦差童子良把外国的一切都看作"奇技淫巧"，喜欢着传统粗麻线衣，只用银子不用洋钱，对于广受大家欢迎的洋枕头以及用于报时的洋钟表，统统拒绝。他还依旧秉持"天朝上国"的思想，认为洋人是出于穷困才漂洋过海来华经商，迂腐至极。《二十年目睹之怪现状》中南洋海军管带营私舞弊，不几年就"席丰履厚起来"①。然而在中法战争中，他尚未弄清情况，只是远远望见海上一缕浓烟，便不假思索地下令逃窜。

晚清政府官员还大肆鱼肉百姓，作威作福。《梼杌萃编》中浙江人龙师爷，有三十多年的州县馆工作经历，可谓官场经验丰富。他认为在官家上司和百姓的利益上，要有重点地顾惜"东家的面子"②，才能纵横于官场。《邻女语》第四回写庚子年间，在两宫的带领下，内阁、户部、刑部等政府要员为了避难，携带家属和大量的银钱仓促出走。蒲台县发水，百姓被洪水包围，饥饿难奈，主管官员却以少了迎接之礼为借口，迟迟不放赈，反而谋划着用国家赈灾款所买之米发自家的财。《官场现形记》第二十九回中曾写一众人广置土地使农民哭天抹泪，无家可归。《文明小史》第九回讲常年战争，割地赔款，国库亏空，

---

① 我佛山人. 二十年目睹之怪现状 [J]. 新小说，1905，02（01）：48.
② 云江女史. 梼杌萃编 [J]. 时事画报，1905，12（08）.

政府层层盘剥，地方胥吏鱼肉百姓，搜刮至极：

> 此番进城的这些妇女，也有探望亲戚的，也有提着篮儿买菜的。有的因为手中提的礼包分量过重，有的因为篮中所买的菜过多了些，按照厘捐局颁下来的新章，都要捐过，方许过去。这些百姓都是穷人，那里还禁得起这般剥削？人人不愿，不免口出怨言。有几个胆子大些的，就同捐局里的人冲突起来。傅知府这日坐了大轿，环游四城，亲自督捐。依他的意思，恨不得把抗捐的人，立刻捉拿下来，枷打示众，做个榜样。幸亏局里有个老司事，颇能识窍，力劝不可。所以只吩咐局勇，将不报捐的，一律驱逐出城，不准逗遛。在捐局门口，一时人多拥挤，所以这些妇女，都被挤了下来。当时男人犹可，一众女人，早已披头散发，哭哭啼啼，倒的倒，跌的跌，有的跌破了头颅，有的踏坏了手足，更是血肉淋漓，啊唷皇天的乱叫。……不提防一个兵勇，手里拿的竹板子，碰在一个人身上，这人不服，上去一把领头，把兵勇号褂子拉住。兵勇急了手足，就拿竹板子向这人头上乱打下来，不觉用力过猛，竟打破了一块皮，血流满面。这人狠命的喊了一声道："这不反了吗？"一喊之后，惊动了众兵勇，一齐上来，帮同殴打。这人虽有力气，究竟寡不敌众，当时就被四五个兵勇，把他按倒在地，手足交加，直把这人打得力竭声嘶，动弹不得。[①]

地方官员连百姓手中的菜都要抢了去，对百姓的盘剥搜刮无所不用其极。百姓稍有反抗，就会遭到殴打，本是为民主持公正的官兵老爷，却使用暴力手段强迫百姓，可以说，晚清小说就这样为世人展现了一个在庸腐官僚体制下的活生生的苦社会。

（二）对为官贪财的深度揭露

中国是一个官本位的社会，通过科举入仕做官几乎是每个读书人实现"黄金屋、颜如玉"的最佳途径，然而通过科举入仕不易，十年寒窗苦读也不一定能拥有期待的结局，《儒林外史》的范进就把国人的科举入仕传统演绎得淋漓尽致。也正因此，人们往往十分看重官位，甚至为之无所不用其极。《官场现形记》中刁迈彭本为候补知府，当他无意中得知抚台欠钱庄七千两银子，就立

---

① 南亭亭长. 文明小史 [J]. 绣像小说，1903，(09)：46.

刻代为还债，于是被委任为总文案。《文明小史》第五十八回中，黄世昌为谋求官职，派自己的媳妇去给道台按摩，其行为举止突破了道德和人伦底线，超乎常人的认知。长此以往，官场个个利字当头、唯利是图。这一切真实地反映出晚清官场的金科玉律：只要拥有了官位，保住了官位，也就保住了财路。

晚清末年，伴随封建王朝的衰落，政治改革的推进，科举制度式微，加之连年战争不断，割地赔款，清政府鼓励人们出钱捐官。于民众而言，捐官是入仕的捷径，清末捐官之风盛行。于是，《宦海》《大马扁》《文明小史》中清政府的权力中枢军机处以及地方各府衙，成为官位空缺的交易场。大刘、冲天炮等胸无点墨的无业游民，通过捐官成为道台。这些人不以天下为己任，不想着如何为民，而是想着做官后如何纵情享乐，利用好手中的权力并从中牟利。有钱者以钱买权，当上官后以尽快回本再捞取更多的钱财为他们的最大目标，于是这些大小官员各尽其能。《梼杌萃编》中贾端甫曾因怒斥增朗之，为自己赢得了廉官的美名，实际上他并非不收礼，只是收得更巧妙，要求送礼之人必须掩人耳目，投其所好，才能如数笑纳，这样几年过去，生活宽裕，颇觉从容。《官场现形记》里江西代理巡抚何藩台在卸任前突击卖官，为了获得更好的肥缺，不辞辛苦地钻营，甚至发动身边的亲戚朋友帮忙宣传，哪怕卑躬屈膝、奴态尽显。另外，第五回中，玉山县令为了赶上收漕，忍痛花费一万多两银子赴任，不想路上因事被耽搁，到时已经天黑。他一夜未睡，生怕出现意外，结果好不容易熬到天亮接印时，钱粮漕米还是被前任收去了。金钱正以不可逆转之力，吞噬着晚清的官场现实社会。

（三）对清官酷吏虚伪面目的揭露

晚清报刊小说还为民众展示了一幅伪清官图。这些官员表面清廉实际贪财、利欲熏心。《文明小史》第二十二回中，抚台万岐自称讲究维新，生辰之际预先传谕巡捕官不准合属官员来辕叩祝，衙门里亦只备两桌素酒，来待几位官亲幕友。而实际上，"有贵重之物却是要的，送礼也要有诀窍，须经他门上邓升的手"[1]，直接进后院。《官场现形记》第四十六回，封疆大吏童钦差因病接触到鸦片，但是越吸越上瘾。因为生平最讨厌和"洋"字挂钩，遇到同僚调侃"吸洋烟"时，便厉声驳斥，认为自己所吸鸦片不是漂洋过海来的，而是本

---

[1] 南亭亭长. 文明小史 [J]. 绣像小说，1904 (22)：117.

土云南、广州一带所产。自己抽食国产鸦片，是抵制洋货的行为，是标杆，是典范。堂堂政府要员，带头吃鸦片烟，却非得冠之以"抵制洋货"的美名，真正虚伪至极。不仅如此，当童钦差到达南京办公务时，借治疗腹泻之名接受当地万太尊的鸦片膏，并命自己的儿子监工，熬煮大烟膏。儿子觉得路上够吃够用即可，童钦差却有自己的如意算盘在南京熬制烟膏，一切费用都由地方报销，而且返程路上，即使烟膏的容器破碎，也会有沿途地方政府人员出面赔偿。向来以清廉著称的钦差大人，也虚伪、贪腐至此。

这些所谓清官贪财的糟，不贪财的更糟。《活地狱》第九回中，新任阳高县知县姚明姚太爷，有"听断精明，案无留牍"的美名，到省未及一年，就连升两级，被委以重任。走马上任后，他事必躬亲，对地方上的所有的供词、讼卷全都亲力亲为，不给手下人任何借机发财的机会。这个给人留下深刻的勤政印象的父母官，却有一个专长，那就是打人，而且敢于下狠手。平民张进财向刘二瘸子讨账，为了方便、顺利，听衙役劝说，找清官姚太爷断案。结果姚太爷不问青红皂白，直接下令打板子，张进财不但没有要回账，还平空地挨了一千板子。受刑之后，被老爷吆喝："押三个月，期满释放。"在小说第十二回中，姚明断案，因为奸妇张王氏始终不肯招认，便叫手下人把自己新造的刑法铁熨斗烧红之后，拿上堂来，要给张王氏用刑，出于畏惧，张王氏直接按照姚明的说法招供。小说中，这样的酷吏不止姚明一个，还有用铁箍审人问案、勒得人眼珠直往外冒的魏剥皮，残酷好杀的单太爷等。晚清报刊小说对官场和封建官吏的百态进行了展示与批判，官员贪赃枉法，衙役狱吏残暴伪善、肆虐横行，致使冤案层出不穷，整个晚清官场犹如人间地狱。这表现出作者对整个晚清社会的反思，进一步凸显了民族救亡、反封建的主题。

三、对封建科举制度的关注与批判

晚清时期，社会变革，科考弊端显露，科举制度对中国官吏的养成使得中国的大臣大多以资历取胜，不但骨子里迂腐，而且深深影响着下一代。《文明小史》第五十七回讲，清廷要员方制台的儿子冲天炮留学归来，极讲究维新，但最大的爱好却是女人精致的小脚。在"维新"与"裹脚"的鲜明对比中，留学归来的精英骨子中的守旧显现至极。《二十年目睹之怪现状》中的考官和阅卷人员，大多耸肩曲背，其中不少还抽鸦片烟，嘴里发出浓浓的恶气味。他们做事中规中矩，对西方文明一无所知，甚至迂腐不堪。这些通过科考入仕的官员小心经营这来之不易的官位，胆小媚外，对外国人点头哈腰，卑躬屈膝。鸦片战争后，国门打开，伴随对外事务的增加，政府需要更多的外事专员。《孽海花》中以晚清公使洪钧为原型的金雯青出身状元郎，是小说中晚清精英知识分子的代表，然而，他行事木讷，竟然对待西国政治艺学没有十足的把握。相反，在小说《宦海潮》中，以晚清政府公使张荫桓为原型的主人公参赞张任磐却拥有超凡的洋务处理能力和外事能力，他随曾文泽赴俄，两人上下一心、斗智斗勇，获得谈判的巨大成功。同样是公使，一个是科举制度的佼佼者，却在外事活动中屡屡失败；一个出身平民，偶然入仕，却精通洋务，为国争光，这一对比鲜明地展现了科举制度下人才培养的失败。《二十年目睹之怪现状》中赵小云是制造机械不可多得的人才，几年前他克服重重难关出国留学，为的就是学成报国。然而科场行贿阻断了大批寒门才子的报国之梦，使得赵小云之辈遭到无情的排挤，报国无门。官场之中人才任用根本不以才能论高低。这些情节将清末科举制度的弊端进行了揭露，预示着国家机器即将走向全面垮塌的境地。

第三节　聚焦社会民生以新民

　　梁启超倡导新小说的目的之一在于启蒙民众，使其从愚昧的状态中觉醒。晚清报刊小说不仅着眼于对国家重大政治军事事件的报道，还对这一时期有关反鸦片、反迷信、反缠足，倡导男女平等的民生领域事件进行了真实而生动的呈现。

一、强调鸦片对民众的危害

　　鸦片由罂粟之汁液加工而成，俗称大烟。其实唐代已有少量鸦片流入我国，不过仅供药用。17 世纪，吸食鸦片的方法从南洋传入中国，鸦片作为嗜好品融入社会，但鸦片含有大量麻醉性的毒素，一旦吸食上瘾就不易戒除，会使人精神萎靡，骨瘦如柴，甚至死亡。18 世纪以后伴随殖民主义者入侵，鸦片贸易越来越盛，尤其英国东印度公司垄断权取消以后，鸦片输入中国更多。

进口鸦片数量猛增致使西方殖民主义者销售鸦片所得现金超过备办回程货物的需要，而中国则从现金入超转化为现金出超。由于白银外流数量激增，出现银价不断上涨和钱价不断下跌的趋势。第二次鸦片战争后，鸦片进口合法化在国内的销售量随之剧增，1863~1864 年为 69800 担，到 1879 年就增至 104900 多担，其货值等于当年外货进口总值的半数。① 由于市场需求量大，国内川、滇、广州等地也大量私种鸦片。鸦片大量涌入中国社会，不仅在身体和精神上严重摧残了本就羸弱的中国子民，而且也使中国的社会经济和国家财政遭受重大的破坏和损失。对此，晚清报刊小说做了如实揭露。

鸦片是以药用的身份堂而皇之进入国人视线的，国人认为鸦片可以缓解疼痛并醒神，慢慢开始食用。《官场现形记》中的童子良，《文明小史》中济川姨母家的表哥，因病吸上几口鸦片，结果再也戒不掉。由于鸦片漂洋过海而来，价格昂贵，起初仅作为上流社会的奢侈品供达官贵人吸食，但因为鸦片容易种植，而且市场需求量大，后来很多百姓也开始尝试种植和吸食鸦片。《二十年目睹之怪现状》写鱼米之乡四川因为种植鸦片，田野荒芜，面临饥荒时，要从湖南进米。到了清末，鸦片成为晚清社会民众普遍食用的小食。《大马扁》中翁师傅说，整个中国"找不出一个不吃烟的"！② 《廿载繁华梦》中周庸祐说："广东哪有不吃烟的呐？"③ 晚清时期，鸦片已经泛滥成灾，《宦海》中仲勋的媳妇怀孕也不曾戒断鸦片，刚刚生产完，就让乳母给她装上鸦片烟枪。《廿载繁华梦》中，广州大官宦周庸祐嫁女豪奢，稀奇古怪的玩意儿应有尽有，最惹人眼的就是精致的烟枪。而婚礼进行中，小姐忽然耍脾气不肯登轿子，只因母亲忘记给她准备烟膏。马氏只好赶紧着人去买，众人也在不断催迫小姐登轿的喧闹声中焦急地等待。周家老少皆以吸鸦片作为其奢靡生活的重要内容，未出阁的小姐也不例外，实在让人吃惊，这都是对当时社会吸食鸦片情况的真实反映。

鸦片对国人身心造成了不可逆转的伤害。国家大量库银外流，官员贪腐萎靡，无心管理公务，无心操练营防，官兵逐渐丧失战斗力。《官场现形记》第

---

① 何盛明. 财经大辞典 [M]. 北京：中国财政经济出版社，1990：216.

② 我佛山人. 二十年目睹之怪现状 [J]. 新小说，1905（07）：18.

③ 黄世仲. 廿载繁华梦 [J]. 时事画报，1905，12（8）.

十四回，武将胡统领带兵剿匪，到达目的地，船靠在岸边，胡统领"赶紧躺下抽烟，抽了二十多筒，他的瘾也过足了，一翻身在炕上爬起，传令发兵"。到了四更天，"胡统领又急急的横在铺上呼了二十四筒鸦片烟，把瘾过足"。《活地狱》第十八回中黑三入狱被提审，审案过程中，官媒"又是个吃鸦片烟的，跟着他站了半天，连他自己亦撑不住了，不住的打呵欠流眼泪"①。《官场现形记》第四十七回中封疆大吏童钦差办案中腹泻，地方官员无论怎样请医术高明的先生诊治，都收效甚微。最后才明白要用吸食鸦片这一"良方"来治病，只要抽几口，马上精神百倍。病好后，童钦差不但没有收手，反而就地利用，自己亲自监工，直接将办公的花厅变做了熬制鸦片膏的制烟场所，满屋子烟雾缭绕，即便有同僚拜访商谈公事，也不停手。更有甚者，《宦海》第十八回，仲勋的女儿刚刚出生，只是一味嚎哭，不吃奶，众人不解，找寻各种方法，最终找到了答案：

  一个乳母道："初生小儿，大概总是三朝开乳，你们这千金，为什么只管哭？乳多不要哺，哭得声气也要哑了。不知这小儿可有什么疾病？"

  仲勋道："新生的小儿，谅无什么疾病。我倒听得人家说过，父母吃烟，生下来的小儿，也会有瘾，教做胎里瘾。莫不是他烟瘾发了，要吃烟么？"

  他妻子听了好笑，说道："倒有这事，小娃娃才出母胎，乳尚不会哺，倒怎的教他吃鸦片？"

  仲勋道："你吃了就喷他一口试试。"他妻子不信，就呼上口烟，轻轻向小娃子一喷，觉着烟气到了小嘴，也微微的似乎会吸，哭声顿时停了。大家看着，笑个不了。他娘再喷了两口，说道："生出来就要吃鸦片，将来成个鸦片烟精，把他怎样安置？"

  仲勋道："不妨，我打听人家说，在百日之后，慢慢减少，可以戒得断的。"

  那乳母道："这吃烟的根，是出世就有，恐怕将来一吃就会上瘾。我看这种小娃子的皮肉骨血里面，都含有鸦片烟的质料，这小娃子竟是鸦片烟做成的。"大家笑了一会，从此这小娃子，每日必须喷烟，直待百日后戒断不提。②

---

① 南亭亭长. 活地狱 [J]. 绣像小说，1905（44）：03.

② 漱六山房. 宦海 [J]. 十日小说，1909（11）：09.

梁启超在《少年中国说》中盛赞少年，认为少年是国家的希望。可是《宦海》中一个嗷嗷待哺的婴儿竟然有这么大的烟瘾，长此以往，国将何国？晚清报刊小说将这一系列鸦片摧残人身心的事件淋漓尽致地展现出来，寥寥数语，却震撼人心。

晚清报刊小说把吸食鸦片的各种弊端放置在不同故事情节中，生动而形象地展示了鸦片于国于民于社会的危害，并就如何远离鸦片提出了自己的看法。如《老残游记》第十二回，老残与人瑞闲聊时，吐露鸦片容易致瘾，建议人瑞不要吸食。在人物对话中以规劝的形式指出要远离鸦片，自然生动。

二、倡导剔除迷信恶风

晚清下层百姓，愚昧无知，迷信活动成风。随着救亡图存形势的日益严峻，解放思想、普及科学、移风易俗迫在眉睫。彼时现代科学思想裹挟着新文化冲击着旧思想、旧秩序。在知识分子的引领下，《时事新报》《女学报》《小说丛报》《绣像小说》等诸多报纸杂志积极参与到反迷信的舆论宣传中，大量发表政论文章，《论风水之妄》《说门神》《雷震房屋》《戒拜兔说》等揭示了迷信问题，批判迷信行为。"《大公报》把民众迷信与国家兴衰紧密联系……把迷信问题上升到国家兴亡的高度具有极大的警醒作用。"[①] 以新民为己任的晚清小说，如《扫迷帚》《瞎骗奇闻》《临镜妆》等积极呼吁变革社会习俗，揭露社会的各种陈规陋俗、迷信事件，以引起社会重视和警觉。

晚清报刊小说直言不讳地对封建官僚阶层的迷信行为进行揭露。《临镜妆》中魏君智本是当铺出身，颇信占卜、算命、看相，听信了相命的张铁嘴"做官，当走一部大运"[②] 的话，便变产捐了知县，到江苏候补，数年后也未得实缺；魏夫人迷信生死轮回，晚上为自己的父亲俞敷"请喜"招魂，取了俞敷穿过的一套衣服，到灶上点了香烛一声声叫唤，最后"在地下找了一个虫儿，裹在这套衣裤里""送回房去"，算是找回了他的魂；洪抚台的太太死后，其家人便在莲花寺做水陆道场超度亡灵，用去的银子不计其数。这些都表现出官员及官员家属的愚昧，而此类披露和抨击官僚阶层迷信的文章屡见不鲜。《扫迷帚》

① 刘宏. 清末《大公报》反迷信述评 [J].河北广播电视大学学报，2016（04）：02.

② 铁汉. 临镜妆 [J]. 小说林，1908（09）：33.

第九回有某省学政酷信鬼神，相传其视学某省时，署中偶有一青蛙，跃至案下，伏着不动，这件事本不足为奇，但是学政甚为昏愦，听从身边仆人的恭维话，认为这只青蛙是城中庙上的神化来的，它所到之处，都会有喜庆的事情随之而来。学政大人见这只喜青蛙光临自己的府邸，认定是庙中的神灵从天而降，会有好事发生，从而欣喜若狂，赶紧带领亲眷数人，穿戴整齐，进行叩拜，并且准备了牲酒进行祭献。同时，学政命令手下轻轻地将青蛙神放到盘子中，用玻璃罩盖好，派一差官蟒服执香，以己之衔牌执事前导，让手下亲兵敲锣打鼓，自己亲自护送青蛙直至庙中。学政主管当地的教育督导工作，身为政府官员，却迷信荒谬到如此程度，真是让人触目惊心。

官员及其家属都如此迷信昏聩，识字读书少的百姓更是如此了。《扫迷帚》第四回写有一个城外农人，家中父母双全，耕田度日颇可温饱。正好在一年一度的盂兰节赶热闹进城游玩，遇上一个瞎人算命，便出百文钱让他推算流年结果被说成是父母早亡。小说第九回讲忆安河英山县西乡有一位柯姓女子，十五六岁，向有痴疾，辄十余日不食，自云不饿，不几天就死了。家中附近有一位术士称柯女已化为仙人，即将降福邻里，不应当像普通人一样入殓，宜用两缸对合封固，为立庙，置庙内，则躯可不朽。乡民们听说了这件事，争相敛钱建祠，庙中香火不断。以往荒芜沉寂的乡村，顿时喧闹起来，车来车往，络绎不绝。女子的父兄伯叔等亲人借此机会敛金，"岁入不赀，借以购美宅，置良田，出入衣服华美"。这时，有一个县尉顾某，对此事半信半疑，带领官兵强行将缸打开，当众人正欲拦阻时，缸盖早已被揭开，只见"臭水满缸，白骨数十根而已"①。术士的话并没有奏效，众人在无趣中各自散去。谜底就这样在众目睽睽下被揭开。《瞎骗奇闻》中洪士仁听信当地的周瞎子占卜，认为只有到了一贫如洗的地步才能飞黄腾达，从此不求进取，堕落到底，等待预言的实现。结果害得自己妻离子散，家破人亡，洪士仁一怒之下杀了周瞎子。此类故事不胜枚举，晚清小说正是通过一个个血淋淋的故事呼吁人们停止这种无益的迷信行为，体现了小说作者强烈的社会责任感。

晚清报刊小说不但把社会上害人的迷信行为通过讲故事的形式生动形象地演绎出来，还注重传播科学知识，以天文学解释借东风，以电枪解释掌心雷，

---

① 壮者. 扫迷帚 [J]. 绣像小说. 1905 (45)：08.

点醒无知蒙昧民众，用科学扫荡着一切的迷信风俗，荡涤民众的灵魂。有时小说直接提出自己的观点，指出破除迷信的途径方法，给人以启迪。《扫迷帚》就认为，迷信是阻碍中国进化发展的最大障碍，建议普及文化科学知识，大兴学堂，倡导新道德，提升国民素质，以此彻底摆脱封建迷信行为，与报刊政论思想不谋而合。

三、倡导摒弃妇女缠足

缠足的历史在中国源远流长，五代以后，兴起缠足之风。缠足作为男权社会的一种审美象征，在传统中国常盛不衰。明清时期，社会更加崇尚缠足，女子之足的大小与其家庭地位和社会认可紧密相连。在倡导改良图新的过程中，康有为、梁启超等人从国家生计图强、全民新民的视角开始关注两万万女性，长期足不出户使得女性思想的启蒙远比男性更困难。因此，解放女性的第一步必须要让妇女身心健康地走出闺房，释放被裹住的脚。

在传统中国社会，缠足要从小开始。用白色的布将脚部从前到后全部裹紧，制约脚部的正常生长，如果遇到女子脚自然生长比较快的，还需要将脚趾折断，向上或者向下包裹。不经历一番皮开肉绽、痛彻心扉，是裹不出娇美的"金莲"的。很多女子生来身体就比较虚弱，根本经受不住裹脚的折腾。晚清小说对女性自幼年缠足的经历做了真实而生动的记录。《黄绣球》第二回讲女主人公黄秀秋出自书香门第，但是两三岁时丧父丧母，成了孤儿。被一个分房婶娘带了去抚养长大，平时饥一顿饱一顿，过了四岁就被当作丫鬟使用，要做许多粗重活。夏天睡在蚊子堆里，冬天也只有一件破棉袄，冻得流了鼻涕出来，还要被打骂。一年到头，疾病痛痒，婶娘都对其视而不见，只是有一件：

> 天天那双脚是要亲手替他裹的，……有时他房分叔子听不过，说："你也耐耐性子，慢慢的与他收束。若是收束不紧，也就随便些，一定弄到哭喊连天同杀猪一般，给左邻右舍听见，还道是凌虐他，是何苦呢？"
>
> 他婶娘道："这女孩子们的事，用不着你男子汉管。原为他是个没娘的孩子，将来走到人面前，一双蒲鞋头的大脚，怎样见人？偏生他这撒娇撒泼的脾气，一点儿疼痛都忍不住，手还不曾碰到他的脚，他先眼泪簌簌漉漉的下来，支开嘴就哭，叫人可恨。恨她不是我养的，要是我养的女儿，依我性子，早就打死了！不然，也要捶断他的脚跟，撕掉他几个脚趾头。

若是左邻右舍说我凌虐他，请问那个邻居家的堂客们不是小脚？脚不是裹小的？谁又是天生成的呢？如今我不替他裹也使得，日后说起婆婆家来，却要说我婶娘：既然抚养了他，不讲什么描龙刺凤的事，不去教导他也还罢了，怎么连这双脚都不同信？如此传出去，不但我受了冤枉，只怕人家打听打听，无人肯要，倒耽误了这孩子的终身，对不住他那死去的爹娘！再说大脚嫁不出去，你就养他一世不成？看你有饭还怕吃不完呢。"

絮絮叨叨，一面说，一面更咬紧牙关，死命的裹。黄小姐那时虽然年纪小，听了他婶娘这一番话，晓得他的利害，也就死命熬住了疼，把眼泪望肚里淌。以后一天一天的都是如此。①

《石秀全传》中石秀的女儿在七八岁时开始缠足，由于白布缠得很紧，脚部气血不流通，时间一长，开始慢慢出血溃烂，最后一双白嫩的小脚只剩下了两只脚背，走路需要有人搀扶。一个健康的小姑娘就这样在缠足中被摧残，被损害折磨。即使缠足成功，着地面积极小的两只小脚根本无法承受身体的重量，不但走路慢，而且摇摇晃晃。《活地狱》第十八回，常年裹脚的朱胡氏在衙门里受审时，被官拿捏得死死的，"官叫差役到堂下，捡两块齐整的砖头，侧过来摆在公案前面地下，叫官媒把这女人的鞋同裹脚一齐脱掉，先脱一只脚。这女人是缠过脚的，不穿鞋已经是不能站立，何况是去掉裹脚，还要他站起来呢"！朱胡氏脱卸完了，被勉强扶起，由两个人架着，站在砖头上面。站了一会，"两只腿只是打哆嗦……站上去不到半点钟，朱胡氏觉得自己身子好像重得很，那只脚就有点支撑不住，又停一刻，只觉得身子有几百斤重，再过一刻，竟像有千斤之重……先不过两腿发酸发抖，后来竟其大抖起来，身子亦就有点歪斜，无奈两旁人架住，不能由己。再站半天，只见他脸色改变。冷汗直流，下面的尿早从裤脚管里直淌下来……最后两眼一翻，有点昏过去的意思"②。女性裹脚，本就是对男权社会的屈服，结果这双被裹着的小脚竟成为官老爷审案的手段，既可悲又令人愤懑。《文明小史》也讲"湖南人是讲究缠小脚的，无论大家小户，一个个都缠得如菱角一般瘦削，其长不及三寸，若说无事的时候婷婷袅袅，顾影生怜，倘若有起事来，要他们多走几步路，却是半

---

① 颐琐. 黄绣球 [J]. 新小说，1905，02（03）：12-13.

② 南亭亭长. 活地狱 [J]. 绣像小说，1905（44）：02-03.

天换不上一丈"①。《时新小说》写当地一个富户人家因仆人点火不善，突发火灾，火光冲天，吓呆了众人。待大家回过神来，纷纷往外跑。可是小脚的妇人在惊慌中更走不快，于是向仆人求助。可是面对熊熊大火，仆人只能自保，只背着妇人们跑了几步，就把她们扔在了一边。待大火被扑灭，这几个妇人只剩下一堆白骨，最终富户一家在这场火灾中家破人亡。这都是缠足裹脚惹的祸。《邻女语》和《痛定痛》中均提到庚子国变，洋人入侵村庄，为保命，村民纷纷全家出逃。可是逃难在路上，妇女别说跑了，走都走不远，能幸运避难的，寥寥无几。

维新运动中，康有为等人纷纷著书立说，认为女子缠足会导致女性身体血气凝结，缺少运动，虚弱不堪。他们将裹足与女子生计、国民身体素质联系在了一起，这在晚清小说中也有反映。《缠足小说》中李家的三个孙子中，大孙子和二孙子每天都活蹦乱跳的，只有三孙子从生下来就小病不断，身体虚弱不堪。后来大家坐在一起分析，认为是三媳妇裹脚，母体虚弱导致孩儿也虚弱。小说不动声色，仅仅将大脚媳妇所生孩儿与裹脚媳妇所生孩儿进行对比，便道出缠足对子孙后代身体素质的影响之大。长此以往，在一代又一代的繁衍中，整体的国民体质虚弱，国家会更加陷入积贫积弱的局面。当时在维新派的大力宣传下，很多人都把废缠足兴维新挂在嘴边，小说对此也进行了展示。《文明小史》中的新党人物魏榜贤常常在聊天或者发表演讲时，将废缠足当一件时髦的事情讲，认为不缠足就是自由，就是支持维新的表现，而私下取兴，还要找小脚妓女。同样，制台的儿子冲天炮，国外留学归来，处处讲文明、谈维新，但是取乐逛妓院，依旧要找脚最小的。《小足捐》中某巡检为了尽快升官绞尽脑汁，竟然提出以"足"的名义来筹款，目的是尽快"革除旧俗"，结果被斥责。

晚清报刊小说既对缠足这一陋俗对女性身心的摧残进行了无情的揭露，又对反缠足宣传中一些虚假支持反缠足行为进行了揭露和批判，希望通过这些血淋淋的真相唤醒国人，并真正关注妇女命运。《女学生》《女学堂》《姊妹花》等小说进一步对这一时期兴女学、进女子学堂、女子就业等事件进行了呈现。这些小说使中国女性有机会接触到西方先进的女权理论，加之反缠足运动的宣

---

① 南亭亭长．文明小史［J］．绣像小说，1903（09）：45．

传，中国女权运动在整个晚清社会慢慢开展起来。很多女性紧跟时代的步伐，反思自己受到的其他伤害。女性开始注重个人卫生习惯，开始结合西洋审美来打扮自己，注重形体美。1907年，为争取不缠足，胡仿兰选择以自杀的形式向时代致敬，成为当时社会的热点事件。

综上所述，晚清报刊小说不仅记录了关系国计民生的重大政治、军事事件，传递民族危亡的信息，还聚焦社会民生，以讲故事的形式具体而真实地呈现了鸦片、迷信、缠足对中国晚清社会的巨大毒害，以及对民众的种种摧残，发人深省，并提出了切实可行的救世良方，给民众以启蒙。

第四节　晚清报刊小说中的高度真实性

所谓的"高度真实性"是指比真实彰显更加真实的特质。真实往往与虚构相对，容不得半点虚构、夸张、粉饰，更不允许无中生有，凭空捏造。真实是新闻的特质，新闻在人类社会中的价值与意义，就在于它所传播的信息真实、准确而及时，能够全面地把社会生活中的实情反映出来，以便于社会大众广泛地了解社会信息，根据它来绘制"社会地图"，然后做出行动的决策。坚持真实性是新闻工作者必须恪守的首要原则。小说创作则讲求虚构，作为文学艺术的主要表现形式，"小说被认为是一个民族的秘史。揭秘的有效手段之一就是虚构"①。小说依据创作者对社会生活的直接或间接的体验，通过虚构、想象等艺术手法反映现实，寻求与读者在情感上的共鸣。小说创作者的想象力愈丰富，其作品内容的新颖性、奇特性就愈强，更能激发他人的审美情趣与对生活本质方面的某种感悟。小说也讲求真实，但是更侧重展现艺术的真实。新闻与小说分属不同的学科领域，各有其本质属性和价值追求。总体说来，新闻以事为主，以真实为特质，以时效性为追求；而小说则是以人为本，以虚构为特质，以审美为追求。二者在精神文化领域中各归其类、各有分工，小说不能代替新闻，新闻也不能代替小说，这是有关小说和新闻保持独立特征的原则问题。然而，值得关注的是，世界上并不存在互相绝对隔绝、纯而又纯的事物。晚清时期，在外敌入侵的现实中，民众对信息的渴求空前高涨，新闻业的勃兴

---

① 杨文忠．"新闻是事学"的文体学意义［J］．春秋．2008（03）：175.

推动了现代意义上的大众传播空间的初步形成，在梁启超等人对小说新民功能的倡导下，小说以报刊为载体传播四方。伴随新闻业的发展而发展，文体也逐渐向新闻靠拢，新闻追求真实性的特质逐渐为小说所接受。这一时期的小说往往取材新闻事件，大量引入社会中的真人真事，且时效性强，内容比报刊新闻更加详细而生动，成为新闻外的新闻。民众往往拿小说当新闻读，彰显了小说文本的高度真实性。

一、小说大量取材新闻，记录实事

甲午战争前后，一方面，新闻信息伴随社会剧变及近代新闻业的诞生，越来越受到中国社会的重视。各大报刊重视新闻，新闻素材日益增多，小说家的报人身份使其更为便利地引用新闻事件。另一方面，晚清小说家面对社会流弊不吐不快，力求描写新的事实，希冀暴露社会现实，以呼吁读者关注时事，从蒙昧的状态中警醒。晚清小说大量取材新闻，将真实的事件演绎成一个个故事，如1905年反映中法战争的《死中求活》，1911年反映秋瑾女士被害的《六月霜》等。这些新闻事件一部分成为小说情节的有机组成部分，还有一部分成为小说的主要情节，相关人物也进而成为小说的主角。1903年末，金松岑开始创作政治小说《孽海花》，历年来政治方面的新闻热点成为小说情节构思的基本起点。《活地狱》集中于对晚清监狱黑暗的揭露，所写十五个故事侧重不同，或者写书差横行无忌，或者写刑罚残忍酷毒，还有就是表现狱吏折磨囚犯，囚犯入监狱如入地狱般生不如死。尽管没有突出的新闻人物和新闻故事，但是监狱本身对于普通百姓来说就充满神秘感，这十五个监狱故事组合在一起，构成了巨大的信息量，给民众带来强烈的视觉和心理震撼，作者也从而实现了揭发时弊、一吐为快的写作目的。

二、小说涉及众多晚清新闻人物

晚清小说不但内容涉及的范围广，从山东到山西，从西藏到杭州；而且涉及众多历史人物，从封建政府最高统治者到官场要员，从维新派代表、革命派志士到医、卜、星相等三教九流，凡是当时的新闻人物，小说都有提及。《孽海花》中二百多个人物都以实有的历史人物为原型，或用化名，或用真名。它通过记叙当时京城内外一大批知识分子、官僚、名士的聚会场景，借其眼、嘴道出了大量的新闻，所涉及的新闻人物有慈禧、光绪、李鸿章、冯子材、刘永福、洪均、孙中山、谭嗣同、龚自珍、赛金花等。《官场现形记》的几十个故事涉及南北十多个省份，前后出场的人物多达一百六十余人，上到北京的军机大臣、中堂，下到偏僻小县的知县、驻军的营官，其中重点刻画的人物有数十名。天津《民兴报》刊登《新编李德顺小说》出版预告："直隶团体同人争议津浦铁路一案，……今此案业经办结。鄙人将此编辑成书，名曰李德顺，……先此登报布闻，以告愿闻此案之原委者。仁寿轩主谨白。"① 可见李德顺是当时的新闻人物，《李德顺小说》是根据当时发生在天津的真人真事编写的一部小说。一方面晚清政府进行严格的舆论管控，对这些有身份有地位的名人信息百姓难以知晓；另一方面，这些名人的故事对百姓有巨大的吸引力，可以引发巨大的社会效应，使小说一出版就赢得社会的关注。所以，晚清小说大量写真人真事，融名人逸事入小说，既增加了小说的真实感，又增添了小说的无穷魅力。

三、小说故事时效性强

晚清小说有意描写新近发生的事实，注重时效性，往往是刚刚有一件轰动社会的事件发生后，小说就会有所反映。《最近社会龌龊史》由题目即可知，作者是在以新取胜。当时的小说不但在题目上强调新，吸引民众眼球，而且往往是重大历史事件一发生，作者们立刻就引新闻事件入小说。《中日战守始末记》《救劫传》《剑腥录》等小说从成书到出版在 2—3 个月内就完成了。《上海游骖录》在湖南资产阶级革命党人发动武装起义后的 2 个月内问世，而且内容比新闻还详尽，更加有趣味性。小说《劫余灰》在美国兵部大臣达孚特从菲律宾抵沪后不到半年时间问世，通过陈述婉贞因丈夫被诱骗卖作猪仔的悲惨遭遇激发国人团结起来反抗美国虐待华工的罪恶。小说家们深知"时间就是新闻价值"，所以当梁启超在日本东京组织"政闻社"，鼓吹君主立宪、反对革命，并在海外华侨中进行活动时，黄小配即在 1908 年日本东京出版《大马扁》，把康有为写成"招摇海外"的"棍骗"，一个大言欺世的"伪圣人"，直接打击保皇派。1911 年 4 月 27 日广州武装起义爆发后，黄小配亲历其事，事后搜集材料，写成"近事小说"

---

① 仁寿轩. 新编李德顺小说 [N]. 民兴报. 1909 - 09 - 25.

《五日风声》，从5月起在广州《南越报》连载。这部长达三万余言的作品，翔实记载了起义准备、战斗经过，以至黄花岗收葬烈士的基本情况。有的小说特别注意把具体时间表明得非常清楚，仿佛写新闻一样。

　　综上，在晚清政府严厉的信息管控之下，小说一枝独秀，写真人真事，甚至直接取材新闻，构建国家民族的真实镜像。虽然小说对社会事件的反应速度远远比不上报刊新闻，但是它们把简洁的事件扩展成一个个详细而具体的新闻故事，冲破了封建政府的信息封锁和舆论钳制，满足了民众对社会信息的需求，从而成为新闻外的新闻。正如吴趼人所说："今日之社会，岌岌可危，……以小说一体畅言之。"① 晚清报刊小说关注国家政事信息，以展列的方式对社会重大事件及民生事件进行了真实而全面的描摹呈现，在内容上具有极高的写实性，宛如"一面镜子"② 使读者形成了对晚清社会境况的认知，在循循善诱的引导中期望实现"新民"的目标，具有极为重要的启蒙价值和认识意义。

---

① 　我佛山人. 上海游骖录［J］. 月月小说. 1907（06）：53.

② 　铁汉. 临镜妆［J］. 小说林，1908（09）：01.

第二章　体式结构新闻化

小说的结构，是围绕小说主题对素材的组织方式和文体的外部形式，紧密围绕内容而展开的。在以往的研究中，晚清时期报刊小说的体式结构受到了较多学者的关注，以陈平原先生为代表的大多数人认为，晚清报刊小说的体式结构"有古今中西互相掺杂的因素"[①]。一方面，为了更好地"新民"，启蒙新思想，翻译家用中国传统小说的眼光和框架来改造西方小说，使之符合中国读者的阅读习惯和阅读兴趣；另一方面，翻译家在进行艺术的改造和创作的同时，会不自觉地受到西方小说结构的影响。但笔者认为，研究这一时期的小说结构，还应当看到载体变化对小说结构所产生的隐性影响。中国古典小说讲求主题鲜明而突出，故事情节高潮迭起，这就要求小说作家在创作时一气呵成，结构紧凑，并且具有完整性。登载于报刊的小说，由于其定期、连续的出版方式，作者常常是边写边发表，读者在作者尚未完成整部作品的情况下便已开始阅读作品了。也就是说，作者在创作中可以根据读者的反馈进行适当的内容调整，作者与读者几乎是同步进行着创作与鉴赏的行为。因此，本章主要研究小说在适应报刊载体的过程中，其结构为更好地承载新闻化的内容而发生着变化。

体式结构是晚清时期报刊小说区别于传统小说的最显著的特征。"传递信息"是新闻文本的第一功能，"塑造典型形象"是小说文本的第一功能。新闻重在清楚明了，浅显易懂，反对朦胧含糊；而小说重在内蕴丰富，委婉曲折，言此而意彼，虚虚实实，给读者以想象的空间。我国古典长篇小说主要采用外在叙述体式的章回式，将全书分为若干章节，回数不一。章回体结构形态很好地承载了小说的内容，成就了中国古典四大名著的出现。晚清时期，受到新闻

[①]　陈平原. 二十世纪中国小说史：第一卷 [M]. 北京：北京大学出版社，1989：206.

业的影响，以报刊为载体的小说文本一改往日的风采，自觉担负起对事实的传播责任，其结构形态既承继传统，也锐意突破，更多地向报刊体式结构发生倾斜，以是否有利于事件的具体化、晓易浅显为准则。长篇小说采用了动态报道式、采访见闻式的结构体式。短篇小说则更多倾向于时评体式结构，呈现新闻化的特征。

第一节　动态报道式

晚清政府面临内忧外患，做垂死挣扎状态，虽然对外一味妥协退让，割地赔款，但是对内实施铁腕政策，不但动用武力灭杀一切反抗行为，而且严控民间报刊舆论，禁传重大政治军事消息，以维护统治权威。众多民间报刊和报人因此而被判刑，甚至丢掉性命。一部分报人小说家在无奈与悲愤中以新闻人的身份进行小说创作，并将之首先载于报刊，他们自觉地将大量事实作为报刊小说的主要内容，告知民众国家大事的来龙去脉，宣传民族行将危亡的消息。小说文本作为一种另类的"新闻"文本与报刊信息传播形成互补，多角度、多方位地展现晚清社会图景，完成对国家民族的建构与激励，并且以温和的、较为隐蔽的、循序渐进的方式对民众进行思想启蒙。因此，晚清小说在报刊刊载传播，跟新闻一起，混合在报刊版面上，成为晚清报刊不可或缺的一个组成部分，且能够为报刊打开市场，扩大销路。

由于传播目的职能、传播内容、传播载体和传播方式均发生了改变，晚清小说跟新闻文体一样，受到报纸杂志的版面限制，长篇小说在报刊上一期登载一回，使得小说家不得不根据报刊传播特点来重新考虑每一次的创作。传统小说一般要按照写作意图全部完成后才能刊刻印刷，一部数十回的长篇小说有一个完整的独立系统，回回相关联，缺一不可，读者品读传统小说，看的是其整体性，至于每一回，只要与主题相关联就可以，不必一回有一回的精彩。而连续刊登在报刊上的小说无形中要求小说家在满足人们对社会信息的需求的同时，必须在有限的报刊版面空间内完成一个故事的叙述，并想尽一切办法增加独立单元的兴趣点，激发读者对该篇小说的持续关注。社会转型期小说所承担的使命任务、小说的传播载体以及读者的阅读兴趣点，都促使报刊小说作家积极寻找、探索甚至变革结构形式，满足多方需求。这使得晚清报刊小说的结构形态，既沿袭中国古典长篇小说的章回体式，合在一起全面呈现社会或者某一领域的整体风貌；又适应报刊刊载需要，可以将每一部长篇分割成一个个有着必然联系的短篇，宛若一篇篇新闻报道一样，篇幅短小，文字整齐划一，翔实记录某一单独事件，主题突出而意图清晰。合起来的纪实长篇小说就是一系列动态新闻报道的合集，这就是晚清报刊长篇小说的体式结构之一——动态报道式。采用动态报道式创作方法的晚清报刊小说往往对取材于社会现实的几个或者几十个相对完整独立的实事故事，平铺展开，或者用某物对各种时事故事的先后展开加以串联，宛若近代报刊中的系列报道或者连续报道，"分之可成无数短篇写生小说，合之可至无穷之长"①，具有绵绵不绝的延展性。如《活地狱》中的十五个故事，分开后每一篇都是记录某一个地区关乎一人或者几人的入狱事件，且入狱经过和结果相对完整；而组合在一起，则是从不同侧面反映了全国各地百姓入监狱所经历的种种惊心动魄的故事。这样多维度的展示，尤其是伴随对衙役的种种令人触目惊心的酷刑的展览，诸如"五子登科""红绣鞋""三仙进洞""过山龙""大红袍""烧臂香"等可以使表现狱吏贪腐狠毒的主题更加突出。

动态报道式是晚清报刊小说最常见的体式结构之一，根据其所承载内容的不同及情节安排设计的不同，具体又分为动态平铺式和动态集束式两种形态，这两种结构形态的优势在于，可以在一定时期内对某一重大社会事件或者某一社会现象进行全面而持续的记录，内容广泛而深刻，及时把最新的情况告知民众，从而收到良好的社会效果。

一、动态平铺式

用动态平铺式结构来组合各个故事，最显著的特征就是，小说往往由具有相同主题或者相近题材的众多讲时事的短故事组合而成，在这诸多故事中找不到任何一个能够统摄其他诸故事的核心情节，在诸多人物中也难以找到任何一个可以统领全文的核心人物。可能某几个回合会有大致共同的人物，在甲故事中的主人公，过渡到乙故事中时，已成为一般性的人物；而乙故事的主人公过

---

① 胡适. 五十年来中国之文学 [J]. 《申报》五十周年纪念刊《最近之五十年》，上海：申报馆，1922.

渡到丙故事时，也同样渐渐隐退为次要角色。《官场离婚案》《家庭现形记》《社会现形记》《最近官场见闻》《学堂怪现状》等小说均采用了这一结构，这种结构通过对晚清社会不同侧面的生活现象的归纳式描写，达到对社会生活场景的全景式扫描，完整而全面。

"1903 年 4 月，《官场现形记》在社会上引起了巨大反响……购阅者踵相接"①，除了它所表现的内容对官场进行了全面而深刻的揭露之外，动态报道式结构也扮演了重要角色。这部小说由六十一个大致能自成故事的情节单元组成，每一情节单元有一中心人物贯穿，并且该人物能在其他单元中起接续作用，由此形成一种复合型的"折叠"式结构。如小说第一、二回以陕西人赵温考取举人及进京赴会试为主要情节，通过随行的钱典史上任过渡到江西，引出第四、五回江西代理巡抚何藩司卖官鬻爵且由此兄弟失和的故事，又由何藩司弟弟三荷包通过朝廷军机大臣买得山东胶州知州一职，引出第六、七回山东胡巡抚委托陶子尧办洋务的故事。如此，最终像串糖葫芦一样共牵引出六十一个小故事，这些故事涉及南北十多个省份，前后出场的人物达一百六十余人，上到北京的军机大臣、中堂，下到偏僻小县的知县、驻军的营官，其中重点刻画的人物有数十名。全书不断变换场景场地，从各个侧面勾画出清末官场的生活实况，不断更替着人物事件的人生大舞台。小说从内在的思想情感来看，以揭露封建社会末期吏治的腐败为创作目的；从外在的形式来看，则是用各种人物轮流上场串联，构成了一种动态平铺式的结构方式。这种结构适应了时代批判的主题。

《活地狱》第一回写山西大同阳高县富户黄唐因自家黄牛被南村大财主巫家牵去索要不成反被打，最后索性告官。县官审案时赵稿案从中出计。第二回开头写赵稿案找来快班总头史湘泉，由其出面负责斡旋于黄、巫两家，以便县官大老爷可以从中收礼。第一回中的赵稿案退出，史湘泉成为第二回中的主人公。史湘泉和自己交好的伙计赵三设计骗富户黄唐家的管家黄升和佃户王小三入狱，从而遇见班房副役莫是仁。第三、四回中黄、王二人在监狱中吃尽苦头："这里黄升同王小三站了好半天，也不见有别的人来，两腿站的着实有点酸痛，意思想要蹲在地下坐坐，谁知一根链子，一头套在脖子里，一头绕在栅栏上，其中所剩有限，被他吊着，一时缩不下身子，意思想叫莫是仁替他放长

---

① 欧阳健. 晚清小说史［M］. 杭州：浙江古籍出版社，1997：55.

点,又想他们未必肯行此方便,只得熬住腿酸,权时忍耐。但是一样,进来的时候,鼻子管里只闻得一阵一阵的臊气。起初不知什么缘故,后来听得声响,才知道栅栏后面,紧靠着他二人站的地方,放着一个尿缸,所有的犯人都到这里小便。起初还可忍耐,到得后来,看看天晚,肚子里有点饿了,那才渐渐不能忍受,时时刻刻的打恶心,王小三更是叫苦连天。"① 在第三回开头,几句话带过史湘泉,到此回的中间部分,莫是仁出场后,即成为引领三至五回的主要人物。由于无法忍受班房的恶虐,受黄升拜托,第五回莫是仁到黄家送信,听说当家男人黄升入狱,黄升媳妇周氏哭哭啼啼入狱探望,引发班房管事苟二爷欲占有周氏,设计引周氏被押在官媒处。为完成苟二爷的"心愿",官媒婆赛王婆出场,引出第六回第七回赛王婆在官媒处对周氏的威逼利诱。由于媳妇一夜未归,引出黄升母亲向黄员外求情以及第八回黄员外入衙门,县老爷等一般人等在两家得到若干好处后,终于断案,这场由一头牛引发的官司在黄家用银千余两,巫家用银几百两后"瓦解冰消"②。在第一至八回中,没有一个人物贯穿全局。全书不断变换场景场地,一会儿从黄员外家到县衙,一会儿从巫家到班房,小说从各个侧面勾画清末监狱的恶劣实况,没有秉公断案,没有对百姓的同情,让以县衙班房为轴心的各色人等粉墨登场,用贪婪黑心的差役狱吏的先后上场交流、各种榨取百姓钱财故事的先后展开加以串联,构成了一种动态平铺式的结构方式。这种结构与作者批判、揭露封建社会末期监狱班房的腐败黑暗、人性的堕落以及监狱的管理人员和犯人之间的交易、勾结的主题相适应。

　　小说《宦海》也采用这种结构。小说第一回讲金臬台率领府兵到广东抓赌的事,主要人物是臬台金翼。第二回讲金臬台荣升金藩台,在抓赌禁赌过程中遭遇赌场头目王慕维等众赌徒的顽强反抗。金藩台只在开头出现,赌徒头子王慕维成为这回次的主角。王慕维在当地一手遮天,在金藩台率兵抓赌之前,早有人给他通风报信,而这个报信的人不是别人,正是金藩台的儿子。由此引出第三回,主要围绕金藩台的儿子受贿展开。金藩台的儿子收了王慕维一万两银子,心甘情愿给他通风报信,而这也被王慕维之流作为制约金藩台的把柄。事

---

① 南亭亭长. 活地狱 [J]. 绣像小说,1903 (04):02.
② 南亭亭长. 活地狱 [J]. 绣像小说,1903 (11):03.

情始末调查清楚，金藩台一气之下口吐鲜血而死，新官过来补缺，引出第四回的主要人物庄潮甫。由此可见，这部小说也没有设置贯穿全局的核心人物，全书同样不断变换场景场地，一会儿是臬台办公场所，一会儿是审案的班房，一会儿又转移到赌场，从赌场出来，地点又变换为藩台的家。小说不断变换故事的主角和内容，从各个侧面勾画出清末广东官场与赌场相互关联的恶劣实况，对各种官场、赌场故事的先后展开加以串联，构成了一种动态平铺式的结构方式。这种结构与作者批判、揭露封建社会末期广东官场的腐败黑暗、人性的堕落以及当地赌场的赌棍独霸一方，为所欲为，与官员暗自交易、勾结的主题相适应。

这种平铺式结构有对中国传统小说《儒林外史》"全书无主干，仅……行列而来，……颇同短制"① 结构的继承，同时尽量适应报刊传播的特点。报刊连载的传播方式使民众在有限的阅读时间内想要尽快了解社会新近发生事件的动向和结局，这样，报刊小说就必须加快叙述节奏，缩短叙述者与接受者的距离。《活地狱》《负曝闲谈》等小说一个故事接一个故事，总体看来头绪纷繁，但就每一个具体故事而言却又很少枝蔓。这些小说也有自我突破，那就是尽量避免复杂的结构形态，而且它们的结构形态明显是向近代报刊中的系列报道的新闻文体结构形态靠拢的结果。

晚清时期，受利益驱使，民办商业性报刊为最大化占有市场而竞争激烈，《申报》《新闻报》《上海新报》《大公报》等常以系列报道的形式及时报道重大社会事件，以求实时跟踪，全面而具体地向民众呈现事件的本来面目或者动态发展状况。新闻界的系列报道，分解开是对单个事件的报道，着眼于整体构思的某个方面；整合起来则是对相关事件的多侧面多角度展开的系列报道。整个系列报道有分有合，具有系统性和全面性。组成系列报道的多个报道都是独立的，它们没有外在的联系，却有内在的联系。清末的"丁戊大旱灾"是当时前所未有的一场大灾难。《申报》敏锐地注意到了这次灾害波及的范围之广，影响之大，向各地访员征求消息，密切关注各地灾情。以 1877 年 1 月至 1877 年 12 月《申报》的报道为例，具体情况见表 2 - 1。

---

① 鲁迅. 鲁迅全集 [M]. 北京：人民文学出版社，1981，(03).

表 2-1 《申报》关于清末"丁戊大旱灾"报道统计表

地区省份	新闻篇目	主要内容	刊出时间
京津及苏北地区	《京师少雨》	"入春以来，京师甚少雨泽。"①	1877 年 6 月 2 日
	《津沽时疫》		1877 年 7 月 3 日
	《时雨未足》（天津）		1877 年 8 月 17 日
	《金陵求雨》		1877 年 6 月 4 日
	《苏垣流行》		1877 年 6 月 19 日
西北	《书本报北省苦饥苏垣近事二则》		1877 年 11 月 16 日
	《贫民冻死》	北方地区的饥民在风雪交加的天气，一夜之间"因之冻毙者，不知凡几"。②	1877 年 1 月 29 日
山东	《论山东办灾事》		1877 年 12 月 13 日
	《劝捐山东赈荒启》		1877 年 2 月 4 日
	《论收养山东饥饿幼孩》		1877 年 5 月
	《烟台病疫》		1877 年 6 月 5 日
山西	《晋灾劝捐》		1877 年 11 月 19 日
	《论山西近事求饥良方》		1877 年 9 月 7 日
	《论山西赈务奇闻》		1877 年 9 月 19 日
	《晋饥惨状》	"赤野不止千里。"③	1877 年 10 月 26 日
	《论晋省近年旱灾情形》		1877 年 11 月 23 日
河南	《灾区苦况》		1877 年 9 月 4 日
	《豫省民变续闻》		1877 年 10 月 30 日
	《豫省灾荒情形》		1877 年 12 月 7 日
江南	《论江南北数省宜备凶荒》		1877 年 7 月 26 日
	《疫气流行》（苏州）《收买蝗蝻》（苏州）《蝗飞蔽日》（上海）		1877 年 7 月 28 日

---

① 京师少雨 ［N］. 申报，1877 - 06 - 02.

② 贫民冻死 ［N］. 申报，1877 - 01 - 29.

③ 晋饥惨状 ［N］. 申报，1877 - 10 - 26.

由表2-1可以看到，这次旱灾持续时间很长，波及范围特别广，北京、天津、山东、河南、陕西、山西均在受灾行列内。灾荒所到之处，颗粒无收，饥民数量持续上升。《申报》关于这次大旱灾的同主题、多侧面的系列报道运用的就是动态平铺式结构。这些新闻报道对灾情进行了详细而全面的记述，既体现出每一篇灾荒消息个体上的较强的独立性，又体现出灾荒报道整体上的一致性。单篇而言，一篇报道一地遭受旱灾的情况，各篇报道之间彼此并列，而组合在一起的这一系列的报道有着共同的母题，即全国旱情发展迅速而严重，救灾刻不容缓。而且，《申报》内容博而不散，各地间的报道组合在一起形成了互相呼应、互相补充关系的深度报道，给读者在心理上带来了极大的冲击，唤起了广大读者对灾情的关注和同情，社会各地的富商、政府官员、在华传教士等人积极行动起来赈灾救援，倾囊相助，很好地适应了承载这次灾难性新闻报道的主题需求。

晚清时期，娼妓行业发达，妓院是社会新闻发生的"重灾区"，打架、死人、财务纠纷等很多问题常常在妓院发生，《申报》对晚清娼妓群体予以密切关注。各类娼妓是公堂的"常客"，1888年3月11日《申报》三版刊登的《妓佣争扭》一文报道了开妓院之人苏某拖欠娼妓及佣人薪水因而起争执被扭送公堂的荒唐事。① 同时《娼妓适配》《不值一死》《甘为妓死》《拔妓从良》等报道关注妓女日常生活的小事，向我们呈现了一个生动、立体的晚清娼妓群体。②

可见，晚清动态平铺式小说结构和《申报》系列报道之间有着相似性。由于以报刊为载体进行传播，小说为形成吸引读者阅读兴趣的关键点而追求每期每回的相对独立，于是向报刊新闻的动态报道靠拢，逐步形成每一单元都内容独立，而按照一定的顺序组合后又全面突出主题思想的相对集中的体式结构形态，将各种政治外交事件，各种怪现状按照一定的主题平铺展开，呈现在民众面前，既开阔了民众视野，使其获得了更多信息，又组合在一起更好地表现了主题。

二、动态集束式

跟动态平铺式相比，动态集束式结构"组合各个时事故事时有一个中心，

---

① 妓佣争扭 [N]. 申报. 1888-03-11.

② 王博潇柔. 晚清《申报》（1872—1911）娼妓报道研究 [D]. 长春：吉林大学，2016：128.

有贯穿全小说的人物，小说中前后发生的所有故事均与这个中心、与这个贯穿全小说的人物有着关联"①。这一结构以《孽海花》《恨海》《黑籍冤魂》为代表。

小说《孽海花》以苏州状元金雯青和名妓傅彩云的经历为线索，展现了同治初年至甲午战争这三十年中国的社会图景。金雯青和傅彩云的人生经历串起李鸿章日本遇刺、中俄交涉、两宫西狩、义和拳兴起、帕米尔界约事件、三督与列强签协议保护南疆、俄国虚无党事件、东三省事件、许景澄等五大臣被杀、上海革命事件、东京义勇队事件、广西事件、日俄交涉事件、俄国复据东三省、兴中会成立、袁世凯泄密、六君子被杀、吴稚晖等自费赴日留学生因大闹驻日使馆被遣返回国、南洋公学学生集体退学、王子春企图借法兵剿匪、留日学生组建对俄学生军、沈荩因暴露"中俄密约"被杖毙、苏报案和四川发起保路运动等众多重大新闻事件。各事件之间没有必然的联系，但发生时间区分先后，小说以这种动态集束式结构全篇，以二人的经历贯穿始终，各个事件围绕二人的工作和生活经历有序展开，既在一个个生动的故事中展现了封建官府工作效率低，官员迂腐不堪，封建知识分子不求上进、醉生梦死，预示着传统封建制度的行将垮塌；又表现了资产阶级民主革命的要求和思想，让庞大而丰富的时事信息内容详细而有序地展现在民众面前，使民众容易对主人公产生亲近与熟悉感，很好地实现了关于国家重大政事信息告知的新闻补白功能。

小说《恨海》共十回，采用动态集束式结构，以两对青年男女——工部主事陈戟临之长子陈伯和与同乡张鹤亭之女棣华、次子陈仲蔼与中表王乐天之女娟娟兵荒马乱中鸳梦难圆的悲剧人生为线串起各个故事。庚子之变，八国联军侵华，东京官陈戟临家破，两个儿子携已有婚约的女子纷纷出逃。在逃亡途中，大儿子伯和与棣华母女离散，小儿子仲蔼与未婚妻娟娟也不幸失散。伯和无端发笔横财，却不自律，整日游荡于妓院和赌场，最后钱财散尽，沦为乞丐。仲蔼一直挂念着自己的未婚妻，借回家省亲之机寻找对方，未曾料到她已经走投无路，为了保命而成为妓女。这原本令人羡慕的一大家子人，出家的出家，做妓女的做妓女，在战乱中走向毁灭。小说将两对青年男女的人生经历作为两条贯穿全文的线索同时展开，串联起一个个故事。为我们铺展出一幅幅列强入侵，生灵涂炭，令人惊心动魄的历史画面，连年战争对百姓的伤害，发人

---

① 陈平原. 二十世纪中国小说史 [M]. 北京：北京大学出版社，1989：59.

深省。

　　小说《黑籍冤魂》以广东中山县富豪吴廉一家因吸食鸦片而家破人亡的经历为线索串起各个故事。吴廉在鸦片传入中国后，吸食成瘾，后因不懂食法而误食致死，成为中国第一个误吞生烟致命的鸦片鬼。其子吴念萱将"父业"发扬光大，发明了各种烟具，使吸食鸦片广为流传，后因道光初年禁烟而吸生烟自杀。念萱之子吴恒澍串通洋商，私贩鸦片，牟取暴利，结果被林则徐正法。第四代吴良贩烟暴富后，捐官入仕。其幼子因误食烟膏夭折，次子仲勋因沦落北上寻访家姐，途中被招赘为婿，到上海开纱厂，结果岳丈因抽烟而不慎被纺织机轧死，自己也因嗜烟如命而破产，沦为乞丐，其姐夫张质夫任寿州知州，也因嗜烟而被撤职。五代人的共同经历是因吸食鸦片而际遇悲惨，但是五代人有逻辑上的时间先后关系，不可以调整顺序，吴氏一族五代人吸食鸦片的惨痛经历生动地展示出清末鸦片已成为一大公害的状况，使主题清晰而深刻。

　　晚清时期，各大商业性报刊也在跟进式报道中采用这种结构形态。连续报道分解开是对单个事件或者整个事件发展中一个阶段或者某一时间节点的情况进行报道，整合起来是对处于连续变动中的新闻事件的整体报道，能够看清这一主题新闻事件的整体。19世纪70年代，上海实力最强的民办商业性报刊《申报》为了与其他报刊展开激烈竞争，采取了一系列措施，其中一项就是增加新闻信息量，有闻必录。适逢同治年间，杨乃武与毕生姑（小白菜）被怀疑通奸杀夫，在刑囚后认罪，身陷死牢，含冤莫雪，《申报》"历时三年，发文78篇"[①]。我们对1875年1月至10月间《申报》关于杨乃武案的报道情况进行了统计，具体内容如表2-2。

表2-2　1875年1月至10月《申报》关于杨乃武案的报道情况统计表

《申报》新闻	刊载时间	《申报》新闻	刊载时间
《审杨氏案略》	1875年1月28日	《余杭案续闻》	1875年7月29日
《续述杨氏案略》	1875年2月11日	《审余杭葛毕氏案杂闻》	1875年8月2日
《余杭杨氏案又审》	1875年3月29日	《审葛毕氏案续闻》	1875年8月4日

---

　　① 　葛丽丹. 从《申报》杨乃武案看重大社会新闻的报道［D］. 上海：复旦大学，2007：21-25.

《申报》新闻	刊载时间	《申报》新闻	刊载时间
《再述杨氏案》	1875 年 3 月 29 日	《审余杭案续闻》	1875 年 8 月 12 日
《杨氏案略》	1875 年 4 月 6 日	《审余杭谋夫案出奏》	1875 年 8 月 30 日
《钦案续闻》	1875 年 4 月 12 日	《讯案琐述》	1875 年 9 月 28 日
《审案传闻》	1875 年 7 月 16 日	《审案确闻》	1875 年 10 月 15 日
《余杭葛毕氏案提讯有期》	1875 年 7 月 26 日	《闻杨乃武案已定》	1875 年 10 月 29 日

　　《申报》十个月内刊发报道 16 篇,这些报道以杨乃武与小白菜为对象,以杨乃武案的发展进程为线索展开,以事件的发展进程为顺序,分解开是对每一次案件动态情况的报道,整合起来是对处于一段时期内案件进程的跟踪报道,及时向民众报道了事件的最新进展和结果。

　　《申报》在对中法战争、中日甲午战争、粤港鼠疫等社会重大事件的报道中,多次采用动态集束式结构。1894 年 5 至 10 月,在香港和广东大流行的鼠疫导致 2000 人以上丧生,三分之一的人口逃离香港。鼠疫发生于初夏,《申报》予以报道,具体内容见表 2-3。

表 2-3　《申报》关于粤港鼠疫报道情况统计表

《申报》新闻	刊载日期
《疫病盛行》	1894 年 4 月 15 日
《时疫盛行》	1894 年 4 月 29 日
《时疫未已》	1894 年 5 月 21 日
《粤东患疫续纪》	1894 年 5 月 23 日
《时疫可畏》	1894 年 6 月 9 日
《过年时疫》	1894 年 6 月 9 日
《时疫盛行》	1894 年 6 月 16 日

　　《申报》运用动态集束式结构时时跟进疫病发展进程,鼠疫事态本身的连续性决定了《申报》各报道之间有机的联系,内容承上启下,时间随事态发展前后衔接,事态呈网状分布。各篇报道之间不可以随意挪位。七则连续的动态消息记录时疫的快速发展进度以及波及的范围,引发政府和民众的关注,同时

提醒广大民众提早进行预防，起到了很好的信息告知和舆论引导作用。

三、结构的延展性

晚清报刊小说的动态报道式结构具有延展性。动态集束式主体有时是一个人或者一个物，动态平铺式小说没有固定的主体，仅仅用一种观念或主题串联起各个故事，在创作时往往没有整体的布局，没有确定的起始点，一般都是以一件事带入，如《活地狱》第一回；也没有确定的结束点，有时甚至因为小说作者的个人原因而停滞不前。因此，小说的故事情节呈现收放自如的状态，这种小说拆开来，每回自成一篇，新闻五要素俱全，单一事件的来龙去脉具体而清晰；组合在一起，可以根据需要而绵延至无穷，永不结束。这种结构特性，不同于中国传统小说的封闭性、统一性，既是由小说所承载内容的需要所决定的，也是由小说传播的载体——近代报刊决定的。

一方面，小说承担"新民"重任，担负"告知示危"的使命，多取材社会新近发生的时事，传播国家民族危亡的重大信息，只要具有相关主题的新闻故事不断涌现，小说家就不会搁笔，民众有相关的阅读需求，小说的故事就会继续。《活地狱》由十五个反映狱吏贪腐残暴的故事组成，只要作家愿意，还可以无限续加无穷个类似的故事，这些故事组合在一起，会使小说暴露批判的主旨更加突出。当然，如果任意删去其中两到三个故事，也不影响小说对主题的表现。正如需要快速发布和连续发布信息的大众传播媒体——近代报刊，这种结构方式的延展性更加突出。新闻每天都在发生，只要拥有同一主题或者相关主题的新闻事件永不结束，新闻媒体对于这类事件的关注与报道就会永不结束。

另一方面，晚清小说与新闻共载体，均以报刊为载体面向民众进行传播，具有可读性的新闻事件随时发生，报刊要求小说创作必须如同新闻书写一样随写随发，这就要求小说篇幅可长可短，在结构上进行适当的调整，必须满足报刊随写随发的要求，动态报道式恰恰满足这个要求，这也是晚清时期报刊小说大多数均采用的体式结构。小说《九尾龟》描写了沪上妓院形形色色的人物和奇奇怪怪的现象，只要报刊载体需要，作者愿意创作且有民众愿意阅读，胡宝玉之流的故事就可以不断续写下去。

因此，可以说这种动态报道式结构是时代的产物，是特定历史时期社会的产物，它容量大，可以包含丰富的题材内容，可以无限续篇，特别适宜于写时事、写社会、写人生、写身边的你我他，对于唤起读者阅读兴趣、审美快感具有积极而重要的作用，体现了时代对于小说的审美要求。

第二节　采访见闻式

中国古典小说重视情节的离奇生动，常常设有统一完整的故事框架。叙述者为了讲清一个故事，反复交代情节线索，在内容表达上多有重叠、复沓处。晚清小说以记者采访为叙事结构，串联起诸多情节，这些"记者"以一种类似事件旁观者的身份来书写他们所搜罗的一个又一个新闻故事。

一、用采访见闻式组织结构

晚清时期，有些小说打破了传统小说单一的故事性框架，由一个处于采访状态的新闻记者串起小说的若干情节单元，以展示自己的采访见闻和心得体会。由于小说打破了统一的故事框架，把记者采访经历作为情节发展的主要线索，而不是用"且说""再说"等明显的提示方式接续线索，这就简化了叙述头绪和过程，使情节脉络显得简洁、凝练。这种情节组织方式显然同古典小说重视统一的故事性情节的方式不同。

同古典小说相比，《老残游记》在基本的叙事结构上，尚未完全摆脱"讲故事"的传统模式，其大的情节单元共有四个：老残泉城观景听书、老残私访玉贤酷政、申子平柏树峪访贤、老残齐河县代魏氏父女申冤。其中玉贤残忍、刚弼滥用酷刑都是由黄人瑞向老残转述的，结局虽然由老残参与完成，但限于老残特定叙事人的角度，小说只述见闻，不述叙事人不知道的那些关节过程，线索也就显得更为集中、精练。而且，这两个故事本身并无任何直接的逻辑关系，同其他情节单元也非统一的情节整体，不过是通过老残这个特定的新闻记者联系在一起。小说以此来揭露当时所谓"清官"的"廉政"实际上是害民的暴政，批判清王朝吏治的腐败，表达作者对国家政治的忧患意识。《邻女语》以主人公金不磨变卖家产、携仆人北上放赈为线索，写他从镇江出发，一路中经济南，再到天津的沿途见闻，反映了庚子事变后动荡的社会生活。小说前七回以金不磨的见闻为叙事线索，通过他像新闻记者一样的人物视角来表现庚子事变后一路所见的离乱景象，展示庚子事变给国家和百姓带来的灾难性的影响。《二十年目睹之怪现状》

以自称为"九死一生"的叙述者的所见所闻为线索，采用回忆的方式牵引出一个又一个相对独立的故事，从各个不同的生活层面上加深了小说的"谴责"主题。

二、采用限知叙事，突显真实性和客观性

"中国古典小说往往采用第三人称全知叙事"①，在叙事过程中，这位第三者无处不在，这种叙事方式的形成与中国古代白话小说的传播方式"说话"密切关联。其优势在于能够尽可能地涵盖社会生活的方方面面。晚清的部分报刊小说中，总有一个人物像记者一样四处采访游历，其所见所闻把各个不同的故事串联起来，使其获得一种表面的整体感，这种结构形态更多强调这个类似新闻记者的人看到了、听到了些什么。当小说中的"他"或者"我"在不断地变动地域，不断地采访中充当了所见所闻的记录者、评价者或解决问题者，其所写小说类似新闻中的记者手记，具有了近代新闻记者采访和传播的功能。根据线索人物叙事视角的不同，采访见闻式结构一般分为两种形态：一类以第三人称的视角，讲小说中"他"的所见所闻或所历的事件，一类以第一人称的视角，讲小说中"我"的所见所闻或所历的事件。

（一）第三人称限知叙事

在一些小说中，"他"充当了所见所闻的记录者和展示者，如《老残游记》中的老残，《邻女语》里的邻文等。小说《老残游记》以老残的口吻展开第三人称叙事，书中第三回、第四回、第五回、第六回写老残从听到酒店里众人对玉贤"政迹"的议论这一线索开始，到决意暗访玉贤的"仁"政以及促使宫保大人解决此事的过程。第十二回讲老残走到齐河县城南门觅店，不想遇到了旧交黄人瑞，傍晚闲聊，黄人瑞得知一个惊天动地的案子，要讲给老残听。夜已深，倘若换作别人，折腾了一天，早已疲惫不堪，上炕歇下了。但是老残天生就有新闻记者的灵敏嗅觉，一听说有大案子，立刻就精神了，仿佛又发现了一个新闻线索一样，一直催黄人瑞讲案子，从而引出下一回的内容。第十三、十四回讲老残与人瑞聊案，遇到翠花、翠环姐妹，四人很谈得来，无意间老残了解到两姐妹的悲惨遭遇。二翠姐妹身世悲惨，二人是在家破人亡后被迫谋生才走上从妓之路的。老残很同情二翠姐妹，但是他天生就有一种打破砂锅问到底的精神，在不断追问

---

① 陈平原. 二十世纪中国小说史［M］. 北京：北京大学出版社，1989：166.

中，他了解到二翠姐妹的遭遇不是个案，造成一个村子十几万人集体家破人亡的，恰恰就是当地的父母官张府台。黄河三年两头的倒口子，庄抚台为此事看似焦急万分。有个读书人手拿着一本书向府台提供策略，认为"废了民埝，退守大堤"是解决黄河决口的有效手段。但府台故意隐瞒废民埝之事，被蒙在骨子里的百姓面对一连几天的瓢泼大雨，傻傻待在家里，结果都被泛滥的黄河水冲走了。听到这里，老残又继续发问："究竟是谁出的这个主意，拿的是什么书，你老哥知道么？"老残以新闻记者自居，不断探求事情真相。最后探得这个拿书治理黄河水灾的主意"是史钧甫史观察创的议，拿的就是贾让的《治河策》"。第十五回和第十六回讲了解了身边翠环姐妹的情况后，老残又继续挖掘另一个新闻线索，即黄人瑞口中的大案子，进而引出本书的另一个所谓的"清官"刚弼断案。老残并不是故事中的主要人物，但正是他串联起一个个故事，并且每一个故事都是在他不断地发问和质疑中，显露出本质，而探求事情的原委本质，恰是职业新闻人所具备的基本素养。

《老残游记》通过两个公案故事，揭露玉贤、刚弼等所谓"清官"昏聩庸碌、草菅人命的真相，但是将其主题定为揭露官场的黑暗腐败也似乎不妥，因为小说还有很大篇幅远离这些中心情节，如老残济南府听书观景，申子平柏树峪访贤，老残、黄人瑞与二翠的艳遇等等。如果仅仅把这些内容归结于小说情节的游离破碎及主题的不统一、不完整，显然并不能最终解决问题，因为由于老残这一旅行者身份的特定叙事人的存在，这些以比较接近生活原生态面貌出现的情节内容才能够比较自然、和谐地组合在一起。全知叙事在叙事结构上显然是不能允许与主题少有关联的内容进入小说的，因为那必然会造成结构的松散与混乱，然而这种以记者采访见闻为叙事角度的限制叙事却不然，采访见闻者眼中所看到、耳中所听到的生活现象不必由一个统一的故事框架来规范，它们只要能够依据旅行者见闻的自然线索，通过不同层面的生活描写，展示一个具有特定生活视角的假定生活世界，就基本完成了其结构使命。小说通过老残这一特定的叙事人来展示情节过程，而不是像古典小说那样由作者直接出面讲述故事，这就更具有了客观性和隐蔽性。事件过程由见闻人口中转述出来，使小说的叙事减少了人为的痕迹，更为自然、可信、真实，不留生编硬造的痕迹。其中事件过程的来龙去脉，知之为知之，不知为不知。显隐相合，虚实相兼，让人读后感到具有可信性。此种采访式的结构，还见于《上海游骖录》《剑腥录》《邻女语》《京华碧血录》等小说中，具有真实性的特征。

（二）第一人称限知叙事，凸显实录功能

晚清小说，有的采用"我"的游历作为框架，以便引出他人的故事（或生活片段）的结构形态，整个文本接近于记者手记。由于文本以"我"为特定叙述者，通过"我"这个角色意识的确立，为小说叙事内容提供了一种独特的观察视角，这在读者的阅读心理上能产生一种"陌生化"的叙述效果，从而拓展小说的叙述内涵。《二十年目睹之怪现状》中的"我"，不断地变换所在地，不断地去寻找新闻点，然后进行"采访"，如同记者一样，这种方式较接近新闻的文体。"我"作为各种怪现状的目睹者和记录者，掏出笔记本来记录下所见所闻所感。这种结构的巧妙在于，"我"不是在讲述"我"自己的故事，而是在讲"我"的所见所闻，讲别人的故事。除了在《新小说》上刊发的前四十五回运用了这样的结构，小说后续的回目也继续采用了这样的结构。① 第七十三回至第七十四回，讲火居道士符都灵靠画符治病积攒了些家底，无奈儿子不争气，不但做生意赔光了家底儿，还得了病，医治无效而死。儿媳改嫁，给他留了个孙子符弥轩，被他含辛茹苦养大。然而符弥轩虽然自幼聪明，却是不走正道。"我"想弄清他"到底是甚么样一桩事呢？……到底是个京官，何至于把乃祖弄到这个样子，我倒一定要问个清楚"②。小说中的"我"就像老残一样，面对一些突发事件，不是一笑而过，而是具有质疑精神，总想在不断地追问中了解事情的真相。

> 伯述道："……有一回，……那肄业生却也荒唐，得了这稿子，便照誊在卷上，誊好了，便把那稿子摔了。却被别人拾得，看见字迹是山长写的，便觉得奇怪，私下与两个同学议论，彼此传观。及至出了案，特等第一名的文章，贴出堂来，是和拾来的稿子一字不易。于是合院肄业生、童大哗起来，齐集了一众同学，公议办法。那弥轩自恃是个山长，众人奈何他不得，并不理会，也并未知道自己笔迹落在他人手里。那肄业生却是向来特财傲物的，任凭他人纷纷议论，他只给他一概不知。众人议定了，联合了合院肄业生、童，具禀到历城县去告。历城县受了山长及那富户的关

---

① 该小说首先在《新小说》第 8 号—第 24 号连载，刊出到第 45 回，后从 1906 年开始由上海广智书局刊发单行本。

② 我佛山人. 二十年目睹之怪现状 [M]. 上海广智书局，1906：144.

节，便捺住这件公事，并不批出来。"①

上述引文讲一次书院考试，弥轩替一位肄业生传递卷纸，帮其作弊，结果被其他学童发现，告了官。在这段中，符弥轩是作者主要描述的对象，小说中的"我"只是一个以局外人的身份在旁听，关于符弥轩帮人作弊的事是从山东会馆王伯述的讲述中听得的。"我"的听仅仅串起关于符弥轩种种不是的故事，让读者听其事如见其人。第一人称的"我"在引导读者了解其事时，自己并未成为小说的中心，并未进入小说中的主要矛盾冲突之中，"我"在小说中所起到的只是穿针引线的作用。这种叙述方式在读者的阅读心理上大大改变了传统小说第三人称全知叙述的叙事功能，发挥着"实录"的功能，带给人更真切的生活感受。这更增加了文本内容的客观性和实录性，把晚清社会的种种怪现状：考场作弊、主考官贪腐、士子道德沦丧、人性丧失展现得淋漓尽致。

《冷眼观》全书也是以第一人称笔法，描写了庚子事变前后十多年间，社会混乱、官场腐败的情况。以《二十年目睹之怪现状》《冷眼观》为代表的用第一人称限知叙事结构的小说和以《老残游记》《邻女语》为代表的用第三人称限知叙事结构的小说都是在冷静客观的叙述中把社会黑暗、官员贪腐、世风日下的种种恶现象展示给人看，但是二者又各有其不同的结构特点：《老残游记》等的叙述者不只是叙事内容的见闻者，而更多是叙事过程和叙事情景的参与者。而《二十年目睹之怪现状》这类小说的叙述者更多是作为见闻者和旁观者存在，在很大程度上独立于叙事过程和叙事情景之外。不过它们的作用主要都是通过对某些生活现象的归纳式描写，达到对一定的社会生活场景的全景式观览。

三、清末记者地位的提升与采访见闻式

中国传统小说往往采用全知全能的叙事模式，西学东渐，中西方小说叙述者以小说的某一人物或轮流以其中的某一人物的视角讲故事，给人以真实感，对中国小说的创作产生了很大影响。笔者认为，这种观点有其合理之处，但是，如果将中国这一叙述方式的形成全部归结于受西方小说的直接影响显然还不完全准确，应当说，先于西方小说进入中国的近代报刊，对采访游历式结构产生了更为

---

① 我佛山人. 二十年目睹之怪现状 [M]. 上海广智书局，1906：147.

直接的影响。

一是受客观新闻思潮影响，结构要凸显内容的真实性。遭遇甲午战败、庚子国变后，国家民族危机达到顶峰。晚清政府面临内忧外患，做垂死挣扎，虽然对外一味妥协退让，割地赔款，但是对内实施铁腕政策，不但动用武力灭杀一切反抗行为，而且严控民间报刊舆论，禁传重大政治军事消息，以维护统治权威。众多民间报刊和报人因此而被判刑，甚至丢掉性命。一部分报人小说家和小说作者在无奈与悲愤中以新闻人的身份与写作观进行小说创作，并将之首先载于报刊，自觉地将传播和揭露大量事实作为报刊小说的主要内容，以告知民众国家大事的来龙去脉，宣传民族行将危亡的消息，聚焦社会民生，暴露社会的黑暗与吏治的腐败，揭示鸦片、缠足、迷信给民众带来的危害为己任，小说文本作为一种另类的"新闻"文本与报刊信息传播形成互补，多角度、多方位地展现晚清社会图景，完成对国家民族的建构与激励，并且以温和的、较为隐蔽的、循序渐进的方式对民众进行思想启蒙。因此，晚清小说跟新闻一起，混合在报刊版面上，成为晚清报刊不可或缺的一个组成部分。其结构形态既承继传统，也锐意突破，更多地向新闻业发生倾斜。

19世纪后期，伴随西学东渐，西方新闻界兴起的客观主义思潮影响了我国新闻界。面对封建政府的新闻封锁，《申报》率先提出"有闻必录"，重视新闻报道量，凡是有利于国计民生的新闻，都在报刊上进行刊载。资产阶级报刊宣传家梁启超从理论层面提出新闻报道要做到内容广博、信息准确、反应快速、叙述直白、态度公正。《申报》率先示范，对于"杨乃武案"这一社会新闻连续三年的报道，对于日本侵略军在台湾登陆并由此引发战争这一战地新闻的连续报道，都反应快速，态度公允，内容具体而客观，满足了社会了解信息的需求。晚清报刊小说家李伯元、吴趼人等受此思潮影响，在办报过程中一方面立足于客观现实，以新闻价值的中立标准而非个人好恶来选择要报道的新闻，将社会上有新闻价值的事实呈现在公众面前；另一方面则客观地反映了事实，不浮夸宣传，秉承保证新闻真实可信的科学精神，使报刊取信于民众，赢得公信力。同时，这些报刊小说家采用客观笔法写小说，为更好地呈现真实场景，打破传统小说第三人称全知视角，改用限知视角串联起晚清社会的种种不可思议的奇怪行为和现象，叙述者不做过多评价，不参与故事发展，只是把每一个官场事件发生的地点、人物、过程等核心要素，通过他人的说与做或自己亲眼所见——呈现，将官场实况客观地向民众呈现，进一步凸显真实性。

二是报人地位提升，新闻采访被提倡。资产阶级维新派在开展救国改良的政治运动的同时，大量创办报刊，以供宣传自己的政治主张，并且推动了第一次国人办报高潮的到来。庚子事变后，朝野呼声重新响起，清政府有限度地开放言禁。1901 年 1 月，清廷宣布"更法令、破旧习、求振作、议更张"，开始了晚清最后十年的"新政"时期，相伴随的是第二次国人办报高潮的出现，这次民间的高峰办报与维新时期明显不同。维新时期的办报高潮是以政治性报刊为主，而这次是既有以资产阶级革命派主导的政治性报刊，又有旨在启蒙、新民的民办商业性报刊。政治性报刊有独立的办报经费，直接为政党宣传服务；真正走入晚清市场的，是民办商业性报刊。这些报刊为最大化占有市场，获取生存之机，不断进行新闻业务调整和优化，重视新闻量，报社开始有意识地招聘访员，培养自己固定的信息来源提供者，访员的社会地位开始提升。

在此之前，封建官报的访员属于政府公务员，按部就班抄写定本奏章是其本职工作。鸦片战争前的在华外报，多采用本国报纸的新闻信息，只有编辑，没有访员。直到鸦片战争后，国门打开，以营利为根本目的的外商外报为了占有市场，展开了激烈的商业竞争。加之客观性新闻思潮的影响，这些商业性报刊不但注重新闻报道量，还注重信息的准确性。于是以《申报》为首的商业大报开始雇佣本地衙门的公务员为报社供稿，同时招聘外地分销商，并设立访员，在走访调查中为报纸提供各地的丰富的信息。访员的社会地位提升，收入也很可观。这些访员对发生的事实进行选择，并采用第一人称或者第三人称进行新闻事实的报道与传播。记者东奔西走，具有游历多、见闻广的特征，有助于将其所见所闻所感所想进行记录和集锦，特别是第一、第三人称的限知叙事新闻文本，给人以极为真实、客观的感受，具有新闻信息的传播效果。所以，借助了新闻事实做题材内容的晚清小说，必然采用新闻业的采访式结构以凸显内容的真实性和客观性。为了全面呈现事实的真相，遇到关注度高的社会热点问题，各大报纸会派访员进行跟踪报道或者系列报道。在清末的"杨乃武案""秋瑾案""邹容案"，以及各个政治、军事事件中，报刊都派访员进行了连续报道，报道内容也越来越准确公正翔实。为了探得事情的真相，这些访员常常利用自己的身份优势，或者到官府衙门旁听，或者结交公务员朋友探听，采访的业务和技能在实践中得以积累，同时也给了报刊编辑家以小说创作构篇的某种启示。

第三节　时评式

20 世纪初，伴随报刊时评的兴起，短篇新体小说在近代报刊中兴起，这是清末民初的一个重要文学现象。这些伴随《时报》《新闻报》《月月小说》的大力倡导而出现的新体短篇小说，采用时评的体式，篇幅短小精悍，结合时事一事一议，观点鲜明，呈现出与以往传统短篇所不同的结构形态。

一、篇幅短小精悍，章句逐行分段

从外在结构形态上看，这些新体自著短篇小说，均以报纸杂志为传播载体，篇幅字数受到报纸杂志版面编排的规约，呈现出较为整齐的面貌，篇幅短小精悍，章句逐行分段。

这些短篇小说短则数百字，如《马贼》138 字，《三月十五日》130 字，《美少年》338 字；长则千余字，如《马贼（侠客谈之一）》《张天师》，可以说非常短，一般都在报纸的一天内全部登完。这在以往的中国文学史上是很少见的，而当时的报刊新闻，都篇幅短小，尤其是陈冷配合当天新闻所写的短评，文字简洁，一般不超过 200 字。如表 2 - 4：

表 2 - 4　《时报》时评字数统计表

《时报》时评	字数	刊出日期
《巴拿马河工不可往》	143 字	1907 年 1 月 18 日
《电车初试》	98 字	1908 年 3 月 2 日
《中国人之特性》	85 字	1910 年 8 月 31 日
《今年中消灭之报纸》	83 字	1909 年 9 月 30 日
《中国之人民与政府》	130 字	1908 年 8 月 17 日
《中国事之一例》	102 字	1910 年 8 月 7 日
《京中近状一》	31 字	1910 年 4 月 12 日
《京中近状二》	53 字	1910 年 4 月 13 日
《拆字一》	128 字	1908 年 8 月 18 日

可见，短篇小说的篇幅字数受到了当时刚刚兴起的新闻文体——时评的影

响。时评在报刊上刚刚兴起时，没有固定的模式，结合最近事实进行评述，短小精悍是其基本的特征。如：

闲　评

比及晋襄公卒，人谓文子能备预不虞矣。

不料距今数千年而又有江浙铁路之事。

英人借款，国民拒款，邮传部间接调停，美其名曰：存款，存款者，预备品也。

《中庸》曰："凡事预则立。"

《尚书》曰："有备无患。"

江浙人又何修而得此？然此英国人之预备，非江浙人之预备也。

英国人购买江浙之预备，非江浙人振兴江浙之预备也。

江浙人而果能速缴认款，则借者可还，存者可放；人有预备，我更能预备人之预备。彼虽狡，其奈我何哉？宁为文子，毋为襄公。非然者，遭丧之礼，早至吾国矣。噫！

编辑陈冷在《时报》上刊载时评的同时，也用时评手法创作短篇小说，这些小说最明显的体式形态就表现为词句简短，内容精辟，语言冷峻明利，逐行分段的"章句之构成"。一句话一行，如《卖国奴》《马贼》《美少年》《三月十五日》等，不必费力逐句分段就可以阅读。如小说《马贼》：

"杀！杀！杀！"

俄官久待不耐烦，从旁接说道："这东西，我们何必多问，推出去！杀！"

清官便顺口道："杀！杀！！"

日官也附和道："杀！杀！！杀！！！"

……苍八睁着眼。……怕什么……说"便杀"时，右脚向上微提。说"怕什么"时，脚便向下一顿。登时惊天动地，轰然一声，地下爆烈弹猝发。廷内官员盗贼，是血是肉。

作者曰："此爆裂弹，想是数百年前埋下者。"①

---

① 冷. 马贼（侠客谈之一）[N]. 时报，1904 - 09 - 21.

虽为小说，但《马贼》篇幅短小，一句一段，加之使用短词短句，特别吸引人的目光。

二、结构方式场景化

晚清时期逐渐兴起的报刊新体短篇小说又明显不同于以往的体式结构特征。从整体上看，这些新体短篇小说呈现出"故事＋议论评论"的形态，即像《时报》《新闻报》的时闻短评一样，先叙述时事故事，再针对故事所呈现的内容发表观点看法。"故事"为主体，"议论评论"往往在结尾，很短，基本为一句话，起到总结全文、画龙点睛的作用，在形式上也延续了传统文言小说的惯例，对正文起着点明题旨和加评论的功能。《马贼》《张天师》《地方自治》等小说的篇末都有类似"谐史氏曰"的评论方式。如表 2－5：

表 2－5　报刊短篇小说与时评文体篇末评论对比表

短篇小说	篇末评论	时评	篇末评论
《地方自治》	"著者曰：此事果真也否耶？如其真，则何所用地方自治，何所用新裁判所；如其否，则心理学家曰：脑筋中无印象，断不能臆造一境界。此事果真也否耶？"①	《今年中消灭之报纸》	"不及几月中，报界之被摧残者，已落花流水如此矣，此亦预备立宪第二年应有事耶？呜呼！"②
《盲人都会》	"冷曰：我北京之都会，亦盲矣。宜乎欧美之人多以金借我也。"③	《中国事之一例》	"消毒之法不明，卫生之政不讲，弃河与埋土两者均害而已矣，尚安责哉？尚安责哉？"④

从表 2－5 就可以直观地看出来，新体短篇小说和报纸时评的篇末评论作用几乎一致。

---

① 饮椒. 地方自治 [J]. 小说林，1907－02－02.

② 冷. 今年中消灭之报纸 [N]. 时报，1909－09－30.

③ 冷. 盲人都会 [N]. 时报，1907－12－21.

④ 冷. 中国事之一例 [N]. 时报，1910－08－07.

这些新体短篇小说的"故事"结构表现出场景化的特征。晚清时期，小说家经常舍弃传统小说中议论或介绍的文字，截取其中情节最吸引人的部分，以便适应报刊登载。"故事"作为新体短篇小说的主体，受报刊版面限制和民众阅读兴趣的需要，已开始相对淡化故事性情节，常常选择某一典型事件加以表现，着力反映生活片段，有意隐蔽叙述者。《查功课》的情节因素被高度淡化，只设置了校方接待、委员查抄、学生应付的三个场面，借半夜突袭学堂的督署与学生之间的对话揭晓故事的谜底——督署要禁止的是进步报刊《民报》。

这一时期逐渐兴起的报刊新体短篇小说表现场景体式结构呈现出多样化的特征。这些新体短篇小说展现的都是生活的某一个片段场景，或者采用第一、第三人称限知叙事串联全篇，或者干脆隐去叙事人，采用对话甚至是心灵独白组织全篇，无论哪种形式，都是为了更真实客观地展现场景，更好地讲述片段故事，给人以心灵上的震撼。这种故事结构体式跟近代报刊新闻时评的体式结构相接近。

（一）用叙事人的采访见闻组织全篇

这种结构形态明显受到《老残游记》《邻女语》等长篇小说的影响。场景从记者"见"与"闻"的角度展开，叙事者重在旁观民间疾苦，创作形式类似于"记者手记"。《张天师》以第一人称"我"的见闻来描写张天师降临苏州的场景，以此讽刺当时诸种"新政"背后依然存留的旧俗。《平步青云》则是把场景放在了一个做官员的朋友家的客厅。一天，"我"到一个做官员的朋友家里去做客，在朋友忙碌之时"我"发现客厅比较醒目的地方放着一个精致的木盒，木盒两旁还有蜡烛和香案，这与"我"的认知产生差异。"我"感到很好奇，左看右看，也没有看出名堂。后来忍不住发问，才从朋友处得知，原来这个木盒是朋友的顶头上司出国考察回来后带给他的礼物——西洋人的溺器。因为是顶头上司所赠，朋友格外珍惜，到家后立刻设置供桌，每天顶礼膜拜。文章很短，但是用"我"来组织全篇，用"我"的眼睛发现新闻线索，并像新闻记者一样探寻究竟，把生活中再普通不过的一个场景呈现在民众面前，谜底揭晓之时就是文章的主旨所在，实在是巧妙。类似的还有《大改革》。文章用"我"组织全篇，串联起两个生活场景，只是这两个生活场景有一定的时间差距。第一个场景是"我"善意规劝朋友回到正常的生活轨道，远离嫖、赌、吹，可是却因此得罪了朋友，从此不相往来。第二个场景是二十多年后一次偶然的机会"我"和朋友再次相见,我的责任感油然而生,再次劝起了朋友。令"我"惊讶的是,这次朋友竟然听了劝,并落实在行动上,"我"心生欢喜。小说叙述到此并没有结束,而是在场景之中又设置了场景。第一个片段场景设置在朋友的家里,"我"惦记朋友,去看望他,发现他还在吸食鸦片,只是听了劝,在大烟土中掺了党参、黄芪等补药,以弥补身体的亏空;第二个片段场景设置在赌场,"我"以为朋友戒了赌博,偶尔路过赌场,发现他还在其中,就生气质问他为何管不住自己,朋友却解释说,赌场就是钱庄,输钱就相当于存钱,并且给自己经常去的赌场换了"钱庄"这个名字,可实际上他还是老样子;第三个片段场景设在了妓院,朋友说要将老婆介绍给"我",等"我"跟随他去见时,却发现朋友的老婆在妓院,原来,朋友从未婚娶,只是听从"我"的建议,改称妓女为"老婆"。等恍然大悟时,"我"的情感急剧下落。全篇多个场景,在"我"如同记者般探求真相的过程中被有序地组织起来,而后竟然收到了意想不到的效果,"我"冷静客观地呈现的事实揭示出普通民众对政府改革的理解仅仅停留在了口头。尤为值得一提的是,这里的"我"作为故事中的一个人物形象,不再只是用眼看,而是成了故事中的一部分,这与《二十年目睹之怪现状》中的"我"只是作为旁观者不同。

(二) 隐去叙事人,采用对话组织全篇

脱离了以情节为中心的结构布局,新体短篇小说以对话形式组织全篇,隐去叙事者和叙事过程,使场景呈现更加冷峻客观的特点。小说《地方自治》[①]以"黄梅天气"中某城市一角为背景,以人物对话推动情节展开。其中有路上的某一场景:某"豪客"同人力车夫因车资问题而发生争执,打抱不平的白发老者替车夫说话,却被"豪客"请进地方自治会的"新裁判所",接下来便是裁判所所长对那位多管闲事的老者的审判。整篇小说便是以这样一种场景呈现的方式展开,用客观冷峻的笔调展示了"豪客"欺压弱者的凶横霸道、人力车夫的怯弱、白发老者的见义勇为、裁判所所长的趋炎附势。以对话的方式展开场景,这种纯客观叙事方式比之一般的限知叙事更容易使人产生真实可信的感觉,将叙事者隐蔽起来,也更能体现故事叙述的客观性,而这种真实性、客观性正是当时报刊在经历了第二次国人自办报刊高潮后所倡导的。

---

① 饮椒. 地方自治 [J]. 小说林, 1907 (02): 6 - 7.

表 2-6 《预备立宪》与《罕譬》对话场景对比表

短篇小说	对话场景	时评	对话场景
《预备立宪》	"……如果天上立了宪，我们的门包也要革除了，如何是好？ 蛇大惊曰："我终日只知钻路子，如何懂得这个。既然如此，我们要设法阻止才好。" 龟曰："只你我两个不济事，必要多邀两个来商量，才有把握。" 说罢，便叫所用的三小子，去请太上老君的青牛…… 哮天犬曰："罢了，罢了，我刚刚保送御史，满望得了缺，可以卖两折，今据龟大哥言，门包都要革除了，这卖折更不必说，没有望了。" 驴曰："就是我们在此空谈，也谈不出一个阻止之法，总要请出一位有势力的，方能办事。" 赤兔马曰："我们不如各求其主。" 金乌曰："不可。凡我们所行之事，无非是背主营私，若要求主人阻止立宪，必要说出其所以然之故，岂不是自写罪状么？" 玉兔曰："闻得文昌帝君变不以立宪为然，还是特大哥的主人可以求得。"①	《罕譬》②	或问一指独健而全手萎可乎？曰：不可。 一手独健而全身萎，可乎？曰：不可。 一人独健而全家萎，可乎？曰：不可。 一事业独健而全国萎，可乎？曰：不可。 然则今日在上者独注意于军备而忘其余，何也？

从表 2-6 我们可以直观地看出，无论是短篇小说还是报刊时评的对白场景，都是每句设段，层层设问，一问一答，落脚点定位于与当时时事相关的问题上，用发问方式能收到事半功倍的传播效果。

综上，报刊新体短篇小说呈现出与"时事批评"问题结构更相近的态势。小说无论是采用对话结构主体，还是采用第一人称限知叙事结构主体，表面上看都是仅仅在罗列事实，而实际上答案就在其中，只是呈现的方式更加如新闻般客观。

---

① 跰. 预备立宪 [J]. 月月小说, 1906 (02)：181-189.
② 罕譬 [N]. 时报, 1910-12-03.

三、短篇小说结构时评化原因分析

晚清时期，新体短篇小说体式结构呈现出时评化的态势，其主要原因在于新体短篇小说与报刊时评"二者共享着同一个物质载体"①。

首先，与晚清新闻业的发展有着密切的关系。20世纪初，庚子国变，民族危亡的现实越来越让国人警醒。正在经历第二次国人办报高潮的报纸对政治的讨论日益增多，关注的范围从本埠新闻扩大到民族事务。

庚子事变后，民族危机空前，新闻界的尚实传统得以强化。背靠着两次国人办报高潮，报刊编者在新闻业务改革方面尝试了多项业务实践，《时报》等报刊在重视社论之时，倡导短小精悍的时评，就当日某一新闻配发短小精悍、鞭辟入里的言论，夹叙夹议，鲜明亮出观点，评议结合，为当时社会变革和进步服务。短篇小说与时闻短评共版面，短篇小说必须遵照报刊办刊宗旨，同生活实录性内容结合，同时从结构上由长时段向生活片段化转移。在撰写时评的同时，吴趼人、陈冷等报刊编者也开始运用时评手法写小说，仅1904年《时报》就刊载了《中间人》《红楼轶事》《张天师》《歇洛克来游上海第一案》《卖国奴》《拆字先生》《歇洛克初到海第二案》《黑夜旅行》《火车客》等9篇短篇小说。这些小说没有完整的故事情节，不做细致的人物刻画，常常选取日常生活中比较有特色或者有代表性的某一片段，以客观报道事实的方式完成叙事任务，观点或融于叙事中，或在篇末直接品评，冷峻、客观、结构简洁凝练，既适应报刊刊载和版面统一性的要求，又和报刊时闻短评一起共建着社会公共空间，很好地承担起品评时政、时代启蒙的重任，呈现出新闻化的特征。

其次，报纸杂志大众化的传播方式，要求新体短篇小说在结构上尽可能快速适应承载现实内容的需要，去掉话本小说传统的"附加物"，减少不必要的阅读阻隔，使民众能在最短的时间内了解最重要的实时信息，并得到相关内容的评价，以便做深入了解。这就要求短篇小说尽量篇幅短小，以最精彩的生活片段说明问题，同读者直接发生"对话"，并在篇末点题，与民众进行交流。

---

① 张丽华.《时报》与清末"评"体短篇小说［J］.文学评论，2009（01）：181.

　　总之，晚清时期，报刊短篇小说在结构方式及叙述体制等方面仍带有传统的传奇、笔记和话本小说的痕迹，但同传统小说相比，这一时期的短篇小说篇幅短小，文字量少而简洁，开头往往直接入题或者在场景描写中设疑，没有完整的故事情节。

第三章　语言及表现手法新闻化

　　近代大众传媒，不仅在传播技术提高之后产生了传播形式的革新，更重要的是形成了近代大众传播条件下的传媒文化形态，并实现了由精英文化向大众文化，由商品文化向消费文化的转变。晚清时期，以近代报纸、杂志等大众媒介为传播载体的新闻文本是一种通过语言文字的书写并经过印刷工序而成为固定的印刷品形式的信息传递文本，它强调对事件信息进行真实记录与客观传达。"语言是报刊新闻的第一要素，具有主导作用。"① 新闻语言只有做到准确、直白、通俗，才能使自己的报道广泛地传播开去。而小说在对事件的反映上，对人物、环境、时间、数字等方面的描写中，往往使用概括性、模糊性语言，讲求意蕴美，留给读者想象的空间。晚清报刊小说与新闻文本共一传播载体，其承载形式是以"纸张"命名的物质形式，而呈现样态则是文字及相应的符号系统。小说与近代报刊的联姻，使得它成为近代报刊重要的组成部分，这也就使得小说在保持文学性的同时，一改中国传统小说深沉、含蓄的风格，与报刊新闻文体一起用准确、具体的语言传递真实信息，用简短、直白的语言在嬉笑怒骂中对社会丑恶现象给予全景式的暴露和批判，用浅显、亲切的语言对受众进行引导规劝，逐渐呈现出新闻化的特征。

第一节　文本语言准确直白化

一、准确具体地表现内容

晚清时期社会动荡，阅读新闻、获取信息成为市民生活重要的组成部分。

---

① 张承训. 论报纸新闻语言的推敲 [J]. 决策探索，2010（09）：78.

小说更多地承担起传播国家重要信息，消除受众疑惑的使命，语言较为严谨，贴近新闻语言的准确性、具体性。

（一）大量使用数量词，使事件完整、真实具体

"用语越具体，信息传播的可信度越高。"① 晚清小说在信息传播的过程中大量使用量词，据笔者统计，《黑籍冤魂》出现数量词 83 个，《九尾龟》出现数量词 167 个，《宦海》中出现数量词 198 个。在众多小说中，"《老残游记》使用时间量词数目最大"②。数量词具有描摹功能，晚清小说家将之与动词、副词、数字、拟声词等连用，从性质、程度、空间、时间等角度将事件、场景记录下来，通过对语言的把控，准确、具体地呈现事件的来龙去脉，使受众清晰地完成信息获取，对重大事件进行讲述与呈现时尤其如此。如表 3-1：

表 3-1　数量词在晚清报刊小说文本中的使用情况统计表

数量词作用	数量词在小说文本中的使用	小说回目
数量词用以表示准确具体的时间	等到看见了敌船，东西南北，对准水线，约摸船还未到的前关的一秒钟或者二秒钟、三秒钟，就得把炮放出。	《官场现形记》三十一回
	许大气白了脸，呆呆的坐着，歇了一刻。	《老残游记》第二十回
	偏偏凑巧，这刘齐礼偏偏悟性不好，学了一年零六个月，连几句面子上的东洋话亦没有学全。	《文明小史》第四十二回
数量词用以表示准确具体的财物数量	我中国已把三百万两银子去买了回来，改名招商轮船局。	《孽海花》第六回
	可恨×总管攫了我二十五万块钱竟不替我谋到个上海道缺……	《官场现形记》五十五回

① 孙世英. 准确　具体　鲜明：漫谈新闻语言特色 [N]. 黑河日报，1989-10-21.

② 方义祥.《老残游记》量词研究 [D]. 重庆：重庆师范大学，2014：26.

数量词作用	数量词在小说文本中的使用	小说回目
数量词用以准确具体地表示事件	俄国这几年经营东方，他那蛮力，实在惊人得很。据千九百年三月十九日、俄国官报说的，他在中国国境和黑龙江沿岸的陆军，共有五万九千三百六十人；在西伯利亚地方的，有一万五千百六十人；在关东省的，一万三千四百二十人，此后还新编成兵队一万七千二百人；加上西伯利亚新军团四万六千人，哥萨克一万七千五百人，共计十六万九千人。保护铁路的兵，还不在内。	《新中国未来记》第四回
	讲到海军呢，当中日开战以前，俄国东洋舰队只有巡洋舰六只，西伯利亚海军团只有炮舰四只。到旧年统计，东洋舰队已有战斗舰五只，巡洋舰八只、炮舰三只、驱逐舰五只，西伯利亚军团亦有巡洋舰一只、炮舰六只，合计二十七只，十一万零七百四十九吨了。这旅顺口便是他东洋舰队的根据地。	《新中国未来记》第四回

　　为了增强话语蕴藉，小说一般较少使用数量词，但晚清小说在呈现故事的过程中，却大量使用量词。从表3-1可以看出，这些量词用来计量物体数量的多少，动作频率或行为持续的时间，使文本如同新闻一般传递信息更加具体精准，凸显真实性，尤其是"三百万两、二十五万块"等数量词直白、准确地写出了晚清社会民众流离失所的背景下，达官贵人贪污腐化的程度，直观而鲜明，直接表现了作者反封建的意识。《新中国未来记》中陈君关于辽宁旅顺口俄国战舰的陈列情况，将俄国侵占东北的事实直观地呈现出来。如果没有这些数量词，则会大大影响表述的效果，无法让民众产生浓厚的危机意识。

　　有时这些数量词在小说中放在一起叠加使用，会有意想不到的效果。

　　　　次日六点钟起，先到南门内看了舜井。……
　　　　到了十一点钟，只见门口轿子渐渐拥挤……

到了十二点半钟，看那台上，从后台帘子里面，出来一个男人……

停了数分钟时，帘子里面出来一个姑娘，约有十六七岁，长长鸭蛋脸儿……①

在上面例文中，每一段开头的"次日六点钟""到了十一点钟""到了十二点半钟""停了数分钟"，都表示准确的时间，这在传统小说中很少见，却像新闻稿一样表明事件发生的时间，给人以真实感。

再来看《老残游记》的续集第八回中大量的数量词出现在对森罗宝殿的场景描述中：

例文1　只见阿旁将木桩上辫子解下，将来搬到殿下去。再看殿脚下不知几时安上了一个油锅，那油锅扁扁的形式，有五六丈围圆，不过三四尺高，底下一个炉子，倒有一丈一二尺高；火门有四五尺高；三只脚架住铁锅，那炉口里火穿出来比锅口还要高二三尺呢。看那锅里油滚起来也高出油锅，同日本的富士山一样；那四边油往下注如瀑布一般。看着几个阿旁，将那大汉的骨头架子抬到火炉面前，用铁叉叉起来送上去。那火炉旁边也有几个阿旁，站在高台子上，用叉来接，接过去往油锅里一送。谁知那骨头架子到油锅里又会乱蹦起来，溅得油点子往锅外乱洒。那站在锅旁的几个阿旁，也怕油点子溅到身上，用一块似布非布的东西遮住脸面。②

例文2　只见那毒雾愁云里面，仿佛开了一个大圆门似的，一眼看去，有十几里远，其间有个大广厂，厂上都是列的大磨子，排一排二的数不出数目来。那磨子大约有三丈多高，磨子下面旁边堆着无数的人，都是用绳子捆缚得像寒菜把子一样的。磨子上头站着许多的阿旁，磨子下面也有许多的阿旁，拿一个人往上一摔，房上阿旁双手接住，如北方瓦匠摔瓦，拿一壮几十片瓦往上一摔，屋上瓦匠接住，从未错过一次。……老残看着约摸有一分钟时的工夫，已经四五个人磨碎了。像这样的磨子不计其数。心里想道："一分钟磨四五个人，一刻钟岂不要磨上百个人吗？这么无数的磨子，若详细算起来，四百兆人也不够磨几天的。"③

---

① 鸿都百炼生. 老残游记 [J]. 绣像小说，1903（11）：01 - 04.

② 鸿都百炼生. 老残游记·二集 [N]. 天津日日新闻，1907 - 09.

③ 鸿都百炼生. 老残游记·二集 [N]. 天津日日新闻，1907 - 11.

如上例文 1、例文 2 所述，《老残游记》续集第八回写老残走到森罗宝殿，看到殿前五神问案时，小说大量使用数量词"五六丈、三四尺、一丈一二尺"，准确地勾勒出酷刑场景，尤其是例文 2 中，任何一个数量词，如"一个、一眼、一摔、几十片、四五个"单列出来感觉不足为奇，但是组合在一起却准确而直观地呈现了人所遭遇的酷刑场景，对读者构成了一种强有力的视觉冲击，这种惨烈的场景连老残都不忍心看下去。正是这些数量词在小说中的大量使用，不但使小说的故事情节呈现更加凸显真实性，而且强有力地控诉人间酷刑对民众的摧残。

在《申报》《新闻报》等大报的新闻报道中，也经常使用数量词来准确交代事件。如：

劝缴浙路新股以补救借款

诸君呀，你们去年为了沪杭甬这条铁路，恐怕英国人硬"借"款子，把这路的权利都夺了去，所以大家辛辛苦苦，奔来奔去，要想替中国争口气，集了二千多万的新股，原想自己有了钱，他人就不能够硬借了，那知道英国人偏偏要"借"把我们，外务部和江浙代表，又不肯帮我们百姓竭力的拒绝他，反同他订了一张弃权失利的合同。自从这张合同宣布了以后，大家看了，都气得了不得。

……

我还有一句说话对你们说，你们去年费尽了心力，发愤集股，本来是完完全全义务的性质，并没有一点谋利的意思夹在里面。倘我专以谋利的说话来劝诸君，吾恐诸君必鄙薄我的说话。但是铁路一事，各国都当生意做的，所以我们也不必讳饰，就把做生意而论，没有比铁路利息再厚的生意了。别国且不必说，就把我们中国已成的铁路而论，若京汉铁路从前股票每一张百两，现在涨到一千三百两左右；沪宁铁路每天生意收进的款有六千元左右。可惜借了外国人的款子，建筑权把他夺了去，所以任他滥用，每里路的建筑费，听得要六万多些，所以生意虽大，仍没有赚钱。我们浙江自办的铁路，每里造筑费只要二万多些，比沪宁便宜三倍。江墅一条线，仅仅只有三十里路，每天乘客的费约计中数，有四百元左右，其他货物，尚不在里面。听得江墅上下货物，每年人力的费有八十万左右，若分一半到铁路上，每年也有四十万，合计客车费十多万，每年这条路的运输费，约有五十五万元，除去十五万元的官息开销，每年可多四十万元左右。总而言之一句话，这种大利的生意，就把做生意而论，也应该把股子交出来，赶快去造，什（怎）么把偌大的利源让把外国人独占呢？诸君呀，奉劝你们，无论为保国权的、为做生意的，不要三心两意，快些缴齐已认的股份；未曾集的，赶快再集，将来集股既多，必然能够把英国人的一百五十万磅压倒，这沪杭甬路恐怕仍旧是我们的基业呢。湖州旅杭商学人公会同谨启。①

甲午战后，为筹措二亿两战争赔款，清政府不得不向西方列强国家大借外债。英德两国成为竞标胜利者，并以此为契机获得中国铁路交通的承办权，将瓜分中国的热潮推到顶峰。20世纪初，浙江爱国绅商提议共同筹款，想要促使政府收回路权，保持主权完整。《杭州白话报》采用通俗的语言，发表论说声援这次筑路筹款爱国活动，在文章结尾处大量使用数量词，直白而鲜明地指出国人募股收回路权的好处，以此引导社会对借款造路的认知。

（二）大量使用拟声词，还原事件的现场感

晚清小说描人状物时，运用了大量的拟声词，据统计，"《老残游记》中的拟声词共有61个"②，如嘤嘤、霍落、喁喁哝哝、轰、叮铃铃等，这些拟声词的运用不但使小说语言具体、形象、生动，而且使得场景事件更加准确真实，让人读到文字，如临其境。这些看似普通的拟声词，增强了事件的现场感以及文本的表现力和感染力。如表3-2：

表3-2　拟声词在晚清报刊小说文本中的使用情况统计表

拟声词在小说文本中的使用	小说回目
只听陶三爷把桌子一拍，茶碗一摔，琅琅价一声响。	《老残游记》第二十回
轰……轰轰　轰……轰轰轰轰轰……	《红旗捷》
"轰！轰！轰！""这是三声号炮。凌大爷来了。"	《九命奇冤》第三回
"来！来!!来!!!拿我的铁锤来。""彭訇、砰訇、好响呀。""好了。好了。头门开了。呀。"	《九命奇冤》
"兄弟们快攻打呀。""霍、剌剌。霍、剌剌。门楼倒下来了。""抢进去呀。"	《九命奇冤》

---

① 劝缴浙路新股以补救借款 [N]. 杭州白话报. 1908-04-05.

② 高伟.《老残游记》中的拟声词浅析 [J]. 汉语言文字研究. 2018 (05)：13.

在小说中，这些拟声词"彭訇、砰訇、轰、啵啵、噼噼啪啪"等均是对人的感官系统反应的准确描述，尤其是吴趼人的短篇小说《查功课》，全篇几乎都用了拟声词描绘场景，真实展现了现场场景。

（三）尝试使用标点符号，力图使叙事内容更准确具体

在我国传统的书写习惯中，不使用标点符号，句子间常见的是以"。""·"或"、"表停顿。晚清小说首先是以一种政治工具的身份登场，传递民族危亡等国家重大信息，以警示众人为其第一任务，因此晚清小说话语必须做到准确、具体，含义单一，能让读者在最短的时间内准确地接受信息，而不是多层次品读作品。所以，如果在相应的地方给语段加上符号，这样语言表达就更加清晰，不容易产生歧义。晚清时期，随着国人见识的增长、域外文化的进入、白话文的普及、表达语意的需要，晚清报刊小说家尝试使用标点符号。以1902—1911年计，在晚清四大小说期刊中，"《月月小说》发表了19种长篇创作小说，其中16种使用了标点符号，31种短篇小说，21种使用新式标点符号，10种没有使用"①，"《小说林》发表创作小说共16种，长篇4种，短篇12种，其中只有两种小说中没用标点符号"②。这些标点符号的使用，使得晚清小说呈现时事、说理启蒙更加准确。

在晚清报刊小说中，引号表示特殊称谓、专有名词，具体交代故事发生的时间、地点。如："乙面赤而怒曰：'今日地方有司均莅场，彼如是其无忌，是并有司而詈之也，大不敬！大不敬！'"③

省略号具有表情功能，特别是在表示语气的断续时，情感尤为丰富，诸如紧张、激动、羞怯等心理和心情都能和盘托出，这样就使当时的情形非常具体而真实地表现出来。如"黄绣球道……所谓打个霹雳，雨雾云开。自然天也晴朗。这种霹雳，是没有什么可怕的。但是……说到此处，就附近黄通理的耳朵说道：'衙门口的人欲壑难填，也不好太懦弱了。尽着他们的口胃。他们得着口胃，就有咽不完的馋涎了'"④ 中，省略号表示"说话者自己停下来不说下去"。省略号不过是书面语言的一个小小构件，但是它却能表情达意，巧设空

---

① 赵健. 晚清翻译小说文体新变及其影响 [D]. 上海：复旦大学，2007：234.

② 赵健. 晚清翻译小说文体新变及其影响 [D]. 上海：复旦大学，2007：236.

③ 趼. 庆祝立宪 [J]. 月月小说，1906（01）：241.

④ 颐琐. 黄绣球 [J]]. 新小说，1905，2（03）：15.

白，传达一般语言所无法传达的信息。在"但听得吱……淅沥沥……淅沥沥之声，火已灭"①中，省略号表示"声音延续"。在小说文本中，省略号与拟声词连用，可以对还原现场起到独特的作用，从而使文本内容更加真实、客观。

感叹号用以表示情境中语气的持续增强。语言本来是无声的，读者体会传统小说所传递的喜怒哀乐，需要仔细看，用心体会，哪一个字用得好，哪一句话表示什么语气都要详加标注，经过这些名家标注之后的小说精神顿出，处处见神。晚清时期感叹号在小说文本中的出现，有时是多个一起使用，用以表示情境中语气的持续增强，如表3-3：

表3-3　多个感叹号在晚清报刊小说文本中的使用情况列举表

多个感叹号在小说文本中的使用	小说文本
清官便顺口道：杀！杀！！ 日官也附和道：杀！杀！！杀！！！	《马贼》
忽然一队小学生。整队唱歌而来。前面两个敲着铜鼓。其声悠扬。然是好听。	《电世界》
守旧！守旧！野蛮！！野蛮！！ 平等！平等！自由！自由！！	《新镜花缘》
"打！打！！打！！！"	《中国进化小史》
只见路旁一所高大房子，门外拥了许多人，都想挤到房子里去，却只挤不进。房子里面一片声，喊："打！打！！打！！"一会儿，山崩海倒般拥出了许多人，一个个都是头破血流的。	《立宪万岁》

总之，晚清时期，社会动荡，人心惶惶，民众对于有关战争实况、商业往来、自然灾害、社会变革等与自己的切身利益直接相关的消息，特别关注。播报新闻需要像传递军事情报那样准确无误，迅速可靠，这也直接关系到报纸的声誉和销路，报人都以极其严肃的态度来对待。因此商业性报刊在反映战争、灾害、商情等新闻中，消息文字准确、简洁且叙述客观。如1874年日本侵略台湾的战争、1884年中法战争、1894年中日甲午战争期间，《申报》《字林沪报》都派专职记者去战地采访，时人争相阅读，报纸销路大增。在灾害消息

---

① 趼．预备立宪［J］．月月小说．1906（02）：183.

中，火灾最为报人注意："夜间闻救火报替，出车者驱车而回，安卧者披衣而起，排字铸板房皆各勤职务，绝不敢暇息，因为上海是全国商会，火灾无论轻重，最为一般人所注意。"① 反映战争、商情、灾害等内容的新闻要求准确无误，迅速可靠，一目了然。"这一类消息在新闻文体的创新上起着开拓作用。据统计，在《字林沪报》中占7%，在《申报》中占18%。"② 如表3-4：

表3-4　晚清时期反映战争、商情、灾害等内容的新闻报道举例

排序	新闻消息	刊载报纸
例1	"二点一刻，其城攻破。英华众兵同时进城，城内发贼无多，杀伤者不过二百余名。英军受伤十六名，阵亡一名，法兵受伤四名，常胜军死亡受伤十二名。"③	《上海新报》
例2	"上月二十六日绍兴绅民在开元寺开特别议会，到者二三千人，推袁涤庵君为临时会长。先何维业君演说，孙德卿君继之，后由会长袁君演说，路权被外部英人所勒夺，必须筹款抵制（绍兴拟筹四百万元）。十一府合力抗争。如果政府不允，不妨全学停课，全体罢市。当时各绅商民大呼赞成，有民人陈某倡先开捐洋十元，以助路股，绅商随之顷刻集股六万元云。"④	《申报》
例3	"七月初一日午后三时，四明同乡在本埠四明公所当众告诫抵制美国华工禁约，由周廉生、周啸天、戈朋云、翁□华诸君次第演说，闻者俱拍掌称快。兹将决议办法照录如左：一、遵照商务总会之议不用美货，不定美货。二、函致各处四明同乡，群力抵制美约，务合于和平办法。三、定七月初一起，每日午后三时，在四明公所演说不用美货之义。"⑤	《申报》

从表3-4中可以看到，这些刊载在大报上的消息，时间、地点确切，新闻要素俱全，大量数量词的运用，使时间已计算到时、刻，人数也很精细。

---

① 李良荣. 中国报纸文体发展概要 [M]. 福州：福建人民出版社，1985:11.

② 李良荣. 中国报纸文体发展概要 [M]. 福州：福建人民出版社，1985:11.

③ 上海新报 [N]. 1862-09-06.

④ 绍兴拒款会纪事 [N]. 申报. 1907-11-07.

⑤ 四明同乡会告诫抵制禁约 [N]. 申报. 1905-08-02.

二、简洁扼要地表现内容

文学叙事首先必须构筑故事的基本框架，然后力求纷繁丰富。晚清报刊小说为了最快捷地把信息传播出去，力求语言简明。"简明是新闻语言的魅力"①，所谓简明，就是简洁明了扼要，态度鲜明有力，能用最经济的语言文字表达最丰富的内容。

（一）写短篇，篇首直接入题

晚清小说以报刊为载体，面向大众进行传播，既扩大了传播面和影响力，同时又受到报纸版面的限制，其每一次所刊载的内容都不可能长篇大论，只能在有限的时间内用有限的文字表达无限的内容，或者长篇小说连缀短篇。所以，晚清时期报刊小说对于作家和读者而言，每一个单元的内容比起整篇作品来，更加吸引人。因此，小说家不但要写回目短篇，还要在有限的字数中把事件交代清楚，把问题分析得入木三分，让读者通过这寥寥数语，便有豁然开朗之感。

而且，为了增加兴趣点，吸引读者阅读，小说家在每一个回目中，都注重开篇直奔主题，就像电影用蒙太奇的手法，小说往往舍弃传统小说中的套话，用具有代表性的词语、句子，如时间、地点、天气状况等，甚至使用标点符号，介绍小说的创作背景，或者直接用"某某曰"开篇。

《一日三迁》就是一例。小说一开头就用疑问句，连续用几个疑问句也能吸引读者的注意，开门见山，直奔主题。

先生欤？

老爷欤？

大人欤？

……有客乘汽船抵石头城下。客长身鹤立。目架新式镜。口衔雪茄。手挟书报一束。衣紫色橡皮雨衣。行李颇萧条。而神宇极严重。②

小说的开头节奏非常紧凑，开篇就增加了小说的兴趣点。

无独有偶，报刊新闻文体也有类似的情形：

---

① 晴川. 准确　通俗　简明：新闻语言的特色 [J]. 淮北煤师院学报（社会科学版），1998（02）：145.

② 一日三迁 [J]. 小说月报. 1905（02）.

论说："汤寿潜不准干预路事"之诠解①

政府注意！

浙江人注意！

浙路股东注意！

今而后而谓政府无破坏浙路之衷，其畴欺哉？

（二）句式的简明化

社会的急剧变动，商业活动的频繁开展，刺激了人们对新闻的需求。为了增强竞争力，商业性报刊不断改进新闻业务，不但真实准确地传播信息，而且新闻简明扼要，便于读者迅速阅读。1881年年底，随着天津到上海的有线电报创始，有实力的商业性报刊纷纷采用电讯，提升信息传递的时效性和广泛性。电讯的出现，对报纸文体改革产生了巨大影响。在中法战争、中日甲午战争以及国内重大事件中，《申报》《字林沪报》都纷纷用电报拍发消息。当时，电报费用贵得惊人，"从天津到上海，每字一角五文，从宁波到上海，每字一角二文"②。这种情况使报社对电讯稿特别慎重，非重大事件不发电讯，也促使记者对电讯字斟句酌，把一切空话废话和议论统统去掉，只简洁朴实地叙述事实。有时"一条消息只有一两句话，仅像现在的新闻标题或者新闻内容的摘要……这类消息在《申报》占20％，在《字林沪报》占42％"③。如表3-5：

表3-5 晚清时期《申报》《字林沪报》短消息列举表

排 序	新闻消息	刊载报刊
例1	"前日福安轮船由金陵回淞，载有各防营军火等件。"④	《申报》
例2	"寓沪西商昨日传言云：高丽口外哈密墩地方已为英人登岸据守矣。"⑤	《申报》

---

① 论说："汤寿潜不准干预路事"之诠解 [N]. 四明日报，1910-09-01.

② 李良荣. 中国报纸文体发展概要 [M]. 福州：福建人民出版社，1985：12

③ 李良荣. 中国报纸文体发展概要 [M]. 福州：福建人民出版社，1985：8-9.

④ 淞口述闻 [M] // 李良荣. 中国报纸文体发展概要. 福州：福建人民出版社，1985：09.

⑤ 英人据地 [M] // 李良荣. 中国报纸文体发展概要. 福州：福建人民出版社，1985：09.

续　表

排　序	新闻消息	刊载报刊
例 3	"知府朱宜振已辞回上海。"①	《字林沪报》
例 4	"昨又接宁波西友来电云：顷有法兵舰四艘游弋于镇海口外虎蹲山洋面，旗昌行之江表轮亦泊彼处。"②	《字林沪报》
例 5	"新城、富阳二县士民定期十月初五日开浙路拒款大会，并筹议凑集普通股款方法，其所发传单，词意极为激烈云。"③	《申报》
例 6	"甬郡商务总会各董发起定于十二月初六日，就明伦堂特开商办浙路甬上集股第一次大会，业已遍发传单，通告农工商军学各界，届期齐集，讨论一切。"④	《申报》

如表 3-5，这些刊载在《申报》和《字林沪报》上的电讯或者新闻消息虽然只有简短的十几字或者几十字，但是一句话或者几句话就把事情说清楚了，新闻要素俱全。如例 6 全文 60 字，因为有关民生，涉及反美拒约爱国运动的事情，所以记者运用数词把开会的时间、地点、原因、结果交代得一清二楚，真实准确，文字精练，很好地凸显了新闻的易读性。

此外，英语国家传播学者经过研究，认为"写新闻的人使用句子的平均长度是 19 个字"⑤。晚清时期，社会动荡，一方面民众渴望从非官方报刊中获得跟国家民族有关的信息，渴望了解国内外的各民族发展的基本情况，获得知识，开阔视野，启蒙思想；另一方面，民众识字率低，阅读能力有限，因此需要刊物承载的内容既丰富又简练。近代外报和国人自办报刊在这一时期均注重使用短段落，多用短句、简单句，少用政论文中出现的长句、复杂句。特别是对于较长篇幅的新闻，分段、分小标题，看起来条理清晰，节奏明快，让读者

---

① 苏州藩报 [M] //李良荣. 中国报纸文体发展概要. 福州：福建人民出版社，1985：09.

② 中法战争记述 [M] //李良荣. 中国报纸文体发展概要. 福州：福建人民出版社，1985：14.

③ 新城富阳开拒款会 [N]. 申报. 1907-11-07.

④ 甬郡商会发起开会 [N]. 申报. 1908-01-02.

⑤ 斯特林著，王家全等译. 大众传媒革命 [M]，北京：中国人民大学出版社，2014：35.

读起来更加顺畅，凸显新闻的易读性。

路电收归国有之饰说

异哉！邮传部之善于饰说也。对于收回电报利权，则曰扩充电政，商办不支，拟请收归官办；对于收回铁路利权，则曰各处铁路集股甚难，拟择要由官修筑。夫电报商办，何尝稍见其不支哉？使果不支，则今日电报各股东且将拱手以让之政府矣，何以坚拒而不□放赎乎？即商路集股，亦何尝稍见其为难哉？使果甚难，则今日粤汉、江浙各铁路亦将无人出而认股矣，何以一呼而巨款立集乎？是说也，足以欺朝廷，而不能欺国民。[①]

这篇刊载在《申报》上的时评句子简短，字数很少，却如数家珍般将晚清政府承诺和维护英国通过对华贷款获取中国铁路承办权的事实阐述清晰，将其生成收归铁路国有的对国民的欺骗性一针见血地揭示出来。虽然文字量少，但是叙述的内容却是很丰富的，提供的信息量很大，具有现实意义。

很多晚清小说家都拥有双重身份，报人陈景韩、吴趼人、梁启超、侠民、徐卓呆、饮椒、陈天华等把写新闻的笔法运用到小说创作中，使用短词和短句叙述故事，言简意赅，易于让人接受，句式呈现简明化特征。如表3-6：

表3-6　短词短句在晚清报刊小说中使用情况列举表

排序	小说文本	小说题目
例1	"你的呢？" "也在裤裆里。" "他的呢？" "也在裤裆里。" 一人曰："我的却在袖里。" 众曰："冒险！冒险！一把臂就破露了。" "拿来看是甚么？" "是《民报》。"	《查功课》
例2	"鸦片烟鬼、杀！……身体肥大者、杀！休儒者、杀！躯干料曲者、杀！"	《刀余生传》

———————

① 路电收归国有之饰说［N］．申报，1908-06-21．

续　表

排序	小说文本	小说题目
例3	"新党！志士！学生！革命家！大英雄！大国民！"	《新党现形记》
例4	"我们！我们报国！报国！起义兵报国去也。"	《瓜分惨祸预言记》
例5	"为国死呵！为国死呵！男儿呵！男儿呵！男儿为国死呵！"	《瓜分惨祸预言记》
例6	"诸君乎，诸君乎！吾暂告别诸君，俟卜定吾之命运之后，再为诸君告。"	《预备立宪》

如表3-6，例1、例2以对话勾勒生活场景，完全省略了叙事者，很客观地把时事摆在面前。简短的对话句式很好地适应了启蒙开昧的时代需要。小说中有的短句，清楚表明作者观点、态度，像标语一样易于识记，便于宣传，如表中的例3至例6。

三、直白鲜明地表现内容

在反映生活、表达思想中，文学语言具有间接性，常常含蓄、朦胧地来反映现实，在有限的话语中隐含无限的意味，引人遐思，让人回味无穷。传统小说创作往往通过语言的新奇，甚至是隐晦曲折，力求造成读者在理解时的含蓄与朦胧。创作者会引导读者对小说进行补充想象，并从中获得积极的创造性快感与审美愉悦。新闻语言却不同，新闻报道有其鲜明的目的，要求用语简洁明了，直接传达目的，而非拐弯抹角地说出来让人们去理解、想象、猜测。如果将新闻语言像文学语言一样加以修饰，或不直接交代出时间、地点、人物、事件等，给人以朦胧感，那么将会失去新闻的易读性，客观上也会影响新闻宣传的效果，所以新闻要尽力减少读者在理解方面的障碍，用语不必隐讳曲折，只需直白地把事实报道出来，并且态度鲜明。晚清时期报刊小说积极向报刊新闻靠拢，大多用直陈的方式揭露社会问题，并鲜明直接地表明自己的观点，小说文本自觉彰显新闻的易读性，直白鲜明地将事件的来龙去脉呈现。

（一）小说题目直接显露主要内容信息

近代报刊新闻版面，包含大量的直陈其事的动态新闻和商业信息。为了方便读者掌握新闻信息的主题，主要信息要在标题中被概括出来。在经历了第一次国人办报高潮后，报刊走向专业化，报人对标题越来越重视，"《中国日报》较早突破四字标题"①，并力求醒目，如《两江官吏被参》②《日舰第六次攻击旅顺》③。有的新闻报道，则加以副题，或设有导语，这是根据新闻传播的特性和需要设定的，有的政党报刊甚至采用两行或者多行标题，既概括内容，又表达作者观点。如：

> 论东三省新借日本债款
>
> 中国借款之反响
>
> 东三省之危机愈迫④

晚清报刊小说的题目尽量直白显露内容信息，以 1907—1911 年《申报》刊载的小说为例。

1. 显露主要描写对象。此类标题多出现在短篇小说中，如《人面兽》《穷侍御》《女学生》《烈女罗苏轶事》《拆字先生》《绅学界之人物》《风流太史》《安徽某州自会》。

2. 显露主要事件。此类标题多出现在短篇小说中，如《滑头大会》《记某生事》《寿头大会》《献土地》《讨彩头》《剿匪》《追租》《学生之怪现状》《蛮方风俗记》。

3. 显露主要对象＋（原因）＋主要事件。此类标题在报刊短篇小说中也会出现，如《登徒子游上海记》。有时短篇小说也以章回体小说的题目形式来命题，内容更为清晰明了，此类标题多出现在报刊连载中长篇小说中，如：

> 1908 年《风流太史》：
>
> 第五回　袁刺史求见柏留守　章观察拜会李制军
>
> 第八回　陈劣迹教习离堂　受侮弄先生辞馆
>
> 1909 年《衣冠影》
>
> 第一回　战强人泡发台失守　奉朝命大将出师

---

① 李良荣. 新闻学导论 ［M］. 北京：高等教育出版社，1999：59.

② 两江官吏被参 ［N］. 中国日报. 1904 - 04 - 05.

③ 日舰第六次攻击旅顺 ［N］. 中国日报. 1904 - 04 - 05.

④ 论东三省新借日本债款 ［N］. 民立报. 1911 - 10 - 02.

第二回　出赏格克复镇南关　降严旨拿问袁宫保

第三回　卫京卿告病归田里　金观察走马赴龙州

第十回　严交涉领事起风潮　缉大盗中丞传密电

1909 年《滑稽魂》

第一回　老绍兴半路截轮船　傻知县当堂标别字

第十二回　项观察潜逃回直隶　苏中丞奋勇出榆关

第十四回　吕总兵捐躯报国　章中堂奉诏和戎

在晚清报刊小说中，这一类的题目随处可见。这些题目明确地反映出要告诉读者的基本内容，让读者在未读小说主体内容前对事件来龙去脉有了初步了解。小说的标题起到了现代新闻消息文体导语的提示作用，显示了其作为文体副语言的直白、客观特点。

（二）直接点明作者观点

晚清时期，国内外形势紧张，促使新闻业务得以大踏步向前推进。报刊文体，无论是消息、通讯还是评论，除了语言简洁之外，往往态度鲜明。事实的有无、真假、善恶等等都被旗帜鲜明地表达出来。《申报》从 1874 年 4 月到 1877 年 4 月，对"杨乃武与小白菜案"做了三年的连续报道，几十篇消息几乎全部采取夹叙夹议的写法，或明确地表示同情杨乃武，或指责官吏滥用酷刑、官官相护，或对审判官提出忠告，在社会上产生很大影响。据统计，这类夹叙夹议式消息"在《申报》（1895.2.1—1895.3.3）中占消息总数的 16％"①。如：

昨接到芜湖发来要电云：连日大雨不止，江水陡涨数尺，街巷尽成沟渠，现仍未止等语。似此纷纷告警，不禁目为之篙矣。②

这条消息主体先叙述芜湖连日大雨造成街巷内涝的情景，最后一句话是编辑的直接评语。

20 世纪初，国内外形势风起云涌，时评问世。报刊记者常常抓住当天报上的一则比较重要的新闻展开议论，有叙有议，短小精悍，观点鲜明，风靡报

---

① 李良荣. 中国报纸文体发展概要 [M]. 福州：福建人民出版社，1985：13.

② 芜湖水灾 [M] //李良荣. 中国报纸文体发展概要. 福州：福建人民出版社，1985：12.

界。具体情况可参见本文第二章第三节。晚清时期报刊业的发展，对与新闻共载体的小说产生了巨大影响。这些小说在形式上大量融入新近发生的事实，一边叙述一边品评，尤其是逐渐兴起的短篇小说，大多数是在末尾加上一段评论，也有个别是边叙述边发议论。一方面小说家以小说为阵地，言说天下，侃侃而谈，表达自己对社会黑暗的不满和无奈，以及拯救民族危亡的决心；另一方面，社会大变动之时广大民众不仅要了解世界各国家发生了什么，还迫切需要有识之士给予分析指导，以便自己做出判断。因此，小说文本中间或者结尾处的评论直接针对所述问题有感而发，紧密贴题，既满足了作家立言救国的需要，也满足了广大读者知言谨行的需求。

鲁迅先生就小说语言尤其是谴责小说的文本语言特征有感而发，指出晚清时期小说语言缺少蕴藉，过于直白。但如果考虑小说创作的外部因素对小说文本的影响，则不难发现，晚清报刊小说以报刊为传播载体，要实现传播的效益最大化，就必然需要了解受众实际，迎合他们的需求，务必简短、直白、准确、鲜明，唯有如此，才能为受众接受。有研究者"在对世界跨越 240 年的240 本小说文法的变量研究后发现，近代小说的发展趋势是每个句子的字数逐渐减少，长字和少见的标点符号比率较少"[①]。由此看来，晚清报刊小说也是越来越容易读了。

第二节　文本语言通俗化

有趣可读是小说的卖点，直白易读是新闻的卖点。小说的可读性，"一是给读者初次阅读带来的吸引力和兴奋感；二是潜藏于文本深处的能够激发读者再次阅读兴趣和反复阅读欲望的因素；三是文本暗含的可供读者进行多种解读的空间"[②]。这意味着小说不仅好读，通俗、易懂、有趣、好看；还要耐读，耐人寻味、发人深省、常读常新。新闻讲求易读性，是公开地传播信息，让受众准确、快速地获得有价值的信息是新闻传播的目标。因此，新闻语言尽量通俗易懂，朴实晓畅，既便于受众阅读，使其乐于阅读，又可以有效拉近报刊与

---

① 韩伟表. 中国近代小说研究史论［M］. 济南：齐鲁书社，2006：165.

② 晓苏. 小说的可读性从哪里来［J］. 文学教育，2017（12）：23.

受众的距离，引发读者共鸣。晚清时期报刊小说家关注社会热点和难点问题，以回应社会关切为己任，"选择了一种调入方言土话、文言韵语乃至新词语新文法的崭新的'白话文'，作为 20 世纪中国小说的主要文体"①。从而使得晚清报刊小说在保持原有文学性的同时，语言通俗、浅显，突出易读性，彰显新闻性特征。

一、文白共用凸显接近性

清代学者章学诚曾经在《文史通义》中说，写文章要严格区分"言"与"事"。要言如其人，事如其身。晚清时期报刊小说记言文白相间，雅俗分别满足人物塑造的不同需求，凸显小说语言如新闻语言一样的接近性。维新运动开始以后，资产阶级改良派为了宣传需要，极力倡导文本语言通俗化，甚至提出"白话是维新之本"。维新运动中，报刊界出现了两种新闻语言："一种是以中国比较流畅的古文为体，吸收外国文法，杂以民间俚语，形成半文半白的新闻语言。一种是白话文，它撇开中国传统的书面语言，完全用口语来表达。"② 如：

> 全国女同胞听者，阿呀，不好了！
>
> 这是什么缘故呢？因为二年前我们江浙奉了皇帝的旨意、商部的奏案，浙江公举一位姓汤的，一位姓刘的；江苏公举一位姓王的，一位姓张的做总理，造起一条铁路来。本来是江浙自己的款，造自己的路，救自己的性命，外国人没有什么话说。但是，从前有个姓盛的宫保大人，他做中国铁路大臣的时候，曾经同英国银公司订过了一个草约，名叫"苏杭甬铁路草约"，本来说是限六个月，若还不办，浙苏杭甬的草约是不算数的。英国银行公司直到如今好几年，一点没有举动，这苏杭甬草约久已做废纸论了。盛宫保虽然卖我江浙，却有个限期的。有点生气了，我们女同胞实是感激不尽的。可恨！可恨这个英国银公司居然看得我们铁路生意好，又眼热起来了。可恨！可恨江浙有个外部侍郎汪大燮凑奉英国人，拍英国人的马屁，想赚英国人的钱，居然串通了英国人，把从前盛宫保卖江浙的事

---

①　陈平原. 小说史论集［M］. 石家庄：河北人民出版社，1997：1417.

②　李良荣. 中国报纸文体发展概要［M］. 福州：福建人民出版社，1985：60.

重新提了起来。因为盛宫保的草约久已作废，不好说什么话，该英国人想了一个法子叫做"借款"。那晓得英国人的款比砒霜还毒，向来英国人灭人家的国度都是从借款起的，这个汪大燮难道不知道？假痴假呆，一心思想英国人的银子金圆，便也顾不得浙江、顾不得中国、顾不得同胞，忍心害理把这条铁路卖给英国人。恐怕我们不答应，还要去骗皇帝下了一道旨意来压制我们。那晓得身家性命人人要保全的，你要我们的命，我先要你的命！所以我国民已经起了一个拒款公会，一定不承认借款的事，一定要请皇帝收回成命，一定要把这个卖国贼明正典刑，这几桩事件件都要办到的。可怜我们女同胞天天住在深闺，那里晓得这种事情？有钱的穿绸吃肉，没钱的忙忙碌碌，连自己身子被家人卖了，还一点儿不知道，可怜、可怜！女同胞不要齐声一哭么？你们可知道这卖国贼他把我江浙卖了多少钱的数目？不过卖了一百五十万镑，合着中国的银圆不过是一千五百万元左右，我们江浙的人数有两千六百多万，每人分派起来不过值得五角多点。可怜，可怜我们中国人难道只值得五角多点一个么？我们中国女人就是卖了使女也要几十块钱，像天津的妓女杨翠喜，她也是个使女，身价银三万多两。我们江浙的女子也有一品夫人、也有千金小姐，难道只值得五角多点一个么？[①]

这段选文引自《神州女报》，20 世纪初，面对汹涌如潮的浙路风波，报纸积极立言，发表论说，针对妇女识字率低的现实情况，报刊采用通俗的白话文引导妇女正确看待收回浙路修建主权问题，晓畅易懂。但是如果全篇采用白话文，读起来确实晓畅明了，通俗化程度会很高，不过新闻语言也会因此失去它固有的简洁严谨性，而整篇文章显得不够正式。因此，在晚清社会转型期，知识分子所倡导的白话，不是完全生活化的语言，而是介于文言和白话之间的一种语言，这种语言通俗而不拖沓、精练而不费解，适合于书面表达。

首先，文白共同记述故事。晚清报刊小说呈现故事用的是文白相间的自然朴实的口语，通俗易懂。文言精练，多用于讲述故事或者事件的脉络，白话生活气息浓，用于呈现人物言行，如表 3-7：

———————————

① 女国民拒款公会公启 [N]. 神州女报，1907 - 11 - 01.

表 3 - 7　文白相间语言在晚清报刊小说中使用情况列举表

	小说文本内容	小说文本
例1	"却说光绪三十二年七月十三日，皇帝降了圣谕。预备立宪。看官。须知旧社会的俗话。圣天子有百灵辅助。这百灵是什么东西。便是诸天菩萨。当日皇帝降了这道上谕。值日功曹正在旁边伺候。看见了。连忙到天上去奏知玉皇大帝。玉皇大帝听见了。暗想近来每每闻得说立宪立宪。"①	《立宪万岁》
例2	"那边一带贫民窟。也很寂寞。大约劳动的人。早已出去做事了。忽然跑出一个十二三岁的男孩子。手中拿了一顶旧草帽。肩上挂了一只破皮包。身上穿着短衣。这小孩子跑出门来。同时里面就有呼唤之声。少停赶出一个妇人来。唤道阿祥阿祥。你母亲如此呼唤，你何以不去。这是邻家的主妇。后面出来一个老翁，把阿祥拖住道：你这孩子，真太不听人话。你要去，只管去。总要弄妥当了。才可以去。"②	《卖药童》
例3	我因说道："老朋友，久违了。" 他也说道："久违了。" 我道："我们是总角之交，一别二十多年，不知你近来光景如何？何年成的家？有了几个孩子了？身子想必甚好？" 他说道："我一向不曾娶妻。到现在仍是同少年一般，嫖、赌还是一样，可是鸦片烟要吃二两一天了。" 我惊道："你怎么还没有改过？你的家当想也败完了。" 他道："没有呢，此刻还好。"③	《大改革》
例4	我笑道："你又何必当面说谎？头一件眼见的，鸦片烟你先没有戒脱。" 他道："不，不，我已经娶了亲了。" 我惊道："失贺啊！是几时的事？" 他道："我有钱也送到钱庄上去了。你说我还吸的是鸦片烟吗？正是依了你的话，吃滋补药呢。" 我道："这明明是鸦片烟，怎说是滋补药？" 他道："朋友，你有所不知。我自从听了你的话，就请教医生，开了一个方子，开的是吉林人参、西潞党、棉黄芪、野於术等等，掺在大土里面熬出来的，这不是滋补药吗？可是烟味淡了，从前吃二两的，此刻要吃二两五钱，才得过瘾了。"④	《大改革》

---

①　吴趼人. 立宪万岁 [J]. 月月小说，1907 (05)：167.

②　卓呆. 卖药童 [J]. 小说月报，1911 (02) 01.

③　趼. 大改革 [J]. 月月小说，1906 (03)：152－153.

④　趼. 大改革 [J]. 月月小说，1906 (03)：154.

从表3-7可以看出，例1和例2都是采用文白相间的语言在呈现故事场景。例1中"却说、每每闻得"，例2中"有呼唤之声、少停"均是文言，这些文言在以白话文为主体的文本段落中出现，并没有干扰阅读，反而增加了阅读的美感。小说语言文白相间，营造场景更富于生活化、真实感，拉近了文本与受众的距离。晚清报刊小说所用的语言半文半白，简练清晰，浅显晓畅，已经与说书人讲故事的白话有了很大的差别，而与新闻文本的白话更接近了，表现出通俗化与大众化的特征。晚清作家在小说创作中，文白共用，叙事用文言，议论描写用白话，实现了小说叙述的"如其事"。而这样以生活语言为基础，又融入一定的文言成分，文白合作叙述故事、呈现场景的情况普遍存在，这也恰恰反映出社会转型期，传统语言向现代语言的过渡。

其次，文白各司其职呈现符合人物身份的语言。中国的文言、白话长期处于分离状态，文言与白话代表了不同阶层。文言处于正统地位，一直为精英阶层所特有。白话为市井乡民的生活语言，一直被视为下层民众的语言。晚清报刊小说针对人物身份的不同，语言运用也不同，根本原则就一个——"如其人"。在《孽海花》中，金雯青高中状元后得到身边一群文人朋友的祝贺，小说用文白相间的语言呈现他们之间恭贺庆祝的场景，真实而又生动地呈现了晚清知识分子群体固有的酸腐劲儿。来自于社会最底层的船婆子则用一连串的村言俗语数落祝宝廷，非常形象地戳穿他言行不符的一面，语言虽然浅俗，但是富有浓郁的烟火气，生动而且符合人物身份。晚清报刊小说叙述语言"如其事"，人物语言"如其人"，自然真实、生动形象，很好地承载了传播信息、批判社会的主题。

二、方言俗语凸显地域性

地域性意味着减少距离感，凸显接近性。晚清报刊小说大量引方言俗语，拉近与民众的距离，不但增添了文本叙事的生动性，还减少了民众的陌生感，促使内容信息更好地传播。

大量引方言入小说，文本显得亲切、形象、生动。报刊小说以报纸杂志为载体，晚清时期，这些报纸杂志以上海为中心，伴随两次国人办报高潮而向四面八方辐射。报刊多以本地新闻的采写为主，具有极强的地域性，区域内民众是其固定的读者群。为稳住市场，扩大销路，报刊势必要求小说以区域内民众喜闻乐见的语言形式呈现故事，增强报刊黏性。因此，晚清报刊小说大量引方言入小说，如苏州方言、山东方言、常州方言等。文本凸显地域性，生动而形象，文学性和新闻性同时彰显，如表 3-8：

表 3-8　方言在晚清报刊小说中使用情况列举表

方　言	小说文本	小　说
常州方言	"该雨日身体……好点哩。你（倪）来。做底。（爹）个个。一来请请安。二来要请耐老娘家。"	《一夕话》
吴语方言	"阿珠忙站起来奔莲生，嚷道：'耐倒好意思打起倪来哉，耐阿算得是人嗄！'一头撞到莲生怀里，连说：'耐打唱　耐打唱！'"① "巧珍见有四色，又说道：'阿姐，倪勿来哉！耐算啥唱？'爱珍笑而不答，捺巧珍向高椅上与小云对面坐了，便取牙筷来要敬。巧珍道：'耐再要像客人来敬我，我勿吃哉。'爱珍道：'价末耐吃点唱。'当即转敬小云，小云道：'我自家吃仔歇哉，耐覅敬哉。'巧珍道：'耐啥一点点勿客气哉嗄？倒亏耐覅面孔。'小云笑道：'耐阿姐赛过是我阿姐，阿是无啥客气？'爱珍也笑道：'陈老爷倒会说哚。'巧珍向爱珍道：'耐自家也吃点唱，阿要倪来敬耐嗄？'小云听说，连忙取牙筷夹个烧卖送到爱珍面前。慌的爱珍起身说道：'陈老爷覅唱。'巧珍别转头一笑，又道："耐勿吃，我也要来敬耐哉。'爱珍将烧卖送还盆内，自去夹些蛋糕奉陪。"②	《海上花列传》

从表 3-8 中可以直观地看到，这些晚清小说在叙述中自然融入了方言，用方言展开对话，呈现百姓生活中一个个微小片段，富有生活气息，使叙述内容更加真实可信，令人耳目一新，而且一下就拉近了受众与小说的距离。

大量引民谚入小说，增强文本表意的准确性。晚清报刊小说不但传播国内外重大政治军事信息，还承载知识，对民众有教育、引导和启蒙的作用。小说大量使用俗语谚语和民谣等，"《官场现形记》出现90余条谚语，出现次数达150余

① 花也怜侬. 海上花列传 [J]. 海上奇书, 1892 (11)：23.
② 花也怜侬. 海上花列传 [J]. 海上奇书, 1892 (11)：23.

次"①。有的俗语不但出现，而且在不同的小说文本中反复出现，如表3-9：

表3-9　俗语在晚清报刊小说中使用情况列举表

俗　语	小说文本	小　说
呵腰	"用手一伸，腰一呵，说：'请里面坐。'"	《老残游记》第三回
	"他便好好价拿手灯照着我，送到东洋车子眼前，看着坐上车，还摘了帽子呵呵腰才去，真正有礼。"	《老残游记外编卷一》
	"见了长夫、听差，呵腰打拱的，和他称兄道弟。"	《二十年目睹之怪现状》第六十二回
	"那大人只摊摊手，呵呵腰儿，也没有问话就进去了。"	《官场现形记》第三回
七搭八搭	"这里人瑞却躺到烟炕上去烧烟，嘴里七搭八搭的同老残说话。"	《老残游记》第十七回
	"彩云半抬身挪步前行，说道：'老爷今天七搭八搭，不知道说些什么，别说太太不懂，连我也不明白，倒怪怕的！'"	《孽海花》第二十四回
钟头	"心里想道：'听村庄上人说，到山集不过十五里地，然走了三个钟头，才走了一半。"	《老残游记》第八回
	"子平道'倒有两三个钟头了。请问先生贵姓?'"	《老残游记》第九回
	"过了两个多钟头，只见人瑞从外面进来，口称：'痛快，痛快！'"	《老残游记》第十七回

　　总之，晚清报刊重在对事实的报道和舆论监督与引导，报刊小说作为晚清报刊的有机组成部分，其语言的美，不是靠笔下生辉，而是以是否准确地反映事物本来面目为准绳。小说语言准确具体，通俗易懂，浅显直白，既具有市民文学的特征和民间文化的色彩，又具有鲜明的新闻语言特征。

第三节　言说方式政论化

　　19世纪七八十年代，在外人办报的引领下，以王韬为代表的国人开始了自己的办报历程。国人办报，看重的不是像《申报》一样的"赚钱盈利"的商

---

① 　孟昭泉.《官场现形记》中的谚语特色［J］. 中州大学学报，2010（12）：79.

业功能，而是可以"尽言"的兴国兴民功能。于是，王韬据守香港，凭借得天独厚的地理条件和政治环境，成功创办《循环日报》以立言，使得报刊政论文体为时人所关注，并将之与救国运动相结合。这种政论文结合国政时事发表议论，观点鲜明，给国人以震撼，为后人继承。康有为、梁启超等人在发动维新改良运动之时，以报刊为阵地，以报刊政论为武器，为运动造势。梁启超在王韬的基础上，继续政论文的创作，使得"实务文体"以及后来的"新民文体"名扬天下，不但为政治运动造势宣传，也给时人尤其是知识分子以享受。在国人第一次办报高潮期间，报刊政论文占据主流。报刊政论在言说方式上以议论为主，涉及的时事记叙往往为中心议题服务。

一、晚清报刊政论的战斗性

晚清时期，随着帝国主义殖民侵略的深入，国势日蹙。以梁启超为代表的资产阶级维新派发出呐喊，迫切要求挣脱帝国主义和封建顽固势力的束缚，寻求自强之路。但"公车上书"所发出的微弱呼声并未得到清政府的重视，于是他们把报刊政论纳入政治活动的轨道，以实现其"以言报国"参政议政的政治理想。维新旗手梁启超以"变法图存"为宗旨，锐意创新，提出"公、要、周、适"① 的报刊论说四原则，在《时务报》前55期连续刊发百余篇"时务文章"，既言时政又加以品评，既传播变法信息又饱含爱国深情，既工整对仗又晓畅通达，为维新运动摇旗呐喊，向帝国主义侵华势力和封建顽固派吹响了号角，呈现出战斗性特征。

（一）瞩目时代，纵议国是

甲午战败，梁启超应时提出："言之无文，行而不远。"② 主张报章言论不仅要"适行中国今日社会之程度"③，与社会实际结合，还必为"一国一君之大问题"④。他以战斗者的姿态密切关注社会动向，以高度的政治敏感和责任

---

① 戈公振. 中国报学史 [M]. 上海书店出版社，2013：06.

② 于润琦. 插图本百年中国文学史 [M]. 四川人民出版社，2002：109.

③ 梁启超. 论报馆有益于国事 [G] //张之华. 中国新闻事业史文选. 北京：中国人民大学出版社，1999：18.

④ 梁启超. 创办《时务报》原委 [G] //张之华. 中国新闻事业史文选. 北京：中国人民大学出版社，1999：34.

感，将中外时局变化及时地传递给民众。在他的论说中，俄国侵入西藏、法国侵占台湾、日俄武力争夺东北三省等帝国主义列强步步进逼妄图瓜分中国的政治问题和社会问题，都得到真实详尽的记载；晚清政府外交失利、步步退让，官僚勾心斗角、卖国求荣、腐败无能，清军军心涣散、战斗力薄弱等历史现象，都被一一揭露；裹脚、缠足、早婚等影响身心健康、阻碍思想解放的封建旧风俗被他无情地加以批判。他的时务文章再现了19世纪末20世纪初中国社会生活的真实情景，充满了强烈的危机感，改变了当时国人自办报刊由于经济和政治上的困难，多以"祝融肆虐、惊散鸳鸯"等低俗内容充盈纸面，影响力微弱的状况；打破了在华商业外报为寻求经济利益最大化，虽刊载言论却往往避开时事锋芒的沉寂局面，满足了社会对国家政事信息的需求，在中国近代报业开始萌芽、体例未善之际，成为"当时新闻学的最好准绳"①。

而且，他废寝忘食地大量阅读传教士和外交官介绍世界历史的译著和报刊文章，把新的近代世界知识、新的历史经验、新的政治思想引入政论，在世界各国如印度、希腊、日本、德国的历史演变中探索并总结天下强弱兴亡的原因，使变法势在必行自然地呈现在众人之前。他的时务文章蕴含着丰富的文化内涵，在历史与时代的交融中拓展了时政信息承载的空间，成为维新派进行政治宣传，激发民族觉醒，唤起同胞爱国意识的利器。

（二）议论为主，立场鲜明

作为维新运动的主将，23岁的梁启超在《时务报》创刊初期，血气方刚，一人独居小楼上挥汗执笔，几乎每册都有他写的一至二篇政论文。在主持《时务报》笔政时，他紧密围绕"变法自强"的宣传宗旨，撰写并刊发了《变法通议》《古议院考》《论中国之将强》《商战论》等138篇政论文章，直抒己见，旗帜鲜明地鼓吹变法维新，反驳帝国主义污蔑中国的言论，营造爱国救亡的舆论氛围。其中，连载43期的《变法通议》分13小节从政治、军事、文化、教育、商业等方面较为全面地阐述了变革求新、救亡图存的政治主张，从历史变迁的视野系统地论述了重视教育、畅兴学堂、培育人才、革新官制之间的关系，指出变法的必要性，提出了倡民权、兴民主、通风气、学新知、发展民族资本主义经济等进行国家体制改革的具体方略，成为"资产阶级维新派带有纲

---

① 楼榕娇. 新闻文学概论［M］. 台湾学生书局，1979：38－40.

领性的文件"①。

《变法通议》所宣传的维新思想得到维新同人谭嗣同、徐勤、汪康年、唐才常、赵向霖等积极响应，他们仿其体例撰文，陆续发表了《中国除害议》《论华民宜速筹自相保护之法》《榷署议内地机器制造货物章程书后》《中国自强策》《辟韩》等百余篇政论文章进行拓展论述，揭露封建制度的腐朽，谴责封建政府抑制民权的政策及行为，宣传"设议院""伸民权"等民主政治观点，痛陈民族资本主义工商业在发展中所遭到的严重迫害，要求封建政府实行保护关税制度，呼吁全国工商业者联合起来，坚决抵制帝国主义的经济侵略……这些政论文章东西携手、南北呼应，形成舆论强势，使维新变法由最初的封建士大夫阶层谈之色变反转为朝野上下的主流呼声，一举突破了清廷言禁，取得了报刊言论浸渍人心的初步成效，维新运动顿呈活跃之观。清廷顽固派官员见其胆战心惊，视其为"野狐"，想尽一切办法加以阻挠，但这些文章的传播载体《时务报》还是在"数月之间销行万余份，风行海内外"。②

（三）词笔锐达，不拘陈规

晚清时期，讲求"辞法""义法"的八股文和桐城派古文雄踞报章天下。维新运动发起后，呈现形式主义倾向的旧文体玄奥至深，既无法表达维新派要求变革的激情，也无法满足其在短时间内抢占舆论阵地、进行救国图强的维新思想动员的需要。为了更好地宣传变法，尽快把关系国家存亡、民众生计的问题向国民进行传播，梁启超作时务文章《救一时明一义》③，别开途径，摒弃艰涩生僻的文字，代之以能够表达新思想的新词汇；不受一切文章规法程式的约束，常常熔中西文化于一炉，汇浅近古文、日常口语于一体，综合运用比喻、反复、排比、反问等写作手法以及举例子、列数字、做比较等说明方法，深入浅出地说明深奥的道理，令人感到晓畅通达。围绕维新派"去塞求通"的宗旨，梁启超在《论报馆有益于国事》中运用比喻的修辞方法，连用四个并列句，从人的血脉、学术、交通、语言四个与大众生活息息相关的常态事件，通

① 方汉奇. 中国近代报刊史 [M]. 太原：山西教育出版社，1991：81-82.

② 方汉奇. 中国近代报刊史 [M]. 太原：山西教育出版社，1991：81-82.

③ 梁启超. 论报馆有益于国事 [G] //张之华. 中国新闻事业史文选. 北京：中国人民大学出版社，1999：18.

俗贴切地说明国家的强弱在于通塞这一道理。他把报刊比作人的耳目喉舌，在有耳目和无耳目的鲜明对比中形象自然地得出结论——去塞求通的首选工具就是办报，想象丰富、趣味盎然、引人入胜。而且这些时务文章条理分明，长短句结合，错落交织：长句铺排陈列，整齐划一；短句简捷、短促，主旨突出，读起来轻松流畅、节奏鲜明，恰当地营造了氛围，制造气势。尤其是短句，"变者，古今之公理也"①，"强中国，惟变科举为第一义"②，"群故通，通故智，智故强"③，"惟学究足以亡天下"④，"因噎而废食者必死，防弊而废事者必亡"⑤，既宛若一条条脍炙人口的宣传标语简洁有效地承载了变法内容的宣传，又像匕首一样猛烈地刺向统治阶层的顽固派，使其见文丧胆，产生了强烈的精神上的逼迫作用。这些时务文章呈现的自由洒脱的文风冲破了统治文坛的死板格式和僵死文字，是对封建传统最有力的宣战，引领了新闻杂志的维新时代风尚，而后邵飘萍、刘少少、李大钊、史量才、邹韬奋等无数青年"受其影响至巨"⑥。

（四）情感丰沛，鼓动性强

正值壮年的梁启超朝气蓬勃，满腔的报国热血在一次又一次的科举失利中被遏抑。但是他并不气馁，作为资产阶级维新派舆论宣传的旗手，他怀着强烈的救亡使命感密切关注国家发展动态，"用常带情感之健笔，指挥无数历史之例证，组织成使人挥泪，使人鼓舞，使人感激奋发的文章"⑦，凝聚人心。在目睹帝国主义铁蹄践踏之下山河破碎、民不聊生的情景时，他在《论变法不知

---

① 梁启超. 变法通议·自序［M］//梁启超. 梁启超全集. 北京：北京出版社，1999：10.

② 梁启超. 变法通议·论科举［M］//梁启超. 梁启超全集. 北京：北京出版社，1999：23.

③ 梁启超. 变法通议·论学会［M］//梁启超. 梁启超全集. 北京：北京出版社，1999：24.

④ 梁启超. 变法通议·论幼学［M］//梁启超. 梁启超全集. 北京：北京出版社，1999：34.

⑤ 梁启超. 变法通议·论中国积弱由于防弊［M］//梁启超. 梁启超全集. 北京：北京出版社，1999：64 - 65.

⑥ 楼榕娇. 新闻文学概论［M］. 台湾学生书局，1979：38 - 40.

⑦ 楼榕娇. 新闻文学概论［M］. 台湾学生书局，1979：38 - 40.

本原之害》中痛心地说："中国之为俎上肉久矣。"① 他公开揭示了英、法、德、俄、日等国跃跃欲试妄图侵吞中国的事实，谴责德国表面上"津津然以练兵置械相劝勉，选知兵而有才者相畀"，实际上"一旦瓜分事起，吾国绿管、防勇，一无所恃，惟德人号令之是闻，其心尤有叵测也"②，使人警醒。他质疑中国讲求新法三十年而一无所成，把满腔怒火指向绵延数千年的专权防弊思想，痛数其恶果："在官者以持禄保位为第一义，缀学者以束身自好为第一流，坐此一念，百度不张。"③ 面对国人僵卧床褥，以待死期的麻木，他顿足捶胸，连连反问："岂不异哉？岂不伤哉？"他把满目疮痍、积弱深重的国家比作一个即将倒塌的破败茅草屋，悲愤地预测如果不变革，有着几千年历史文明的泱泱华夏将要走向灭亡，连续两次大呼："岂不痛哉！岂不痛哉！"痛定思痛后，他发出声嘶力竭的呐喊："变亦变，不变亦变"，要求变法图强保国保种保教，郁积于胸的爱国炽情及救亡图存的迫切心情借报章论说之径得以宣泄。他化悲愤为字里行间的力量，反复强调"败衄非国之大患，患不能自强耳"④，向民众发出了强烈的爱国主义呼唤。他坚信在泰西各国磨牙吮血之时，"及早今图，示万国以更新之端，亡羊补牢，未为迟也"⑤。展望未来，他认为改革后的少年之中国"与天不老，前程浩浩"⑥，洋溢着积极乐观的进取精神，令人如饮狂泉，常常"于肺腑里顿生阳刚之势"⑦，完全融进他营造的变法自救、维新强国的澎湃激情中，摩拳擦掌，当时湖广总督张之洞饬行湖北全省官销《时务

---

① 梁启超. 变法通议·论变法不知本原之害 [M] //梁启超. 梁启超全集. 北京：北京出版社，1999：11 - 13.

② 梁启超. 变法通议·论变法不知本原之害 [M] //梁启超. 梁启超全集. 北京：北京出版社，1999：11 - 13.

③ 梁启超. 变法通议·论中国积弱由于防弊 [M] //梁启超. 梁启超全集. 北京：北京出版社，1999：64 - 65.

④ 梁启超. 变法通议·论变法不知本原之害 [M] //梁启超. 梁启超全集. 北京：北京出版社，1999：11 - 13.

⑤ 梁启超. 变法通议·论变法不知本原之害 [M] //梁启超. 梁启超全集. 北京：北京出版社，1999：11 - 13.

⑥ 梁启超. 变法通议·少年中国说 [M] //梁启超. 梁启超全集. 北京：北京出版社，1999：409.

⑦ 倪波，穆纬铭. 江苏报刊编辑史 [M]，南京：江苏人民出版社，1993：254.

报》，所有报款由善后局汇总支发，并向报馆捐银五百元，支持变法维新转化为自觉的行动。

二、采用议论直接鲜明亮出观点

晚清报刊小说肩负揭示日益深重的民族危机和帝国主义妄图侵略中国的重任，在言说方式上，受到政论的影响，大量运用议论，抨击封建顽固派因循守旧、媚外求和的丑恶行径，宣传爱国救亡思想，与报刊新闻一起有效地推动了晚清政治救亡运动的开展。晚清报刊小说最主要的议论方式，是在小说中通过人物发表议论或者叙述者直接发表议论。晚清报刊小说以"改良群治"为目的，工具化的小说理念自然使得其在表达上急切地想要在文本中塞入更多的"思想""观念"，最直接的方法就是在小说中发表议论。

在晚清报刊小说中，借由小说人物发表议论的情况数不胜数。《瓜分惨祸预言记》中第四回作者借华永年之口分析国家惨遭众国瓜分的状况之下炎黄子孙的悲惨结局。为了情节的需要，小说还可以在对话中直接发表观点。如：

> 行者曰："怎么是口头禅，此刻玉帝要立宪呢！"
>
> 八戒跳起来曰："真的么？"
>
> 行者曰："怎的不真，因为不懂得，派了老孙和几个人到外国去考查。"
>
> 八戒曰："派的是谁？"
>
> 行者一一告知。
>
> 八戒曰："别人也罢了，这戴宗是个强盗，如何派起他来？"①

显然，在上面的对话中，焦点是晚清政府的真假立宪问题，吴趼人将自己对"立宪"的看法，通过八戒和行者的对话展示出来，不但指出晚清政府无奈推出的"立宪"只是换汤不换药的政治把戏，同时还包含了对粤汉铁路等时政的评论。

在小说中，作者在进行形象叙述让读者"自己得出结论"的同时，还经常跳出来发表自己的观点，明示自己的结论，进一步强化作者的观点，使读者很容易明确地掌握作者的意图与立场。如《瓜分惨祸预言记》第四回仇弗陶、闵

---

① 趼. 立宪万岁 [J]. 月月小说，1907 (05)：170－171.

仁、郑成烈、史有传等人准备到上海投奔曾郡誉，没想到在路上遇到辗转回国报效祖国的留学生唐人辉等人，于是叙事者忍不住跳了出来，就目前国内因为富国强民政策而不断往国外派遣留学生一事发出了议论。晚清小说担负着新民的社会重责，小说文本大量的直接议论，便于受众接受，进而使得从舆论场到小说本体之间几乎没有中介。

三、采用论辩生动亮出观点

论辩是晚清时期社会思想观念互相冲击在小说文本中的直接表现。晚清时期，民族救亡是社会舆论场的主要议题，而议题的核心则是以何种方式来进行，是渐进的还是激进的，是启蒙还是革命等，成为小说文本中论辩的主要内容，辩驳则是最常见的论辩形式。吴趼人的小说《上海游骖录》在第八、第九回中，通过李若愚与屠牖民及其他几位喜欢高谈革命的人之间的辩论，很大程度上展现了晚清社会在国族救亡上的大致论争。《老残游记》第十回中黄龙子和申子平借月缺月圆辩驳国家生计、世道人心。《扫迷帚》第八回资生、心斋与学海晚饭后泡上浓茶聊天，闻得隔壁桌上李有光与蔡明辨关于风水、神佛的论争：

> 有光道："天下只有风水，没有神佛。"
>
> 明辨道："神佛是实有的，那风水却是作不得准的。"
>
> 有光道："你那里晓得，风水一道，如今的官场中尚多信服，吾辈小民，岂可訾议。……由此可知风水之说，不独愚民深信。他们翎顶辉煌，身任百里侯的且看重此道，你何必轻加驳议呢！"
>
> 明辨道："你休再讲这话。我闻诸新党家言，中国因风水二字阻止铁路，阻止开矿，以及争坟地则阖族械斗，觅葬地则棺木暴露，种种祸端，指不胜屈。可见风水有害无利，不若神鬼之实能福人。"
>
> 有光道："何以见得？"
>
> 明辨道："人于神祇，不可不尊。你不信，但想那施相公能为人治疮毒，那观音、灶君等更各有仙方仙丹，以疗人疾病。尤奇者，皖省安庆城内绝少良医，其土人亦不信医而信神，谓神能医病也。……病者于夜间，亦辄有梦神来诊病者。故信神之心益坚，而医亦由是愈加庸劣。"
>
> 那有光不待说完，即冷笑道："都是胡言，我兄偏信，真可谓愚极了。某闻西国十五世纪以前，医学未兴，有病者诿诸神权，托诸星士，此实野

蛮时代的举动……"①

上文中李有光与蔡明辨关于风水、神佛的论争，二人都有自己的立场，都想说服对方，晚清小说就是通过对论辩场面的形象而生动的展示，客观呈现出真理。小说中如此安排论辩，而论辩双方又都很充分地表达了自己的观点，其实也是为了让这个既定的结论"很自然地"呈现出来，这种议论方式比全知全能的直接议论无疑更具有说服力。

《文明小史》第十九回讲魏榜贤与刘学深、黄国民、贾平泉正谈得高兴，这时有一位野鸡兜兜圈子过来，顺手把刘学深拍了一下。魏榜贤调侃他有眼福，留学归来不曾娶妻，要借此寻得婚姻自由，于是几个人就变法与婚娶展开了论争。魏榜贤认为，无论怎样说变法，都要以家庭为根本，如果只有国家层面的变法，而没有家庭层面的变法，那么变法就是流于形式。他肯定刘学深的做法，认为既然留学受了新思想的启蒙，畅言变法，那么就得先从自己的家庭开始，从自己做主自己的婚姻开始，倡导婚姻自由。魏榜贤身边的贾葛民首先认可魏榜贤的说法，但是又提出一个质疑，那就是刘学深给自己的婚姻做主，娶个上海的女子固然是好，但是这些被遴选的女子都拥有妓女的身份。刘学深则认为，良家妇女是人，妓女也是人，二者没有太大的区别。自己选择媳妇的标准就是看彼此之间是否真心喜欢，其他都是次要的。在这场选自生活细节的论辩中，几个人以晚清社会思想启蒙中的婚姻自由问题展开论辩，各抒己见，不但在论辩中表明作者的观点，而且真实地呈现了晚清社会的百姓生态，有趣生动，且到来不言自明。类似的例子还有很多，诸如《新中国未来记》李君和哥哥黄君之间就国体问题展开的论争等。

如上所述，论辩这种议论形式，其实是将现实舆论场直接挪至小说文本中，形成了一个与舆论场同构的"文学场"。通过对论辩场景和论辩内容的翔实书写，小说积极地参与现实舆论的建构。通过文本中的论辩，晚清小说被舆论强烈地影响和制约着。

四、采用演说形象亮出观点

晚清社会，各种危机交织，清政府对舆论的管控式微，各种爱国运动此起

---

① 壮者. 扫迷帚 [J]. 绣像小说. 1905 (45)：07 - 08.

彼伏。演说是新知识分子阶层发表爱国思想、参政议政、积极参与社会事务的主要手段，受到了相当的重视。有识之士的演说行为是社会热点问题，报刊予以关注和报道。具体见下表 3 - 10：

表 3 - 10　晚清时期《申报》关于民众演说行为的报道情况列举表

排序	新闻消息	刊载报刊
1	上月二十六日绍兴绅民在开元寺开特别议会，到者二三千人，推袁涤庵君为临时会长。先何维业君演说，孙德卿君继之，后由会长袁君演说，路权被外部英人所勒夺，必须筹款抵制（绍兴拟筹四百万元）。十一府合力抗争。如果政府不允，不妨全学停课，全体罢市。当时各绅商民大呼赞成，有民人陈某倡先开捐洋十元，以助路股，绅商随之顷刻集股六七万元云。①	《申报》
2	浙江龙游县培坤女校十二日开女国民拒款会，女宾到者约二百余人。首由程韶如女士宣布宗旨，次由杜铁珊女士及杜清泉、郭子良、黄美哉、叶格章、汪子川、吴子培诸君相继演说，闻者感动。计集浙江路股二千余元，翌日即赴杭州总会报告。②	《申报》
3	初一日一句钟，宁波商界学界中人借孝廉堂会议抵制美约，实行不用美货事，到者凡二千人，短衣赤足之乡人来会者亦二三百人。先由应君董生宣布本会宗旨，仅坚持不买美货一事，其他关于交涉之事皆不与闻，尤当开导乡愚，免生意外枝节。次由张君伯裂、徐君维荣、马君纪铭、傅君宜耘、贺君叶仙、徐君志青、袁君礼敦、陈君苏来先后演说。是会有上海来宾李君毅轩、吴君跰人二人，会中人邀请演说，李君以格于方言，由吴君融会二人之意合为一词，登坛演说，激昂慷慨，力主废约，全体赞成。③	《申报》

　　此外，晚清报刊大量刊载演说内容，直接用演说内容作为标题，鲜明直接，还原事实真相，引导社会舆论。拒俄运动兴起时，《中外日报》于 1901 年 3 月 17 日刊载了《汪君康年演说》，于 1901 年 3 月 27 日刊载了《举人蒋君智由演说》，1901 年 8 月 17 日刊载了《蒋君智由演说》，声援浙江拒俄运动，态

①　绍兴拒款会纪事 [N]. 申报，1907 - 11 - 07.
②　龙游培坤女校开会 [N]. 申报，1907 - 12 - 29.
③　宁波商界学界会议实行不用美货 [N]. 申报，1905 - 08 - 04.

度鲜明。这些演说内容真实具体，富含感情，不啻一篇新闻时评。如：

汪君康年演说

今日诸君因俄人密约一事，同临此间。噫！俄人之欺藐我中国……乃俄人狡谋不已，又诱逼我吉林将军曾祺，私订密约九条。其约中之言，实与强占无异。如奉天留俄兵驻防，又俄兵未得之炮台、营垒、火药库，均交俄官办理，是我失管辖之权矣。又如奉天将军之事，均须呈报俄总管，是我失治民之权矣。营口之洋关，由俄官管理，是我失理财之权矣。后又强交我杨钦使十二条，词意虽与前不同，而阳还阴据之迹象，尤为显然……所幸东南各省督抚均竭力电奏，争阻俄约；近日来往上海之官绅，发电力争者已属不少。或以为官场已经力争，我等士兵可不须越俎，此殊不然。我等同含血气，同具知识，必须竭我等心力，始是尽国民责任。窃愿诸君共拟电文，呈达政府及北京议和王大臣，及各省督抚，求其力拒俄约，庶我国犹有亡而复存、死而复生之望，不胜大愿！①

20世纪初，孙中山等人发动资产阶级民主革命之前，将演说作为他们发动革命宣传最初的手段和工具。他们重视的是演说迅速、有效的传播功能，后来孙中山伦敦蒙难后，资产阶级革命党人和爱国知识分子才开始重视政论报刊的宣传作用，在国内外创办大量报刊，并以之为阵地，为革命运动做舆论先导。为了与资产阶级保皇派展开论争，把控晚清舆论场的主动权，革命派人士将演说在《瓜分惨祸预言记》《女学堂》《中国未来记》《文明小说》等报刊小说中一一呈现。晚清小说有时记录演说的行为，有时直接将演说的内容作为小说故事情节的一部分。

《文明小史》第十九回，魏榜贤、贾子猷等人要相约一起去"保国强种不缠足会"听演说，听演说成为晚清知识分子社会生活的一部分，不但男子经常出入演说场，女子也开始走出深闺，走进演说场，"贱内前去演说，却不过诸公的雅爱"，这是思想启蒙的社会效果在小说中的反映。小说还对演说现场的具体情况进行了展示：

原来厢房乃是会中干事员书记员的卧室，会中都是女人，只有这干事

---

① 汪君康年演说［N］. 中外日报，1901-03-17.

书记二员是男子，当见魏榜贤同了五个人进来，立刻起身让坐，可怜屋里只有两张杌子，于是众人只得一齐坐在床上。……魏、刘两个最不安分，时时刻刻要站起来从玻璃窗内偷看女人。……只见外面又走进一群女学生，大家齐说，这是虹口女学堂的学生……①

刘学深、魏榜贤、贾子猷等人接着又准备去参加另一场演说："即日礼拜日下午两点钟至五点钟，借老闸徐园，特开同志演说大会。"进园之后，转了两个弯，已经到了鸿印轩。魏榜贤见演说现场冷场，急了，便自己走上前去，直接开讲。演讲的内容成为小说启蒙宣传的一部分。

晚清小说力图在演说中直接表达新思想、传播新知识，以便达到"开通民智"的目的。演说也成为资产阶级革命派小说宣扬民主革命理念的强有力的手段。如《瓜分惨祸预言记》中多次出现演讲，在第一回中，国外留学归来的曾群誉自筹经费办私人学堂，满腔热血报效祖国，当得知国家正处于被瓜分的危局之中时，他大开演说之场。《新中国未来记》中使用大量篇幅描述孔觉民的演讲，以此宣传宪政思想，而且小说不仅全程记录孔先生演讲的内容，会场众人的表现，还在开头交代演讲的具体时间是"二月初一日午后十二点半钟"，地点在"讲堂"，主持人为"大学校史学科助教林君志衡"等，俨然就是一篇记录孔觉民先生演讲事件的新闻消息。

这党省名，又叫做"宪政党"。诸君啊，这怎么会算得新中国的基础呢？诸君当知，一国的政治改革，非借党会之力不能，这宪政党为前此一切民会之结束，又为后此一切政党之先河……原来我国当光绪壬寅以前，民间志士所在多有，纷纷立会救国……皆以强中国为宗旨。但实力未充，朝贵忌刻，不久即被禁解散。

此后有"保皇会"兴于海外，响应者百余埠，声势最大，而各处革命之会，亦纷纷倡起。复有自明末以来即行设立之秘密结社，所谓"哥老会""三合会""三点会""大刀会""小刀会"等，名目不一。虽皆顽迷腐败，然其团体极大，隐然为一国的潜势力（可畏）。革命党亦从中运动，徐图改良。但前举许多会，或倡自士大夫，或创自商人，或成于下等社会，

---

① 南亭亭长. 文明小史［J］. 绣像小说，1904（19）：97.

宗旨既殊，手段亦异，流品淆杂，无所统一，因此不能大有所成……这可不是前此一切民会之结束吗？（是）

再说维新以后，国中三大政党，所谓"国权党"，所谓"爱国自治党"，所谓"自由党"（三个好党名），掌握一国政治上之权力，以迄今日……但这三大政党的首领及创始人都是前此立宪期成为党员，三大政党只算得宪政党的三个儿子便了，这可不是后此一切政党之先河吗？①

综上所述，晚清小说在审美形态上的一个特点，就是喜欢发表议论。小说的议论在表现形式上也有人物与叙述者的直接议论、人物辩论与演说的引入等多种，这些议论形式共同的目标都在于传播新知识与新思想，表达作者的某种理念。晚清小说作者喜欢在小说中大量穿插议论，表达理念，一方面是因为国族危机时晚清的舆论场中所谈所论，皆为民智开启之法、国族救亡之方，小说观念在这种现实关怀中追求"开民智""救国难"的最高目标；另一方面，大量议论出现在小说中，也与晚清政论文的繁荣有关。

---

① 梁启超. 新中国未来记［J］. 新小说，1902（01）：81-82.

第四章　叙事功能新闻化

近代新闻业在中国诞生，不但有效成为小说的传播载体使之传播四方，而且开拓了公共空间，给小说的发展带来了新的契机。社会政治的变迁、近代新闻业的发展、传媒的市场化以及域外文化的输入等，都使得晚清报刊小说在产生与发展的过程中同时具有文学和新闻的双重属性。尤其是 1903 年以后，晚清新闻界迎来了国人第二次办报高潮，"从该年新增报刊 53 种到 1911 年新增209 种，九年间平均每年新创报刊超过 112 种"①。同时，新闻自由、报刊为舆论之母等西方新闻思想在晚清新闻界也有较快发展。伴随晚清报刊和新闻自由思想的发展，舆论监督成为清末新闻界的主流思想，这就为报刊小说的言说提供了一个相对自由的舆论空间。小说与报刊新闻一道，共同发挥"舆论场"的效能，发挥舆论监督的作用，形成"群体效应"，这是晚清报刊小说新闻化的体现，也是其价值所在、意义所在。目前学界从舆论的角度分析晚清小说的成果略显单薄。本章拟把舆论学的"舆论监督思想"和传播学的"议程设置理论"应用于晚清报刊小说传播效果的分析，探寻晚清时期小说文本舆论监督与舆论引导功能的特质与表现，进一步探索对晚清报刊小说的阐释维度。

第一节　煽动式宣传与舆论空间的开拓

"煽动式"相对于"浸润式"而言，是指把某种新的思想观念在极短的时间内以暴风骤雨般的方式注入受众头脑中的一种舆论宣传方式，它强调言论信息传播主体的单一性，传播内容的政治性、针对性，传播过程的短时性、迅猛性、情感性，以及传播方式的强制性、反复性。19 世纪末，在民族救亡的时

---

① 黄瑚. 中国新闻事业发展史 [M]. 上海：复旦大学出版社，2009：88.

代背景下，以康有为、梁启超、谭嗣同为代表的资产阶级维新派报人全身心投入到维新派的舆论宣传活动中，以报刊为阵地，主要采用"煽动"方式为维新运动摇旗呐喊，甚至不惜一切代价借助报刊媒介操纵舆论。

一、煽动式：救亡图存下的必然选择

自 1840 年的鸦片战争起，清政府在以慈禧太后为首的封建顽固派的统治下，在对外作战和交涉中一败再败，一味地妥协退让、割地赔款，致使帝国主义侵略者肆意横行，烧杀抢掠，残害百姓，抢夺资源，无所顾忌。19 世纪末，随着列强步步紧逼及中国社会半殖民地化程度的加深，救亡图存成为近代中国的时代主题。甲午中日海战的惨败，《马关条约》的羞辱，使清政府统治者不得不睁眼正视现实，同时唤醒了更多国人强烈的爱国意识和民族危机感。康有为、严复、梁启超等民族资产阶级政治力量的代表主张效仿日本强国之道，借助皇帝变革国家政治体制，拒和、迁都、练兵、设议院，以改变民族危亡的命运。康有为数次上书皇帝，进言献策，反复强调变法的紧迫性，但由于内容触及变革政治体制，遭到顽固派的扣押，条陈无法送达支持变法维新的光绪皇帝手中。这些手无寸铁的知识分子，满腔的报国热情和政治抱负郁结于心，无法施展。

随着西方殖民势力的入侵和扩张，中央官报继续为维护封建顽固势力的利益服务，不但对内封锁中国被侵略蚕食的消息，而且传达消息时间滞后。在华外报在不平等条约的庇护下，几乎垄断了当时中国的新闻舆论界，但是他们不言中国时政，反而积极地为外国在华的政治利益、经济利益进行宣传辩护。一些曾参与外报编辑工作的中国知识分子纷纷尝试创办报刊，但由于经济和政治上的困难，加上外国殖民势力的阻挠，这些报刊数量少，规模小，生存时间短，社会影响力较弱。中国的思想舆论界仍在清朝政府的严厉统治下处于一片沉寂之中，士大夫阶层知识分子无法及时了解国家社会发展动态，人人谈变法色变，普通民众更无从知晓国家所处的危局。

康有为痛心疾首地说："中国百弊，皆由弊隔。"[①] 作为康有为的得意弟子

---

① 康有为. 上清帝第四书［G］//蒋含平. 中国新闻传播史文选. 合肥：合肥工业大学出版社，2016：41.

和得力助手，梁启超气愤地把专制政权主导下的清政府比作失去听觉和视觉功能的残疾人，不了解外事民情，无法实现舆论上下、内外的通达。他认为"其有助耳目喉舌之用者"应首推"报馆"，充分重视报刊的传播功能，办报宣传主张，为变法制造舆论，开通风气，改变民众思想，这样才能够结成政治团体，领导一场声势浩大的运动。从宣传学的角度讲，当事态紧急时，宣传者往往希望用最快的速度、最有效的方式解决问题。为了宣传民族危机，扩大维新派的影响力，推动变法运动的顺利展开，迅速改变中国落后的面貌，维新派另辟蹊径，首先拿起报刊这一武器，以煽动的方式迅速发起舆论动员，并将之与兴办学堂、组建政治团体的政治目标紧密结合，为维新运动造势，积蓄变法维新的力量。

可见，在民族救亡的时代背景下，维新运动与舆论宣传相辅相成。维新运动的顺利开展客观上迫切需要舆论宣传为先导，短时有效地进行舆论造势，通风气，使"天下人咸知变法"①。以报刊为阵地进行煽动式宣传是维新派在朝野中迫切地寻求认同与支持，获取政治权利，实现"变法图强"政治主张的必然途径，是其发起维新运动的前提和保障。

二、煽动式：极具政治性、感染性和战斗性

作为维新运动的主将，梁启超全身心投入到维新派的舆论宣传活动中，积极参与创办报刊，甚至不惜一切代价借助报刊媒介操纵舆论，煽动成为他在这一时期进行舆论宣传活动的主要方式。

（一）以韧的斗争精神，短时间内大量创办维新报刊，迅速聚合变法维新的力量

从1895年8月开始，梁启超在北京从工商、兵制、邮政、铁路等关乎国计民生的问题入手，"日日执笔为一数百字之短文"②，以《中外纪闻》为阵地开展维新宣传工作，供封建统治阶级上层官员阅读。该刊发行后，舆论渐明，风气渐开。部分官员对维新思想从不了解到了解，纷纷加入强学会支持维新运动。然而该刊的宣传引起顽固派的恐慌，报刊在发行5个月后被迫停办，梁启

---

① 梁启超. 戊戌政变记 [M] //梁启超. 梁启超全集. 北京：北京出版社，1999：198.
② 杨光辉. 中国近代报刊发展概况 [M]. 北京：新华出版社，1983：24.

超遭遇"服器书籍皆没收"① 的情境，其以变法图强为目的的宣传实践遭到第一次严重挫折。然而梁启超却从《中外纪闻》的变法言论使"朝士识议一变"② 的事实中受到了鼓励，"办报之心益切"③。经过 7 个月紧锣密鼓的筹备，梁启超与其他维新同人趁朝中帝后两党相争相持之机，在上海创办了旬刊《时务报》，大量刊载朝廷御旨、奏折及各省新政等时政信息。同时，为打开国人视野，他们大量选刊世界历史译著和外报文章，明确提出开矿、铸银、办邮政、设报馆等主张，给当朝统治者以借鉴。《时务报》宣传的求变求通思想和西学知识切合了部分朝中官员的从政需求，于是他们竞相参阅。《时务报》一时风行，为当时国人自办报刊发行量之首。梁启超等人快马加鞭，在华中、华南、华北地区建立了维新派宣传基地，大量创办维新报刊。据统计，"1897 年和 1898 年，维新派在全国各地新创办的报刊达 90 余种，是此前 20 多年国人所办报刊的两倍多"④。这些报刊南北呼应，声势浩大，形成维新思想宣传的合力，如暴风骤雨般一举突破了外报的新闻垄断，迅速抢占了国内的主流舆论阵地。在这些维新报刊的鼓动下，"在 1896 年以后的两年内，全国一共建立了四十多个改良派的学会团体"⑤，资产阶级维新派的队伍发展壮大，"维新"逐渐成为朝野上下的共识。

（二）观点鲜明，反复宣传变法维新的政治主张

作为维新派的喉舌，以《时务报》为代表的维新报刊旗帜鲜明地倡导维新变法，将正面宣传与有针对性的批评紧密结合，从政治、经济、文化、军事等方面反复强调"变法自强"的重要性，为维新舆论的建构发挥了重大作用。

梁启超全身心投入到维新派的宣传工作中，主持《时务报》笔政时，刊发了《变法通议》《论中国积弱由于防弊》《古议院考》《论加税》《倡设女学堂启》《论中国之将强》等 138 篇时政评论，紧密联系这一时期众所瞩目的政治

---

① 梁启超. 莅报界欢迎会演说词 [J] //戊戌变法丛刊. 上海：神州国光社，1953：255.

② 康有为. 康南海自编年谱 [J] //戊戌变法丛刊. 上海：神州国光社，1953：132.

③ 梁启超. 莅报界欢迎会演说词 [J] //戊戌变法丛刊. 上海：神州国光社，1953：255.

④ 方汉奇. 中国新闻传播史 [M]. 北京：中国人民大学出版社，2014：77.

⑤ 方汉奇. 中国近代报刊史 [M]. 太原：山西教育出版社，1981：86.

和社会问题，在真实呈现 19 世纪末 20 世纪初中国社会危机情景的同时，叙议结合，倡导国权与民权，积极宣传有关开设民主制议院、以兴办新式学校培养选拔人才机制取代封建科举制、国家税制自定等政治主张，大造变法自强舆论，进行政治思想启蒙，彰显时代特征。其中连载 43 期的《变法通议》一文大量列举世界各国兴衰史实，以短篇连缀的方式在"变与不变"的正反对比中，全面系统地阐明维新变法的紧迫性、必要性，被誉为"维新宣传的最高旗帜"。

在正面宣传的同时，《时务报》言时人所不敢言，"揭露中国封建制度的腐朽，驳斥顽固守旧势力恪守祖宗成法、反对任何变革的保守主张，对清朝政府君臣上下墨守祖宗成法以致百事废弛、率至疲敝的行径进行了直接而猛烈地抨击"①。称"八股取士是历史的一大倒退"②，甚至将批判的锋芒直接指向封建君主制，称清王朝统治者至愚极陋、不知耻，"安于城下之辱，陵寝之蹂躏……求为小朝廷，以乞旦夕之命"③。明确指出中国社会变则存，不变则亡，只有改变现行选拔体制，才能从根本上维护清朝统治。这些立场鲜明的政治言论及新鲜知识"为中国有报以来所未有，朝野上下无不为之震动"④。

在《时务报》示范带动下，澳门的《知新报》舆论宣传更为激烈、大胆，直截了当地揭露日、俄的侵华阴谋，指名道姓地痛骂慈禧太后和荣禄等人是"逆贼""奸党"。天津的《国闻报》大量译介西方民主政论与科学论文，其所宣扬的"天演"思想直接为变法维新提供了理论依据。湖南的《湘报》热烈鼓吹民权、平等学说……这些报刊与《时务报》遥相呼应，逐步形成以《时务报》为圆点，辐射四方的宣传网，它们一起在短时间内反复鼓吹维新变革，使众多醉心经史、八股的官僚的思想得到解放，视野得以拓宽，使"变法维新成为不可抗拒的社会潮流"⑤。

（三）改革报章文体，语言简练有力，富有情感与气势

晚清时期，坚持程、朱道统的桐城派古文雄踞报章天下，讲求"辞法"

---

① 沈继成. 梁启超与时务报 [J]，上海：华中师范大学学报，1998，（09）：26.

② 徐勤. 中国除害议 [J] //戊戌变法丛刊. 上海：神州国光社，1953：149.

③ 梁启超. 知耻学会叙 [M] //梁启超. 梁启超全集. 北京：北京出版社，1999：139.

④ 梁启超. 三十自述 [M] //梁启超. 饮冰室合集. 北京：中华书局，1989：56.

⑤ 方汉奇. 中国新闻传播史 [M]. 北京：中国人民大学出版社，2014：82.

"义法"，玄奥至深，晦涩难懂，呈现出形式主义倾向。维新运动开始后，旧文体无法满足维新派在短时间内抢占舆论阵地、进行救国图强的舆论动员的需要。梁启超认为："言之无文，行而不远。"① 主张报章言论要与社会实际结合。文章长短句结合，错落交织，长句铺排陈列，整齐划一；短句简洁、短促，主旨突出，如"今欲振中国，在广人才；欲广人才，在兴学会"②，"因噎而废食者必死，防弊而废事者必亡"③。这些句子如同一条条宣传标语，节奏鲜明、脍炙人口，便于记忆与传诵，有效地承载了变法宣传的内容。

作为维新派的旗手，正值壮年的梁启超朝气蓬勃，满腔的报国热忱在多次科举考试的失利中被遏抑，在看到主权尽丧、王朝沦覆、山河破碎、人民涂炭的情景时，郁积于胸的爱国情感与愤懑之情借报章之径得以抒发，他在目睹英、法、德、美、俄、日等帝国主义之间钩心斗角，妄图侵吞中国后，预测到有着几千年文明历史的中华大国将要走向灭亡，于是愤怒地把以慈禧太后为首的封建顽固派统治下的"老大帝国"，形象地比作一幢千年古厦，"瓦墁毁坏，榱栋崩折"，一旦"风雨猝集，则倾圮必矣"④。他发出声嘶力竭的呐喊："变亦变，不变亦变"，认为"少年人如朝阳，如乳虎——如春前之草，如长江之初发源"，热切呼唤变法图强后的"少年中国"，坚信"我少年中国，与天不老"⑤，充满朝气、自信与强烈的进取精神，爱国挚情迸发。"煽动宣传是短期的，主要通过激发人的情感造成一致的行为。"⑥ 梁启超的政论文章立场鲜明，语言简练有力，情感丰沛。它一出现，就像号角一样，激起民众的爱国情感，

---

① 于润琦. 插图本百年中国文学史（上）［M］. 成都：四川人民出版社，2002：109.

② 梁启超. 变法通议·论学会［M］//梁启超. 梁启超全集. 北京：北京出版社，1999：28.

③ 梁启超. 变法通议·论中国积弱由于防弊［M］//梁启超. 梁启超全集. 北京：北京出版社，1999：65.

④ 梁启超. 变法通议·论不变法之害［M］//梁启超. 梁启超全集. 北京：北京出版社，1999：11.

⑤ 梁启超. 少年中国说［M］//梁启超. 梁启超全集. 北京：北京出版社，1999：409.

⑥ 刘海龙. 西方宣传概念的变迁：从旧宣传到新宣传［J］. 国际新闻界，2007（09）：78.

"于肺腑里顿生雄浑磅礴的阳刚之势"①，使人完全融入救亡图存的澎湃激情中；它又像匕首一样猛烈地刺向统治阶层的顽固派，使其胆战心惊，产生了强烈的精神上的逼迫作用。顽固派官员把《时务报》文章称为"野狐"，指责梁启超"借报章鼓簧天下"，想尽一切办法阻止维新宣传的继续。

三、煽动式宣传的不足

"宣传的目的决定宣传的手段，宣传手段必须适合宣传目的的要求。"② 梁启超煽动式舆论宣传是在民族濒临危亡的社会背景下提出并付诸实践的，一方面扩大了资产阶级维新派的政治影响，增强了组织的凝聚力，强化了维新自强的观念，"使维新思想迅速发展成为社会思潮，促成了变法的实现"③。同时，使得资产阶级维新派报刊取代中央官报和外报，发展成为中国近代社会舆论的主要力量，冲破了封建统治者的言论禁锢，客观上推动了中国近代报刊的繁荣，在当时具有进步意义。另一方面，经济力量薄弱、政治力量软弱是中国早期民族资产阶级具有的致命伤，阶级局限性使得以梁启超等维新派人士发起的煽动式宣传显现出较为明显的不足。

（一）政治和经济上依附于官僚买办阶层，宣传内容受到牵制

政治上，梁启超等人认为，效仿日本单纯实行自上而下的制度变革就可以使中国走上富国强兵的道路，于是他们以短时间内"合大群"即迅速壮大维新派力量、尽快推行"变法维新"的政治任务为宣传目标，动员更多的朝廷官员及士大夫知识分子加入组织、支持变法，依靠官员运用政治手段推进报刊的发行，扩大宣传的影响力。经济上，维新宣传远离商业化运营，资金来源不稳定，宣传活动经费多通过民间筹集。如《时务报》的主要宣传经费来源于上海强学会张之洞所捐的七百两白银，官绅代表张之洞实际上成为该报刊的最大股东，在幕后控制着维新宣传的走向。这也为一年后梁启超被迫离开《时务报》，维新派痛失时务宣传阵地埋下隐患。正因为维新派没有彻底摆脱对封建统治阶

---

① 倪波，穆纬铭. 江苏报刊编辑史 [M]. 南京：江苏人民出版社，1993：254.

② 邵培仁. 20世纪中国新闻学与传播学：宣传学和舆论学卷 [M]. 上海：复旦大学出版社，2002：149.

③ 方汉奇. 中国近代报刊史 [M]. 太原：山西教育出版社，1981：70.

级的依赖性，与没有实权的皇帝和部分朝廷官员保持着千丝万缕的联系，其宣传内容缺乏对封建势力及封建思想的深入批判，宣传内容的广度受到限制。当"设报开风气、广见闻，兴学校，发展工商业"等宣传内容切合这些人的政治主张时，他们会大加赞赏，并下公文在官员士绅中极力进行推广；而当《时务报》上刊载《变法通议·学校总论》《论中国参用民权之利益》《中国除害议》《知耻学会叙》等文章，宣传民权、废科举制、废除封建君主专制等思想主张，对第二次鸦片战争以来洋务派倡导施行的以器物兴国为主要内容的新政予以尖锐的批评时，以张之洞为代表的官员则勃然大怒，写信直接威胁报馆经理汪康年，并称"明年善后局不看此报矣"①。梁启超不无感慨地说："设《时务报》于上海，经费则于张文襄有力焉。而数月后，文襄以报中多言民权，干涉甚烈。其时鄙人之与文襄殆如雇佣者与资本家之关系。"② 无论采取怎样的方式进行思想宣传，只有取得政治和经济上的独立，才有可能实现言论的独立与自由。

（二）煽动式宣传制约着报刊业务水平的提升，影响宣传效果

在自强图存的救亡宣传中，维新派把报刊媒介作为政治斗争的工具，关注并强化报刊的宣传价值的报业观念逐步形成。他们奉行实用主义原则，不追求商业市场的认可，只求达到短时间内冲击社会舆论、造成巨大声势的效果，注重政论的战斗作用，通过所选择的历史、时事来表现其政治倾向，新闻信息所占比重较小，时效性与当时的《日报》相比较差；注重通过情感动员说服动员对象，不断地渲染、加工，以求更大的扩散，主观色彩浓重，损害了新闻的客观性。由于时局紧迫，为了使维新思想在人们的头脑中迅速生根发芽，维新宣传以政论为主导，有组织地发出同一声音，反复强调变法的必要性和重要性。这种单一的模式化宣传，使得宣传内容、宣传形式呈现同质化倾向，缺乏创造性，造成民众的审美疲劳。同时，短时迅猛的思想宣传活动的开展，客观上要求有充足的资金和人力资源作为前提和保障。然而维新派宣传经费有限，宣传力量相对薄弱，其宣传质量必然受到影响。初创《时务报》时，梁启超一人既担任评论员又当编辑，既撰写文稿又校对文字，盛夏三伏"独居一小楼上，挥

---

① 邹代钧. 致汪康年书 [J] //汤志钧. 戊戌变法史. 北京：人民出版社，1984：180.

② 夏晓虹. 梁启超文选 [M]. 北京：中国广播电视出版社，1992：178.

汗执笔，日不遑食，夜不遑息"①，同时他还要指导、声援维新派其他报刊的宣传，分身乏术，有时甚至因无暇供稿而延误《时务报》出版时间。严复曾指出《时务报》文章浮词累语多、漏洞多。梁启超自己也承认："日困于宾客，每为一文，则必匆迫草率……无再三经目之事。"② 这些问题大大折损了《时务报》的信誉度，制约了维新报刊业务水平的提升，宣传效果势必受到影响。

（三）煽动式宣传忽视了实际的社会思想文化水平，缺乏牢固的民众基础

舆论宣传是一种劝说性传播行为，能否将受众视为宣传活动的主体，直接决定了宣传活动的效果。晚清时期，面对内外的压榨，处于夹缝中生存的百姓生活困苦，没有相应的识字和阅读能力，无法在短时间内接受维新宣传的价值理念。鸦片战争以后，属于文化政治精英阶层的知识分子群体开始分化，少部分先进人物在睁眼看世界的过程中不断吸收西方的文化思想观念，而绝大部分人依然思想保守。况且，几千年来形成的传统封建思想根深蒂固，不是短时间内进行单纯的思想轰炸就可以动摇的，那些被动员加入强学会、支持变法的官僚知识分子始终站在维护封建统治集团利益、捍卫自己的政治地位的立场上看待维新宣传，从其对维新变法的实际态度上就可以看出他们并没有从根本上进行思想的转变。可见，梁启超等人的维新宣传忽视了受众中占绝大多数的普通国民在舆论传播中的地位和主动性，并没有真正深入到广大人民群众中，使得"开民智"的初衷最终演变成了"开官智"的效果。而且，煽动式宣传属于单向、线性的舆论传播形态，单纯注重短时间内思想传播与灌输的过程，缺乏与民众互动的渠道和主动性，自然无法掌握宣传的实际效果，使得表面繁荣的维新宣传逐渐演变成了一种空泛的声势。缺少牢固的群众基础，是导致维新运动失败的主要原因之一。

综上所述，在救亡图存的时代背景下，维新派政治领袖梁启超迫切地把自己的政治理想和满腔爱国热情付诸新闻实践，采用煽动式宣传进行政治动员，在短时间内使得维新声势由弱变强，在封建统治集团严格的舆论监控中撕开一

---

① 梁启超. 创办《时务报》原委 [G] //张之华. 中国新闻事业史文选. 北京：中国人民大学出版社，1999：33.

② 梁启超. 与严幼陵先生书 [M] //梁启超. 梁启超全集. 北京：北京出版社，1999：71.

道裂缝，打破了外报在中国的舆论网，成为势不可挡的时代潮流。但是阶级局限性使得这场宣传活动存在着自身难以克服的弱点，伴随维新运动的失败，在中国新闻史上仅仅是昙花一现。梁启超在总结其前期宣传活动的经验教训时说："煽动之收效速，……顾收效速者，如华严楼台，弹指旋灭。……且煽动所得，为横溢之势力，故其弊之蔓延变幻，每为煽动之人所不及防。"① 后来，流亡海外的梁启超等人继续以报刊为阵地进行舆论宣传，但是其宣传思想逐渐向以"浸润"的方式对民众进行思想启蒙方面转变。

第二节　浸润式引导与舆论宣传策略的改变

维新运动失败后，流亡海外的梁启超不得不继续探寻新的救国救民之路。他在日本大量阅读资料，在西方社会政治学说和资产阶级理论的影响下，结合自己政治斗争和海外生存的经历，认识到："国也者，积民而成……未有其民愚陋怯弱，涣散混浊，而国犹能立者。"② 他把新民看作新国的前提，把"民德民智民力"看作"政治学术技艺之大原"，③ 认为只有打破国民心中的庸腐，彻底转变其思想，唤起国民公德议论，振作国民精神，使其积极行动并团结起来主动参与国家图强变革，才能从根本上改变中国积弱的状态。因此，梁启超在政治上逐渐摒弃以清政府为主导进行政治变革的自上而下的救国之路，转变为从国民思想层面入手开展自下而上的救国与政治改革的探索之路，"新民"成为他政治思想的核心。

在新闻宣传领域，梁启超就如何有效地改变智识未开的国民固有的思维方式进行了深层次的思考，他认为报馆代表大多数国民之公益，向导国民之职，"为报馆诸职之干，而举之也亦最难"，只有以"收效缓的浸润"方式，"积跬步以致千里"，才能达到"积壤泰华，阅世愈坚"④ 的目标。在实践中，这些资产阶级报人以"开启民智、培育民德、凝聚民力"为目标，以《新民丛报》《新

① 梁启超.《国风报》叙例［M］//梁启超. 梁启超全集. 北京：北京出版社，1999：89.

② 梁启超著，黄坤评注. 新民说［M］. 中州：古籍出版社，1998：55.

③ 梁启超著，黄坤评注. 新民说［M］. 中州：古籍出版社，1998：06.

④ 梁启超.《国风报》叙例［M］//梁启超. 梁启超全集. 北京：北京出版社，1999：891.

小说》为阵地，逐步尝试以"浸润"的方式运用报刊对国民进行舆论动员，诱导启迪民众智慧，传递爱国情怀，唤起民众觉醒，从社会文化心理层面入手寻求改良社会、挽救国家之径。"浸润式"相对于"煽动式"而言，是指以点滴渗透的温和方式长期不懈地进行舆论宣传的一种方式方法。由煽动到浸润，是以梁启超为首的精英知识分子政治思想转变在舆论宣传领域的呈现与实践。

一、突出报刊与小说的教育功能

梁启超认为，中国所以不振，是因为国民愚昧、好伪、怯懦、无动，他把"教愚民、开民智"看作"今日救中国之第一要义"。① 新民宣传时期，他强化报刊的教育功能，力推"搜罗极博、门类极繁"的丛报，既传播新知，用大量的西方新思想、新文化包裹、陶冶民众，改变其旧观念旧意识；又反映社会现状，引导民众关心国家民族命运，承担社会责任。新民时期，梁启超等人打破"首推政论"的办报传统，《新民丛报》高举"以教育为主脑"的大旗，囊括政治、经济、哲学、法律、教育、宗教、科学、农工商各业、军事等内容，既有关于西方国家政治制度、文化思想发展演变的专题论述，又有关于世界地理、历史、科技的全面展示。既大力宣传资产阶级民主、民权思想，又介绍西方的图书馆、博物馆、博览会等社会文化机构，拓展社会教育的内容……这些区别于中国传统文化的新知新思想令民众耳目一新，眼界大开。并且，《新民丛报》适逢我国新一轮译书热潮之时推出"绍介新著"栏目，不仅介绍中外图书的刊载内容、出版信息，还带有图书评论性质的文字，对新书的出版意义及社会价值进行阐释说明，从而引导民众深入阅读中西方书籍、了解世界大势。这些报刊作"新民"文章再现晚清社会图景，品评时政，开化国民。以梁启超为例，他不但旁征博引，把新的政治思想、近代世界知识引入报章，还推出"学说"专栏，从这一时期众所瞩目的政治问题和社会问题入手，刊载《国家论》《瓜分危言》《扬子江》《过渡时代论》《中国财政一斑》《论进步》《论自由》等一系列恣肆奔放的文章，再现 19 世纪末 20 世纪初中国社会的真实情景，将中外时局变化及时地告知民众。

---

① 梁启超. 蒙学报演义报合叙 [M] //梁启超. 梁启超全集. 北京：北京出版社，1999：131.

晚清报刊小说则关注国家政事信息，以展列的方式对清末社会重大事件进行了真实而全面的呈现，《宦海升沉录》《邻女语》《京华碧血录》《孽海花》《痴人说梦记》等报刊小说以开阔的视角，记录晚清时期的政治、外交及社会的各种情态，呈现帝国主义侵略中国、瓜分中国，国土流失，银圆外流的情景。《文明小史》《市声》《二十年目睹之怪现状》《海上花列传》等报刊小说反映当时经济变革的真实风貌，展示了在外国商品冲击下国产手工产品失去市场，手工业者负债的情景。揭露在国家经济濒临崩溃的边缘，封建政府的大小官员却借富国强兵办厂的契机为自身升迁谋利益，置国家危亡于不顾的丑态，令国人警醒。《廿载繁华梦》《邻女语》《恨海》等报刊小说揭示了在帝国主义列强肆无忌惮地频繁入侵下，政府无能媚外，割地赔款，家国破败，百姓被置于水深火热之中的悲惨情景。

晚清报刊小说不但反映了思想界的纷争，还暴露出社会的黑暗与吏治的腐败。政治上，既有对清廷最高统治者暴力执法、软弱无能的批判，又有对清末假立宪的揭露与嘲讽。经济上则既有对晚清政府官督商办工业过程中，政府官员侵吞公款、损公肥私行为的揭露，又对晚清"新政"中经济领域伪革新以及商业往来中坑蒙拐骗与唯利是图、不顾大局、道德沦丧行为的批判。《痴人说梦记》《新石头记》《瓜分惨祸预言记》等小说叙议结合，在同进步的西方各国进行比较中探求国家腐败堕落的根源，引导国民清楚地认识到国弱的病因所在，从而为国民建立了一个可以随时随地开阔视野、汲取精神养料、了解国家时政动态的社会大学堂，建构国家民族想象，鲜明地提出救国救亡的有效途径，具有极为重要的教育意义和启蒙价值。

二、把社会调查和专题报道紧密结合

梁启超把培育国民公德看作是"广开民智"的深化，认为中国政治不进、国运日替的根本原因之一是国人不知有公德，国家观念淡薄，群体责任意识薄弱。只有让国民在智识开化后"知有公德"，才能"新民出焉"。① 在维新宣传中，他注重情感煽动，但是维新运动的失败让他意识到空泛的呐喊不能从根本上撼动民众。新民宣传时期，梁启超作"觉世"之文，直面社会弊风陋俗，用

---

① 梁启超著，黄坤评注. 新民说 [M]. 中州：古籍出版社，1998：55.

触目惊心的事实直击国民心灵深处，针砭时弊、激浊扬清，把民众的命运与国家生死存亡紧密结合在一起，促使他们将国家思想和公德意识内化于心，形成爱国认同。

把社会调查和专题评论紧密结合，以唤起民族觉醒。梁启超从救亡图存的时代思潮出发，于 1902 年初提出"调查为当务之急"①，把社会调查看作实现国家发展的基本途径。《新民丛报》在五年间刊登了《本邦铁路之调查》《中国历史上人口之统计》《中国各省物产调查录》《本邦电信之调查》《调查贵州苗族之情形》等社会调查文章，内容涉及交通、商业、殖民、物产、矿产、人口、民族等诸多方面，既促进和加深了国民对国家的了解，同时也为国家振兴实业、人口普查、发展教育奠定了基础。同时，他以深度解读、评论的方式，高密度地刊发《媚外奇闻》《奴隶与盗贼》《列强竞争中国铁道之近情》《英使权限之仲张与其铁道计划》专题评论，揭发帝国主义列强肆无忌惮地攫取中国路权矿产等资源、疯狂追逐利润的本质，又抨击清政府闭关锁国、出卖主权的丑恶嘴脸，将朝野上下"媚外"之风、政府官员贪赃枉法、买官卖官等中国面临的困境、危机迅速地传播给国民，引发社会更深层次的思考，激发了国民对帝国主义及其走狗、对清政府及其官员的愤怒，从而唤起国人强烈的救国心和觉醒意识，形成了挽救民族国家危亡的舆论氛围，进而使众人积极行动起来，拯救岌岌可危的国家。

直面社会丑恶，呼唤新风俗，塑造时代新民。梁启超等人将提升私德素养作为培养国民公德意识的手段之一，主张"欲改革中国风俗，非尽扫旧有之道德，而尽从泰西之风俗"②，以西方文明作为借鉴，对抵制社会变革、妨碍国民健康的弊习陋俗及社会现象予以批评，呼唤适应时代发展需要的新风俗，塑造时代新民。他在《新民丛报》上刊发《论断发易服之大利益》《禁早婚议》等文章，针对与市井生活密切相关的赌博、男子蓄辫、跪拜礼、包办婚姻、缠足、早婚、纳妾、吸食鸦片等一系列风俗问题进行批评报道，不但列举实例从它们对人的身体所造成的苦痛等感性经验入手，更将其与"国计"紧密联系起来，批驳封建旧道德钳制人民思想，认为"中国之亡不亡于今日，而亡于人心

---

① 梁启超. 社会调查之关系 [J]. 新民丛报，1902（02）：6.

② 梁启超. 德育鉴 [M] //梁启超. 梁启超全集. 北京：北京出版社，1999：1489.

风俗间"。这些具有强烈心灵冲击力的恶风陋俗在社会各界"炸"出了强烈的舆论波,"江苏、湖南等地,相继成立不缠足会、女学会、戒鸦片会等易俗团体"①,民众积极行动起来,反封建、反泥古,响应风俗改良。"语言学家刘半农力破婚前不见面的陋俗,并践行一夫一妻制原则"②,人们开始用行动追求自己的幸福。

同时聚焦社会民生,关心民众在社会动荡中的疾苦,发出时代呐喊,与封建专制统治做韧性战斗,并且对这一时期的有关反鸦片、反迷信、反缠足,倡导男女平等的民生领域事件进行真实而生动的呈现。《老残游记》《宦海》《活地狱》《二十年目睹之怪现状》等报刊小说把吸食鸦片于国于民的各种弊端放置在各种故事情节中,生动而形象地展示了鸦片于国于民于社会的危害,并就如何远离鸦片提出自己的看法。《扫迷帚》《瞎骗奇闻》《临镜妆》等直言不讳地对封建官僚阶层的迷信行为进行揭示,展示社会的各种陈规陋俗、迷信事件对人心的摧残,积极呼吁变革社会习俗,以便引起社会重视和警觉。这一时期的报刊文章还注重传播科学知识,以天文学解释借东风,以电枪解释掌心雷,点醒无知蒙昧民众,用科学扫荡一切的迷信风俗,荡涤民众的灵魂。这些报刊小说有的直接提出观点建议,指出破除迷信的途径方法,认为要普及文化科学知识,大兴学堂,倡导新道德,提升国民素质,以彻底摆脱封建迷信行为,给人以启迪。《黄绣球》《文明小史》《邻女语》等报刊小说既对缠足这一陋俗对女性身心的摧残进行了无情揭露,又对反缠足宣传中一些虚假支持反缠足行为进行了揭露和批判,希望通过这些血淋淋的真相唤醒国人,使其真正关注妇女命运。《女学生》《女学堂》《姊妹花》等小说进一步对这一时期兴女学、进女子学堂、女子就业等事件进行了呈现。这些小说使中国女性有机会接触到西方先进的女权理论,加之反缠足运动的宣传,中国女权运动在整个晚清社会慢慢开展起来。很多女性紧跟时代的步伐,反思自己受到的其他伤害,开始注重个人卫生习惯,结合西洋审美来打扮自己,注重形体美。这些晚清报刊小说在循循诱导中期望着实现新民的目标。

---

① 康有为. 康南海自编年谱 [M] //中国史学会. 中国近代史资料丛刊·戊戌变法(第4册). 上海:上海人民出版社,1957:856.

② 尤育号. 清末资产阶级移风易俗潮 [J]. 学习与探索,2005 (03):135.

三、发挥报刊与小说的服务、沟通功能

维新时期的煽动式宣传速度快，势头猛，但是这种单向、线性的舆论传播形态忽视了受众中占绝大多数的普通国民在舆论传播中的地位和主动性，使得"开民智"的初衷最终演变成了"开官智"的结局，没有达到宣传的预期效果。新民时期，梁启超吸取经验教训，充分发挥报刊的社会服务与沟通功能，尊重读者，与读者建立起密切联系。

注重质量，对读者负责。梁启超认为，报刊宣传应注重品质，让读者"阅一字得一字之益"，只有让读者得到准确而丰富的知识，才能达到"开智识、塑新民"的目的。他主持《丛报》笔政期间重视校勘，对报章里校对有误的地方会以"告白"的形式及时予以订正，并告知读者。如"《新民丛报》第23号上一则告白：英国国会之 Revelution 字实 Reform 字之误，校对时偶失检，合并更正"①。这种公开更正的做法表明了编者注重报章品质的认真务实的态度、坦荡的胸襟及对读者的尊重，同时也巩固、提升了舆论宣传阵地的公信力和权威性。

注重互动展示，在答疑解惑中加强与读者的联系。梁启超面向国人输入西学新知的同时，也收到大量读者来信就报刊涉及的政治时事、学术思想等方面的疑难问题进行提问，如询问"经济学""社会""民权"等清末出现的新名词的含义，或"新书推介"栏目涉及图书的出版发行信息。这既反映了当时民众的求知需求，也进一步反馈了"浸润式"引导的效果。面对读者的提问，梁启超等人在《新民丛报》《新小说》上设立"问答""饮冰室师友论学笺"栏目，及时、公开地进行答疑解惑，既表达了自己的看法，又与其他读者进行交流，启发读者思考，使西学新知在辩论中得到有效、深入传播。同时，这些读者来信成为报纸和读者之间的桥梁与纽带，一方面反映了不同读者群体的兴趣点及阅读期待，另一方面使得梁启超等人可以及时了解读者信息，根据读者需求适时调整宣传内容，优化宣传形式。从而增强读者的关注度与黏性，辐射带动更多受众，扩大了新民宣传的影响力。

---

① 王海刚，张媛菲. 晚清《新民丛报》的社会传播功能研究［J］. 社会科学，2017（10）：67.

注重广告文化承载功能，提升互动质量。与同一时期国内报刊广告求利的目的不同，梁启超注重报刊广告的文化承载功能，把广告看作启发民众智慧、了解民众需求、激发民众参与的沃土。他在《新民丛报》上刊载了内容丰富的广告，图书出版广告不但承载大量的图书出版信息，而且简单扼要地介绍图书内容，给民众以正确引导；征文广告则鼓励知识分子向报纸投稿，扩大了报刊的作者队伍，满足了旧式文人强烈的发表需求，使报纸成为聚合社会士大夫读者群的有效渠道。"《新民丛报》中约有半数的调查文章系读者投稿。"① "招股广告根据读者购买股票的数量来判断图书的市场反响，及时了解读者的需求动态，制定印刷发行计划等。"② 这些广告短小、精悍、传播速度快、重复频次高，不但激发了民众的文化心理需要和动机，还在投稿互动中培养了读者对报刊的信任和好感，拉近了宣传者与宣传对象的距离，使报刊获得广泛支持，宣传内容得到精准传播。

四、报刊、小说宣传在"下逮"中承担起"新民"使命

梁启超希望通过西方文明和新知滋润民众心灵，开化国人思想，改变国人固有的浅识陋习、陈腐愚昧心理，唤醒潜藏于他们心底的国家国民意识。他特别强调舆论宣传要"下逮"，即采用通俗易懂的方式进行点滴入微的动员引导，不因民众短时的拒绝而轻言放弃。他进行报刊编辑业务的革新，对凡有益于国民接受的报章体裁，如图画、时评、新闻消息、戏剧、小说等都广泛使用，以更好地承担起"新民"的宣传使命。

进行编辑业务的革新，注重提升宣传内容的趣味性、直观性与可读性。《新民丛报》印刷精美，封面有套色有图片，"在 1902 年间，《新民丛报》出版24 号，共刊登卷首图画 80 幅"③。相比单纯使用文字，行文中适当插入图画和铜版新闻照片，更具有视觉上的冲击力，图片成为报章内容的有益补充，达到一图胜千言的效果，吸引了识字率较低的民众。

---

① 刘珊珊. 新民　新知　新文化：《新民丛报》研究 [D]. 天津：南开大学，2010：237.

② 王海刚，张媛菲. 晚清《新民丛报》的社会传播功能研究 [J]. 社会科学，2017 (10)：67.

③ 丁守和. 辛亥革命时期期刊介绍 [M]. 北京：人民出版社，1982：146.

广设专栏，增设要闻栏，突出重点，便于国民阅读。梁启超曾评价外国人来华所办报刊"纪事繁简失宜，其编辑混杂无序"①，读起来极为吃力。他的《新民丛报》一创刊就紧密围绕"西学浸润"编辑思想，开辟《图说》《论说》《时局》《小说》《国闻短评》《海外汇报》《绍介名著》《新知识之杂货店》等24个栏目，把刊载的内容进行扒堆分类，融知识性、丰富性、专业性于一体。尤为值得一提的是，梁启超在《丛报》封面增设"要闻栏"，将每期内容要点置于栏内，既突出了本期重点，又便于民众在极短的时间内进行查找、阅读和收藏，可谓心思细致入微。

将小说引进报刊，通过小说来潜移默化地"新民"，产生广泛的社会影响。维新时期，梁启超等人以政论为主导的煽动宣传来势迅猛，但是宣传内容的重复化和宣传形式的模式化弱化了民众的阅读期待。当时中国国民"仅有15％具备阅读能力"②的现状，迫使梁启超在新民时期不断探寻宣传内容的有效载体。他注意到小说不但在西方国家盛行，而且"助力于日本之变法"③。于是，他把小说看作"新民的最佳工具"④，不仅在《清议报》《新民丛报》设立小说栏目，而且创办了中国第一份专门的文学杂志《新小说》，刊登《十五小豪杰》《回天绮谈》《洪水祸》《爱国女儿传奇》《殖民伟绩》《二十年目睹之怪现状》等数篇小说，既展现了世界历史的宏伟图景，描绘了西方国家的政治体制与风土人情，又揭露了清末的社会问题，批判五千年恶风陋俗对人性的摧残，倡导"新民"所应具有的冒险、批判、民主、独立等精神。尤其是创作者们将深刻的道理杂糅交错在市井百态中，使得这些新小说较之常见的报章政论文体，融故事性、趣味性、学理性于一体，变枯燥为新奇，变深奥为浅显，因此老幼皆宜，常常在家长里短的津津乐道中被碎片化了的冒险、批判、民主、独立等新民精神所裹挟、浸染，使得新民宣传获得了广泛而热烈的响应。梁启超曾回忆

---

① 饮冰子. 舆论之母与舆论之仆［G］//蒋含平. 中国新闻传播史文选. 合肥：合肥工业大学出版社，2016：60.

② 梁启超. 蒙学报演义报合叙［M］//梁启超. 梁启超全集. 北京：北京出版社，1999：131.

③ 梁启超. 蒙学报演义报合叙［M］//梁启超. 梁启超全集. 北京：北京出版社，1999：131.

④ 梁启超. 论小说与群治之关系［J］，新小说，1902，11（01）：03.

说，"《新民丛报》《新小说》等诸杂志畅其旨义，清廷虽严禁，不能遏，每一册出内地翻刻本辄十数"①。尽管梁启超对小说的作用和影响有所夸大，但却反映了他对舆论宣传大众化倾向的追求和向往。

五、小说与报刊的重复性舆论建构

在晚清社会的一些重大事件中，常常出现小说与新闻的跨文本的重复。这些具有相似性的小说和新闻在短时间内大量出现，吸引受众眼球，引发受众关注，形成"群体效应"，导引着受众的认知与行动。1904 年下半年起，一场中国人民反对美国排斥华工禁约的斗争，在全国各地陆续开展起来。在 1905 年 5 月至 8 月三个月间，这一事件迅速成为影响到全国，甚至引发全国舆论的中心事件，《申报》《时报》《大公报》等著名报纸都积极关注、参与这一事件。1905 年 5 月初，《时报》刊发《筹拒美国华工禁约公启》，对中美关于续约问题的谈判进行了报道，这份公启被看作是该事件爆发的正式标志。5 月中下旬，《大公报》《申报》陆续转发该《公启》，号召国人参与抵制美货。一时间，全国舆论汹涌澎湃，清廷与民间，商界与学界，社会精英与贩夫走卒，无不为此事所搅动。禁约事件爆发后，社会舆论对华工境况高度关注，从 1905 年 5 月 10 日开始至 8 月 15 日，《申报》共刊发 59 篇以"华工禁约"为题的相关报道及评论。② 小说也聚焦于此，从阿英的《反美华工禁约文学集》来看，其所收集"华工禁约事件的文学作品 32 篇，其中小说 8 部"③，尤其是《苦社会》反映速度快，未等事件结束，就已出版，还有《黄金世界》《劫余灰》等都以华工禁约事件为背景。从主题和内容上看，报刊刊发《咨查文岛拐贩华》④《学堂监督劝勉拒约之韵言》⑤《劝告各盛乡同人切勿招工所愚陷身猪仔船说》⑥ 等文章，着重报道国人如何被迫、被骗成为契约华工，华工在途中与海外的遭遇等问题。小说《苦社会》从三个方面构成全书：人们如何成为华工（华商）

---

① 彭树欣. 梁启超所办报刊传播效果评析 [J]. 江西财经大学学报，2003（05）：32.

② 徐先智. 晚清文学的"舆论化"现象研究 [D]. 南京：南京大学，2014：74.

③ 阿英. 反美华工禁约文学集 [M]. 北京：中华书局，1960：06.

④ 咨查文岛拐贩华 [N]. 申报，1907 - 09 - 06.

⑤ 学堂监督劝勉拒约之韵言 [N]. 申报，1905 - 08 - 13.

⑥ 劝告各盛乡同人切勿招工所愚陷身猪仔船说 [N]. 申报，1904 - 06 - 21.

的，华工在途中的遭遇，其三则是在海外的苦难生活。小说表达对每一个阶段的叙述的主题，几乎与报刊新闻一致，且内容更加翔实而生动。

关于如何成为华工，《咨查文岛拐贩华》称"惟和属二岛华工大都由内地拐骗而来"①，可见因生计而被拐骗上船是当时华工形成的主要原因。小说《黄金世界》第二回记述：跟随洋人勃来格的贝弗仁是一个典型的奴才，在勃来格的要求不帮助其招工出洋，开始的时候他使出浑身解数也没有招到一个，后开始行骗，先是将好赌的朱阿金骗得穷困潦倒，最后逼迫年轻的朱阿金与妻子一起成为出洋华工，从而赚钱还债。在《苦社会》第二十六回有描述："你们虽说上当，还是自己想发财的心盛，像我们是好端端的在家里。"正是被这些人哄着说一起出来玩玩儿，结果就上了这条贼船。"天呵！这班狠心贼子，是怎样生出的啊！"因被欺骗、被拐卖而成为华工的事情在现实中经常发生，并且在多部小说中得到了比新闻更加生动的反映。当时载华工出洋的船上人挤人，人压人，"原来下面七八十个横躺着，满面都是血污，身上也辨不出是衣裳，是皮肉，只见脓血堆里，手上脚上锁链子全然卸下"②。对此，《申报》也有新闻反映："船上数月打伤自尽死亡，已不止十分之一。"小说与报刊新闻的反复描述，大大地激起了社会舆论对出国华工的同情，对延续禁约的美国更为愤怒，形成一种群体效应。上海、广州、福州、天津、汉口等 22 个城市的工商界都分别召开大会，决定以禁用美货、拒绝和美国通商作为斗争手段。6 月以后，知识界也参加了这一运动。8 月以后，广大中小资产阶级、小商人、手工业者和工人，也纷纷参加这场斗争，并成为运动的主力。

晚清小说借助近代报刊这一大众传媒，与新闻文体一起将受众潜意识中和显意识中对于社会的认知表达出来，并且在一定范围内多次重复提及和描述。这些重复性的小说和新闻不断涌现，一直在人们的认知中回旋，造成舆论波的回响，促使社会意识沿着舆论目标的方向在不断扩展的空间中产生聚合效应，促使人们深化社会认知，并在行动上有所改变。学者蔡之国认为"谴责小说的重复叙述就起到议程设置的理论功能"③。实际上，不单单局限于谴责小说，

---

① 咨查文岛拐贩华 [N]. 申报，1907 - 09 - 06.

② 佚名. 苦社会 [M]. 申报馆，1905：92 - 93.

③ 蔡之国. 晚清谴责小说传播研究 [D]. 扬州：扬州大学，2010：202.

晚清时期的报刊小说涉及重复性叙事的有很多。可以说，正是因为小说对晚清社会全方位暴露和批判的重复性叙述，才为反清、反官、反帝、反一切丑恶现象提供了一个公共舆论空间，并导引着社会的改良与变革。

综上，"新民"时期"浸润式"舆论宣传的探索表明：梁启超等人在舆论宣传的过程中开始遵循新闻传播规律，注重民众接受，把握节奏，由快变慢，由短变长，由表及里，在"润物细无声"中达到"新民以救国"的宣传目的。这既是他们逃亡日本后政治思想转变的必然结果，也是其总结维新时期煽动宣传的经验教训，实现"新民"理想的有效实践。宣传方式直接决定宣传的效果，虽然清廷查禁，国内运送困难，但是《新民丛报》《新小说》等宣传范围仍然很广，"国内外地区达 49 县市 97 处，受众数量可达几万人甚至十几万人！其影响的深广度远远超过了《时务报》宣传时期"①。晚清报刊小说不但传播时代信息，教化民众，还在舆论监督中扮演着重要角色，发挥着重要作用。晚清小说以报刊为载体，与报刊新闻形成互文，共同对社会丑恶和怪现状的重复性建构、表达，不断强化着社会议题的设置，从政治、经济、文化、军事、民生等方面形成一种"超真实"的"拟态环境"，左右着受众对社会事实的意见和看法，以小说和报刊为主导的"浸润式"宣传推动了民众的觉醒，点燃了国民心中酝酿已久的反清怒火，客观上加速了封建王朝的陨落，为国内资产阶级革命的爆发奠定了思想基础。

第三节 晚清小说与报刊新闻的舆论共建

在不同的时期，晚清小说积极介入"舆论场"，与晚清报刊一起构建舆论，引导舆论，并扮演了不同的角色，向人们大量传播兼具新闻价值和社会价值的信息，以积极的舆论引导社会公众舆论，并实施舆论监督，干预社会生活。这也是它们在特定时期发挥积极作用的特有方式。1907 年的中国社会正处于一个由旧向新转变的时期，一方面传统的封建势力——清政府为了挽救其岌岌可危的统治地位开始实施"立宪"；另一方面，另一股势力——革命派正在逐渐强大起来，他们积极开展活动，成立机构同盟会，提出"三民主义"，这让长期

---

① 彭树欣. 梁启超所办报刊传播效果评析 [J]. 江西财经大学学报，2003（05）：32.

被封建思想束缚和在康梁等人改良思想浸润下的人们感受到了思想的碰撞和心灵的触动。封建顽固派、资产阶级改良派和资产阶级革命派彼此间的斗争已经进入白热化的阶段，在这场斗争中，报刊和小说更是成为他们凝聚思想，笼络人心的强有力武器，各方为了能从中获得些许利益，纷纷加强自身的舆论火力。

1907 年 7 月 6 日，徐锡麟借安徽巡警学堂学生毕业典礼之机，在安庆刺死安徽巡抚恩铭。一时间社会沸腾，安徽全省乃至全国震动。徐案的发生如同在清政府的心中扎了一根刺，7 月 12 日，清廷下谕旨在全国范围内搜捕徐锡麟的同党，事起安徽，但祸及浙江，因为徐锡麟籍隶浙江绍兴，清政府清查了他在绍兴的亲属，查抄了他的家产，使绍兴笼罩在一片恐怖之中。在徐锡麟创设的大通学堂，有教师被兵役枪伤，这个人就是秋瑾。1907 年 7 月 15 日，秋瑾被杀害于绍兴轩亭口，清政府本以为就此清除了一个革命党集团，但是随之而来的结果却令其大为惊叹，随着主流报刊的大肆报道，为秋瑾鸣冤的声音蜂拥而至。在舆论的引导之下，民众、学界、乡绅、审判秋瑾的官员甚至统治阶级内部都感受到了强烈的影响，这使秋瑾案的结果发生了巨大转变。在晚清这样一个新旧交替的时代，因斩杀一名革命党而掀起轩然大波，这一系列令人觉得不可思议的结果让我们看到了晚清报刊舆论力量的强大，那么，舆论是如何一步步地介入秋瑾事件并对社会各阶层产生影响的？为什么一件在晚清社会原本平常的案件会引起如此反响？通过这一事件，我们对于晚清舆论的影响力将有怎样的认识？这都值得我们思考和发掘。本节试图从舆论学的视角出发，以晚清时期这个比较有社会影响力的"秋瑾案"为例，按照案件的发展进程，探讨晚清小说如何与报刊新闻一起进行舆论建构，窥视晚清小说的舆论监督与引导功能的发挥，以及其所产生的社会影响力。

一、报刊报道，引发世人关注

在当时人们的眼中，秋瑾不过是徐锡麟旧时所办学堂中的一名教师而已，不但没有发动起义，也没有参与徐案的表现，竟然被牵连逮捕，甚至被就地正法，这简直是闻所未闻，见所未见，一时成为人人关注的社会热点。

秋瑾案发生后，《申报》从 1907 年 7 月 16 日至 7 月 31 日间，以叙述的笔调对秋瑾案进行了跟踪报道。《时报》《新闻报》也纷纷介入秋瑾案报道。《秋女士传》《秋瑾之演说》《秋女士遗诗六首》以及秋瑾的扮男装照片纷至沓来，在近一周的报刊跟踪报道之下，秋瑾其人的生平及其案发经过的消息瞬间传遍大街小巷。在这些报刊对秋瑾生平的介绍中，人们发现她不但主动与丈夫离异，还只身赴东洋留学，留学归来后历任绍兴明道女学堂、吴兴南得女学堂、绍兴大通学堂及其附设体育会教员等职，她热爱祖国，热爱生活，热心公益，手无寸铁，没有实际反叛行为，只是一个女权的号召者，却遭毒手。这不禁引发民众质疑，社会舆论认为秋瑾案是冤案，对秋瑾的哀悼声不绝于耳。

二、小说与报刊设置议程，声讨徇私枉法的官员

根据媒体报道，当时在抓捕秋瑾时，她并没有做出激烈的反抗，"秋瑾女士闻警时，即躲避该校柴房中旋被搜获，竟将衣服拉破，肆意殴打，随即押解到府行至某处，某兵将手烟二支掷于道旁，遂指为由女子裤中落下……"[1] 没有实际的起义行为却被强行拘捕，没有反抗却被粗暴带走，整个抓捕情形在新闻报道中得到详细呈现，清政府在无口供、无实据的情况下斩杀秋瑾，引发了社会各界舆论的普遍质疑，7月22日《申报》开始刊登《秋瑾之演说》，之后几乎每天都设有专报秋瑾案的版块，《申报》大量刊登的文章也明确指出了秋瑾案其实并无口供，亦无证据。"然既曰革命党，必有证据实迹，今以徐锡麟一案而贸然曰绍兴学界皆同谋，天下安是理……"[2] 佛奴等亲历者记述了秋瑾被捕当日的情景，当时很多人劝秋瑾暂时躲避，但秋瑾直言："我一清白女子，无纤毫之过犯，何必走避而启情虚回避之口实耶。"[3]《神州女报》《南方报》《中外日报》《大公报》等纷纷开始连载文章为秋瑾鸣冤，就此鸣冤声渐起……社会焦点落在秋瑾的无故被捕和无故冤杀上，人人皆知女教员秋瑾被莫名冤杀。根据绍兴有内幕僚传递的消息，《秋瑾被害始末》一文披露了秋瑾被捕前后的审讯、就义等情况，秋瑾在狱中当天晚上便被"连审二次，并不做声，上天平架……"[4] 对待一个柔弱妇女，浙江官吏竟然动用了酷刑，这一报道严厉地揭露了浙抚等一干官员为谋求升官而不惜牺牲秋瑾的险恶嘴脸。其犀利的词语，直白的表达，激发了民众的愤慨，成为秋瑾案引起轩然大波的导火索。随着秋

---

[1]　新军骚扰学堂之罪状［N］. 申报，1907 - 07 - 22.

[2]　论绍兴冤狱［N］. 申报，1907 - 07 - 23.

[3]　驳浙吏对于秋瑾之批谕［N］. 申报，1907 - 08 - 01.

[4]　佛奴. 秋女士被害始末［N］. 神州女报，1907 - 12 - 01.

瑾案的整体情况浮出水面，为秋瑾鸣冤的声音不绝于耳。媒体报道矛头直指浙江官吏的暴行。《中外日报》直指绍兴知府贵福："怎样太守？这样太守！"①《论法部严禁各省州县滥用非刑事》认为："州县既欲得其口供则必用一切严酷之行具，三尺之下何求不得各处解省之犯其缺无冤枉者有几何哉？"②《神州女报》更是直指秋瑾被杀仅仅出于为官者寻求升迁捷径，这些官员"杀戮无辜，株连弱女，以邀功赏"③。在舆论的煽动之下，为秋瑾鸣冤的声音日见高涨，社会集体声讨官府，官员是否徇私枉法、草菅人命遂成为这一阶段舆论的焦点。

晚清报刊小说也加入到对封建官员的批判中。小说舆论造势在 19 世纪末就已经开始。甲午战败给国人带来了最强烈的刺激，拯救民族危亡成为上下共识。大批优秀的针砭时弊的小说诞生于此时，这些小说以揭假示丑为卖点，对当时社会、官场和八股科举制度进行了深刻的批判，在民族危亡的惨痛现实面前被寄予了强烈的反封建意识。从军界、学界、商界、医界等社会群体到上至军机大臣、总督、巡抚，下至知府、县令、狱卒等各色人物的光怪陆离，在小说中都有体现。《商界现形记》《官商现形记》等小说集中批判了商业活动中的人伦丧尽与欺诈勒索行为；军事上，既有对晚清政府要员面对西方强权处处退让妥协，深恐得罪侵略者行为的强烈斥责，又有对军队防务松懈、纪律涣散、战斗力减弱等现状的揭露，如《官场现形记》第二十八回中的舒军门常年驻守广西一带，带兵骄纵，经常剥削兵卒，以各种理由克扣军饷，"每年足有一百万……一年也得三四十万"④。这一时期小说对政府官员逛妓院、狎相公，置内忧外患于不顾，纵情享乐，对世事毫不关心，不求上进、无作为，却鱼肉百姓的行为进行了无情的揭露与批判。《官场现形记》中的钦差童子良把外国的一切都看作"奇技淫巧"，喜欢着传统粗麻线衣，只用银子不用洋钱，对于广受大家欢迎的洋枕头以及用于报时的洋钟表，统统拒绝。他还依旧秉持"天朝上国"的思想，认为洋人是出于穷困才漂洋过海来华经商，迂腐至极。《邻女语》第四回写庚子年间，在两宫的带领下，内阁、户部、刑部等政府要员为了避难，携带家属和大量的银钱仓促出走。蒲台县发水，百姓被洪水包围，饥饿

---

① 怎样太守 [N]. 申报，1907 - 07 - 24.

② 论法部严禁各省州县滥用非刑事 [N]. 申报，1907 - 08 - 10.

③ 发刊词 [N]. 中国女报，1907 - 11 - 10.

④ 南亭亭长. 官场现形记. [N]. 世界繁华报，1904 - 10.

难耐，主管官员却以少了迎接之礼为借口，迟迟不放赈，反而谋划着用国家赈灾款所买之米发自家的财。《官场现形记》第二十九回写一众人广置土地使农民哭天抹泪，无家可归。晚清小说还为民众展示了一幅伪清官图。这些官员表面清廉，实际贪财、利欲熏心。《文明小史》第二十二回中，抚台万岐自称讲究维新，生辰之际预先传谕巡捕官不准合属官员来辕叩祝，衙门里亦只备两桌素酒，未待几位官亲幕友。而实际上，"有贵重之物却是要的，送礼也要有诀窍，须经他门上邓升的手"①，直接进后院。晚清小说还将矛头直至酷吏。如《活地狱》中的新任阳高县知县姚明姚太爷，用铁箍审人问案、勒得人眼珠直往外冒的魏剥皮，残酷好杀的单太爷等。官员贪赃枉法，衙役狱吏残暴伪善、肆虐横行，致使冤案层出不穷。可以说，跟报刊新闻相比，小说传递的信息更加形象具体，对清末官场的批判更加牵动人心。

在秋瑾案中，小说形象具体，报刊新闻与报刊评论迅速锋利，小说与报刊新闻互补，二者联手不断地轮番报道，以迅雷不及掩耳之势占据了受众视野，形成强大的视觉冲击力和心灵震撼，促使民众对秋瑾案中官吏的枉法行为进行集体讨伐。

三、社会强势舆论引发政府恐慌

在舆论的强力声讨之下，浙江巡抚张曾扬坐立难安，无奈之际，他开始手忙脚乱地搜集证据，力图用证据压制住日益沸腾的舆论。更为讽刺的是，浙抚发布所谓证据的方式竟然是利用极具影响力的《申报》向社会通报，他们还在通衢大道张贴告示发布秋瑾的罪证。与此同时，绍府贵福也发布了两道安慰民心和学界的告示，宣称："秋竞（瑾）图谋不轨，在确有证据，此次正法并无冤枉，民间均多误会意旨"，并悬赏捉拿在逃的竺绍康、王金发。贵福声称"大通学堂勾通匪类，确有悖逆证据，实属咎由自取"②，但是官方拿出的文件，有些却是虚构的，即使不虚构的部分也难以证明杀害秋瑾的合法性和正当性，因此他们不但没有得到世人的认可，反而引来了更多反对的声音。各大报刊纷纷发表社论表明态度，认为官府所为"无有一事可以揭示其罪状"，因此

---

① 南亭亭长. 文明小史［J］. 绣像小说，1904（22）：117.

② 绍兴府安慰民心之示谕［N］. 申报，1907－07－31.

强烈要求浙抚拿出确实的证据"揭示秋瑾之罪状"①。在封建社会，官府捕杀一个革命党是绝对不需要向外界拿出所谓证明的，但在秋瑾案中，官府被逼得拿出各种证物、证词，这异于常例的情况足以证明在当时，报刊小说建构的舆论场发出的舆论声音已经可以引领整个社会，即使清政府再拿出有利的证据也无法平息讨伐的声音。

意识到拿出的证据并没有办法令社会信服，同时也担心再有行刺之事，张曾扬犹如惊弓之鸟一般，一听到有反叛的消息就立即派兵前去搜捕。这种慌乱的搜捕引起了社会更加强烈的不满，特别是对于无端受累的同仁学堂来说，不但学校财物遭到破坏，而且还有职员无故被拘，因此学堂不得不向浙抚提出质疑并伸冤："职等兴学，几费经营，败坏只在数刻，似此凭空诈陷，国宪何在？虽蒙府县讯明无故，恩予释放，然以办学之人，受兹奇辱，职等有何面目再任校务？且以陈道之轻信，设若辈奸徒预藏军火，散布谣言，彼时搜有实据，百喙难辩。"② 无奈浙抚张曾扬不但没有意识到这种搜捕所带来的严重后果，在批词中竟还冠冕堂皇地宣称："查拿匪徒，搜起军火，原为保卫地方治安。"他以秋瑾案为例，认为秋瑾与竺绍康、王金发等"纠党谋乱"，幸亏被先期破获，否则"数日之内，绍城之糜烂，讵堪设想"？对于陈翼栋骚扰同仁学堂事，却只是轻描淡写，认为"陈道委奉办匪，虽有搜查军火之权，轻信揭帖，未免操切"，他甚至还认为同仁学堂监督的享词"意近挟制"。③ 肆意搜捕破坏学堂的行为本已受到社会的强烈谴责，而浙抚绍守的一纸批谕，无疑进一步引起了舆论的普遍不满。报刊无情地揭发了浙抚捏造罗织证据的行为："密授意于李益智、贵福、陈翼栋等，张大其词，谓此案与金华匪乱相通，以实被杀者之罪，而洗诬杀人之过。故自秋瑾被杀后，贵守、陈道及李益智部下军弃，肆意在绍兴各学堂暨民人住宅穷搜，务欲得一二疑似通匪之证据，然日久未遂其欲。近又密议授意金华等处已获之匪，诬攀绍兴学界中人。故浙抚、绍守所出安民告示，皆含混其词，欲以绍事与金华匪乱牵合为一。"④ 这些官吏在伪造证据时

① 对于秋瑾被杀之意见书［N］. 时报，1907 - 09 - 01.
② 徐党株连案要闻汇志［N］. 时报，1907 - 07 - 25.
③ 浙抚批同仁学堂监督之享词［N］. 申报，1907 - 07 - 31.
④ 浙省大吏骚扰绍郡汇闻［N］. 申报，1907 - 07 - 25.

竟然勒索百姓，无所不用其极，"绍兴之狱，凡衙署差役及李益智、陈翼栋带来之兵，无不以'发洋财'三字（发洋财者，为军队掳掠民间之隐语）互相庆贺，曰见官。汝是土匪，又是革命党。途中遇有举止轩昂或衣服稍洁者，必挟之入茶馆勒索洋十元至二十元不等。倘无所获，即执之"。有绍兴人孙德卿家颇饶裕，"亦被指为革命党，拘往会稽县署"，县令竟然对他说："此次省台派兵来绍，供给一切，糜费颇巨，预算不下二万金，殊为焦灼。"① 言下之意，不言自明。

就此，报刊舆论持续的斥责和质疑取得了初步成效，在舆论的逼迫之下，官吏们自乱阵脚，甚至于浙抚为了应对舆论的谴责还做了一件又一件胡作非为、弄巧成拙的蠢事，在搜证无果之后，浙抚等官吏不仅在百姓面前毫无威信可言，他们的表现也令最高统治者对其甚是失望，清政府无能的本质再一次暴露在舆论的攻击之下。这也直接导致了后期浙江官吏的逐步消亡。正如舆论所言："秋瑾一狱，浙吏势成骑虎，莫可挽回。"②

四、引发预备立宪、立宪与革命的深度质疑

随着报刊对秋瑾案报道力度的日益加大，社会对于秋瑾案的关注焦点也开始转移，产生了立宪还是革命的质疑。早在 1904 年，日俄战争爆发，清廷的"事不关己"令许多知识分子痛心疾首。除了让救国保种成为民众的共识外，对国家的施救途径的探讨也是知识分子必须思考和回答的问题，振兴国家成为这一时期的中心议题。此时，正处于国人自办报刊的第二次高潮期，资产阶级改良派和革命派以报刊为阵地，著书立说、上呈下宣，并在《有所谓报》《清议报》《民立报》等报刊上大量刊载政论文，发表观点，摇旗呐喊。秋瑾案发生时，正值清政府宣布"预备立宪"不久。在预备立宪之初，立宪派就已经开始批评甚至怀疑清政府的立宪诚意，但是社会各界对于清政府的立宪之举还是充满期许，而徐锡麟的惨死让世人看到了清政府的残酷，秋瑾的无端被累让原本期待用立宪解决问题的社会各界更加质疑清政府立宪的诚意。于是，舆论的声音开始由喊冤逐渐转向谴责清政府的伪立宪。立宪还是革命的舆论此时被推

① 浙省大吏骚扰绍郡汇闻［N］. 申报，1907 - 07 - 25.

② 驳浙吏对于秋瑾之批谕［N］. 申报，1907 - 08 - 01.

向高潮，"立宪是否可行，如何立宪，究竟应该施行何种宪政"成为这一时期报刊与小说共同构建的舆论场中的议题之一。

大量与此议题相关的报刊与小说纷纷问世，引爆对于清政府立宪诚意的质疑。对清政府在处理徐案和秋案时的残酷暴行和野蛮刑罚，《时报》《申报》《大公报》等报刊舆论一致认为这与当时执行的宪政精神相违背。《时报》发表社论，认为"法制国之法律，于是扫地无余"①。社会舆论更一语中的指出了清政府几年来实施的新政并非出自其本心，只不过是解决内忧外患的暂缓之计而已，"聊以涂国民之耳目，饰友邦之观听而已……立宪其表，专制其里……但徼立宪之名，阳迎而阴拒之"②。报刊与小说更从满汉融合、预备立宪、科举考试、地方自治、学堂自由等几个角度指责清政府的伪立宪行为，正如《时报》所谴责的："是故日言融合满汉，而种族之界限益严；日言预备立宪，而中央集权之谋益亟；贡举既已全停，而崇奖科名之积习犹在；地方声言自治，而士民预政之例禁犹严。至于学堂与学生者，则尤政府之所侧目，而与地方官吏分据于极端反对之地位者也。"③ 总之，民众认为清政府连立宪最基本的几个方面都不能达到，那立宪之说就更是子虚乌有。

小说《未来世界》《立宪万岁》《庆祝立宪》与《预备立宪》扑面而来。《未来世界》直接对时局发表议论，对立宪的前景十分向往，饱含热情地想象着中国实行宪政的过程，设想通过实行宪政，社会变得自由民主，国家变得富裕强大。这部小说的中国"未来世界"，与梁启超的"未来中国"一样，都是实行立宪之后的，政治清明、民众协力的成果。在《立宪万岁》中，吴趼人描绘了一幅天庭的"立宪图"，实乃晚清立宪的真实写照，语气诙谐、言语幽默。小说中，下界预备立宪，天庭闻风而动，玉帝也要立宪，对此出现了两种声音。"保守派"文昌帝君表示："不可。我们天上自有天上制度，那立宪的名目系出在外国，岂可以用夷变夏？"并不主张立宪。"改良派"日游神则称："不然。我每日在下界游行，听见下界人常说甚么'天演淘汰，优胜劣败'。果然彼优我劣，又何妨告己从人呢？"主张立宪。最后玉帝决定派人出国"考查考

---

① 论南北洋派侦探于上海 [N]. 时报，1907 – 08 – 04.
② 胡马. 论搜捕乱党 [N]. 时报，1907 – 07 – 23.
③ 胡马. 论搜捕乱党 [N]. 时报，1907 – 07 – 23.

查"。"五钦差"考察归来，天庭预备立宪，"玉帝已经允准，定于明日早朝，再降玉旨．故今日散朝时，通明殿上，一片欢呼之声，皆曰：'立宪万岁！立宪万岁！'"① 然而"万岁"二字，实实在在地表明作者对立宪的担忧，小说中天庭立宪之后，还是"一律照旧"，"万岁"之口号依旧回响。不免被那些围观的"群畜"所嘲笑，也诚如小说中的"特"所言："原来改换两个官名，就叫做立宪。"对于清廷要实行"预备立宪"的做法，吴趼人的看法让人感觉到他在这个问题上是很清醒的。在他看来，清廷的"预备仿行宪政"的口号，未必不是一个欺骗民众的幌子。包大笑在小说《碧血幕》中，更是一针见血地揭示出清廷之所以"预备立宪"，是为了清除革命党，"一面预备立宪，一面正好把那些种族革命、政治革命的党派扫荡的扫荡……杀他一个寸草不留"。《庆祝立宪》与《预备立宪》提醒受众警惕"预备立宪"口号，似乎清廷的上谕一下，中国已经"立宪"了，实则众人鲜有意识到这只是预备立宪。小说《预备立宪》还勾勒了一个借"立宪"以谋求一己私利的鸦片烟鬼的形象，他希望立宪之后，通过获取被选举权，进而被选为议员，"一旦得为议员，乡里之人，谁敢不仰我鼻息者"，或者通过选举，而选自己富有的亲戚为议员，"彼得为议员，吾又为举主，大可以借其势力以自雄。此吾预备立宪之术也"。小说借此揭示了立宪舆论中存在的投机因素。

随着中国社会固有矛盾的加剧和发展，尤其是清政府伪立宪的面纱被掀开后，以在日本东京为主体的激进的留学生纷纷拥护资产阶级革命派的热血革命斗争。他们创办革命派报刊，发表政论，鲜明指出只有推翻清政府统治，走革命救国之路，才能实现国富民强。一部分小说倡导资产阶级革命思想，如《宦海潮》在《序》中鲜明地表明立场，认为满洲贵族的腐朽独裁，严重制约了民族发展，是当时中国踏上民主康庄大道的最大障碍。《乌托邦游记》认为中国专制统治已经岌岌可危，靠当时封建政府的实权派去组织民众实行革命救国就是痴心妄想，百姓只有通过流血的斗争才能争得自己的自由。《大马扁》一针见血地指出，由梁启超等人在《新民丛报》《清议报》上所倡导的温和改良根本行不通。《卢梭魂》认为，靠君主立宪来救国是行不通的，主张推翻封建主义，建立独立而自由的国家才是最要紧的事。《狮子吼》极力宣扬资产阶级革

---

① 趼．立宪万岁［J］．月月小说，1907（05）：170－171．

命，反对君主立宪，小说紧扣清政府的一系列暴行展开，揭露当朝统治者的腐败无能，赞扬具有大无畏精神的资产阶级革命先行者。《五日风声》鲜明指出，中国不能像世界其他国家那样轻易得到民主立宪的硕果，直接戳穿晚清政府假立宪的诚意，明确提出国人必须行动起来"共趋革命之说"，并热情讴歌流血革命的英雄。

无论是鼓吹立宪、质疑立宪，还是支持革命，这些文章都紧密围绕着报刊与小说一起建构的社会舆论场中"立宪还是革命"的议题而展开。而报刊和小说舆论也成为这个舆论场中的一部分，二者相互印证，在一段时期内反复出现，不断强化着受众的认知，引导受众对立宪与革命的可行性展开思考。

综上所述，在秋瑾案中，晚清的小说与报刊充分彰显了舆论监督与引导的作用。秋瑾案发生之后，"杀人以媚人"的浙江巡抚张曾扬、绍兴知府贵福等人受到了舆论的强烈谴责。面对社会舆论的强烈声讨和重压，清政府官员纷纷落马，浙抚张曾扬托病请假作为缓兵之计，同时借机暗中运动调离浙江，最终却并未能如愿。秋瑾案被认定的告密者之一胡道南，在秋瑾遇难三年后于绍兴清查公产事务时遇刺身亡。秋瑾案虽然只是一个社会案例，却在全国掀起轩然大波，充分彰显了小说与报刊共同构建的舆论的强大力量。对于秋瑾案的一系列报道所产生的舆论影响不仅仅是让社会为秋瑾鸣冤，向官吏声讨，使秋瑾的事迹和思想逐渐深入人心，其所达到的隐形影响逐步深入民众心中——唤起更多晚清妇女的觉醒，带动晚清女性主义思潮的真正勃发。这个影响是深远的，也是更具历史意义的。在清末秋瑾案中，我们看到了晚清小说与报刊共同构建的舆论的力量，它表明小说和报刊新闻构建的舆论场，不仅吸引着民众，引导他们思考，还具有了影响上层统治阶级决策的能力，影响着政府的行为。其所引发的舆论影响也就此达到了一个前所未有的高度，充分彰显了民间舆论在社会的影响力。报刊舆论时效性和煽动性强，小说舆论具有形象性和浸润性，二者取长补短，互为补充。晚清社会在小说与报刊共同构建的舆论思想碰撞下不断向前发展，最终在革命思想的冲击下，被禁锢了千百年的中国民众终于突破了封建思想的束缚，迈向了崭新的纪元。

第五章 晚清报刊小说新闻化原因探析

从古至今，任何一种文体的产生或者发生变革，都与社会中与之相联系的诸多要素关系密切。也就是说每一种文体的产生和嬗变都不是偶然的，其必定是多种因素共同作用的结果。清中叶，中国传统小说已达到登峰造极的鼎盛状态，但是晚清报刊小说并没有沿着中国传统小说所开创的艺术道路前进，反而另辟蹊径，是什么推动着晚清报刊小说向新闻靠拢，其文体嬗变的背后有着什么样的深层原因？本章将立足中国新闻史基础理论，选取媒介经营的视角，运用文献分析法，从时局、社会及市场环境出发，对晚清小说新闻化产生的原因进行剖析。晚清时期社会动荡、外敌入侵、家国衰败、官场腐败，公众需要大量信息以了解国家的形势。一方面社会需要大量的信息，另一方面承载传递信息任务的新闻满足不了社会需求，这种现实的矛盾是晚清报刊小说新闻化产生的原动力；而新闻业的繁兴又推动了小说的新闻化呈现；小说家的新闻从业经历直接促使小说新闻化。融报人、编辑、小说家于一身的小说作家大多是边缘化的世俗知识分子，他们既具有传统知识分子忧国忧民的社会情感，又是新闻传播活动的得力干将，并在"心怀天下"的社会责任意识与"以文谋生"的商业追求中艰难游走，推动了小说新闻化现象的产生和发展。

第一节 产生的原动力：社会对新闻的渴求

晚清时期报刊小说的新闻化现象，实际上是新闻与文学交叉渗透的一次文体演化的浪潮，它强有力地冲击着文学、新闻领域。要想对晚清时期的小说所呈现的新闻化特征做出正确的判断，就需要从历史的维度，基于新闻与小说相关联的文学发展大背景下进行整体审视。翻阅相关文献后，我们会发现，小说新闻化这一文学现象并不是晚清时期独有的。在每一次外族入侵、社会变革更替时期，都会出现这种情况。

从宋建国之始，三百多年中，由于几个民族政权并立和交替，民族矛盾几乎始终处于主要地位，面对金兵入侵，南宋的有识之士取材时代真实事件进行文学创作，如陆游的《老学庵笔记》、周密的《齐东野语》及岳珂的《桯史》等皆以时事为线索，直书金兵的掳掠烧杀、投降派的畏敌媚敌、麻木不仁者的醉生梦死，揭露卖国求荣的内奸，声讨异族入侵中原给百姓生命财产带来的巨大灾害，歌颂爱国将领和军民坚持抗战、宁死不屈的精神以及抗战将士的英勇悲壮、强烈的民族气节，具有鲜明的时代特色。《桯史》由南宋岳珂（1183—1243）撰，共15卷，140条。分别记叙两宋人物、政事、旧闻等，其中南宋部分，系作者亲身见闻，尤为可信，纪实性和时效性较强，呈现新闻化的创作趋势。

明中叶至明末，小说发展呈现繁荣局面。小说中的人物和故事虽然有现实生活的影子，但是与现实生活仍旧保持着一定的距离。以《金瓶梅》为代表的世情小说逐渐向现实生活靠拢，只是故事时间发生在北宋末年，失去了新闻价值中的时效性。从明万历开始，到天启、崇祯年间，不仅一些短篇小说开始关注社会现实题材，尤其是现实政治斗争，一些长篇通俗小说也开始追踪社会热点，关注时事政治。如万历时期福建建阳刊本《戚南塘剿平倭寇志传》，以明朝抗倭名将、民族英雄戚继光领导的抗击倭寇的时事为线索，真实地描写了朝政腐败、客兵作乱等社会世相。小说中的人物都是现实生活中人物，小说中的故事也是现实发生的故事，具有较高的新闻价值。这种创作倾向，很快在明末清初形成潮流，出现了一大批类似的作品，开创了小说发展的新局面。冯梦龙的《皇明大儒王阳明先生出身靖难录》，描写王阳明镇压农民起义和平伏宁王朱宸濠叛乱等政治活动。李春芳的《海刚峰先生居官公案传》则歌颂清官海瑞平反冤狱、为民请命的政绩。短篇小说《沈小霞相会出师表》以明代嘉靖年间被严嵩父子迫害而几乎满门遭祸的沈炼家族与权奸严嵩父子斗争的故事为主要线索，展现了明末政治的黑暗，奸佞集团的残酷无耻，明末社会的政治、文化、社会的离奇光谱，折射出末世王朝的诸多微言大义，很耐人寻味。长安道人的《警世阴阳梦》、吴越草莽臣的《魏忠贤小说斥奸书》记叙了明熹宗时的司礼太监魏忠贤发迹、专权、灭亡的一生经历，揭示了宦官擅权专朝，祸国殃民的故事，被认为是"描写社会之污秽浊乱贪酷现状、血透纸背而成"①的佳作。蓬蒿子的《定鼎奇闻》、江左樵子的《樵史通俗演义》从不同角度记叙了李自成起义的始末，尤其是《樵史通俗演义》，这些小说取材真实事件，其素材部分来自邸报和传闻，有的事件在当时社会还曾引发轰动效应。长篇小说《征播奏捷传》即反映了明万历后期出现的"平播"之事。所谓"平播"，即对原播州宣慰使杨应龙的镇压。播州宣慰使杨应龙（1551—1600）于万历二十三年乙未（1595年）被革职，第二年发动叛乱。万历二十七年己亥（1599年）三月朝廷起，前兵部侍郎李化龙总督川、湖、贵州军务，率领20余万兵力分八路大军征讨杨应龙，此事在当时轰动一时，时效性强。《征播奏捷传》于1603年刊刻出版，距离事发仅三年，其反应之速，实在令人惊讶。李自成占领京师是崇祯十七年（1644年）三月十九日，"未及两月，即有卖《剿闯小说》一部，备言京师失陷"②，足见《剿闯小说》问世之迅速。《警世阴阳梦》《魏忠贤小说斥奸书》两部作品均刊于崇祯元年，几乎是在"抢新闻"。魏忠贤于天启七年（1627年）十一月受到处罚，在赴安徽凤阳的路上自尽，"《魏忠贤小说斥奸书》于第二年即崇祯元年（1628年）刊刻出版"③，这种书籍出版的速度，即信息传播的速度，不仅在中国古典小说史上绝无仅有，而且与当代的书籍出版周期相比，也算是极快的了。当时并没有印刷邸报："昔时邸报，至崇祯十一年方有活版。自此之前，并是写本。"④一份邸报，从用人抄录到送往各地，这个周期是不会很短的。由此可见小说的编写和刊刻是多么迅速和及时，其内容突显了新闻价值。学者欧阳见拙认为，当时的这类文学作品在某种程度上担负着报道新近发生的事实的任务，是新闻与小说的混合体，称之为"新闻小说"。⑤晚明小说尤其以这类居多。它们直接反映当时的重大政治斗争，为现实生活服务。作为那个时代的一面镜子，它们"别开生面，甚至与四

---

① 王钟麟. 中国历代小说史论 [J]. 月月小说，1907，1（11）.

② 姚廷遴. 历年记 [M] //王齐洲. 中国通俗小说史. 武汉：武汉大学出版社，2015：417.

③ 王齐洲. 中国通俗小说史 [M]. 武汉：武汉大学出版社，2015：417-419.

④ 顾炎武. 亭林文集·与公肃甥书 [M] //王齐洲. 中国通俗小说史. 武汉：武汉大学出版社，2015：322.

⑤ 欧阳见拙. 晚明小说试论 [J]. 明清小说研究，1988：30.

大奇书都迥然相异"①。

世界上任何新事物的诞生，究其根本原因，都离不开人们进行社会生产生活对它的需要。在上述各朝代，人们以"小说"来传递新闻信息，显然是以"小说"来展现当时新闻的"文体"，尽管它们在艺术上不是特别讲究，部分作者想象力也欠丰富，过于拘泥时事，然而，这些贴近生活、贴近事实的作品，适应了社会大动荡中人们对于时事政治特别关心的心理需求和信息需求，因而普遍受到欢迎。同样，晚清时期，中国社会发生剧烈震荡，对新闻的需求逐步增大，伴随外国人来华创办报刊，中国近代新闻业逐步兴起。但是晚清政府严格管控官方新闻发布渠道，同时施行严格的新闻检查制度，造成新闻传播的延误，难以满足社会对国家政治、军事、外交等相关信息的需求，晚清报刊小说便应时发展起来。

一、"有闻必录"成为晚清社会的基本需求

对实用信息的需求是人类社会生存的基本需求之一。当生产力推动社会高速向前发展时，人类毫无疑问地被卷入历史进程中，发生相互碰撞，自然产生新的信息，同时又渴望知晓新的信息。反之，社会生产力的发展水平低，人类相互之间的关系较为松散，社会的变动相对平缓时，社会对新闻的需求量则相对较少。作为中国最后一个封建王朝，清王朝最高统治者深陷世界第一强国的自我认知中，闭关锁国，无视世界其他国家正在发生的巨变，心安理得地享受着唯我独尊的奢靡生活。统治阶层的自高自大导致晚清政府官员腐败迂腐，军务废弛，军备落后，民不聊生。腐朽的封建社会制度严重制约了中国的社会进步，封建王朝的危机就在眼前。当时堪称资本主义头号强国的英国，在经过长期的试探和准备之后，向幅员辽阔、物产丰盈、有着广大市场和丰富廉价劳动力与原材料的中国，伸出了侵略魔爪。1840 年英国发动了旨在保护罪恶的对华鸦片输出的侵华战争——第一次鸦片战争，中国被卷入了世界资本主义潮流的旋涡。在此后的一系列对外战争，中国均以失败告终，签订了一连串丧权辱国的不平等条约。西方列强掀起了对中国的瓜分狂潮。这一系列战争的实质是西方帝国主义与中国古老的封建主义的较量。清朝社会制度落后，运转不灵，无

① 欧阳见拙. 晚明小说试论 [J]. 明清小说研究，1988：38.

法应对自由资本主义制度下的新兴资本主义国家发挥出的蓬勃的能量。"中国已衰落的封建文明是难以对抗西方的科技文明的"①，"然而战争之后的社会变化，远不止政府陷入外交之困以及国家尊严丧失这一个维度"②。这一系列战争的后果，不但把中国推入半殖民地半封建之路，加速了清朝灭亡的进程，同时还加速了封建机体内的资本主义的生长。鸦片战争后，西方资本主义入侵，中国被纳入世界资本主义市场，受到世界市场的影响。西方资本主义在中国设立工厂，进行殖民掠夺。以英国为首的西方列强在中国开工厂、修铁路、办邮电，产业工人遂应运而生。同时，东西海上交通条件的变化及产业革命在一些主要资本主义国家的完成等，加强了外国资本主义商品对中国自然经济的竞争力，从而加速了中国自然经济解体的进程。由于西方资本主义大量倾销新式商品，靠自然经济而生存的农民大量破产，不断涌入城市，为各产业部门提供了廉价的劳动力；而为西方资产阶级服务的买办资产阶级和由民族工业之兴起而产生的民族资产阶级，一起走上历史舞台，为中国未来的资产阶级革命准备了条件。当然，伴随着西方物质和科技的传入，西方的民主、共和等资产阶级的思想意识形态和文化也被引进中国，引起中国传统文化的震荡。向西方学习以实现自强的思想，已成为先进知识分子的理想追求。中国思想文化界为之剧变，由墨守祖先之成规，转而要求变革；由探求经书之义理，转而要求经世致用……这个时期，外敌入侵，自然经济逐步瓦解，在清政府对外软弱、对内镇压的腐败统治下，民族危机深重，民族矛盾成为中国社会的主要矛盾。与此同时，封建政府内部帝党和后党之间，资产阶级改良派和革命派之间，多种矛盾交织，极大地增加了社会的不稳定因素，引发诸多社会问题，而这种种矛盾又在相互碰撞中不断产生新的信息，人们的相互关系开始变得较以往任何时候都密切了，进而渴望及时获得新的信息。外国殖民者大量涌入中国并进行殖民掠夺，也需要获取中国社会的大量信息以便最大化地攫取殖民利益。伴随自给自足的自然经济形态被打破，中国民族资本家迫切地需要了解、掌握新近发生的事实，以使自己的生产、经营与销售决策有所依据。对于大量涌入城市的雇佣工人也是这样，他们不再有人身依附关系，可以自由地出卖劳动力，很容易转

① 李治廷. 清史 [M]. 上海：上海人民出版社，2002：1549.

② 李英骦. 清末政治体制的改革（1901—1911）[D]. 开封：河南大学，2014：6.

化为流民。这样，他们也必须及时掌握一定的信息，以便在失业后迅速找到工作。

因此，在这一时期，了解和掌握新的信息已成为人们的一种基本的生存必需。一方面，动荡的社会产生了比以往任何时期都多的信息，人们希望对新近发生的事实进行及时、客观的报道；另一方面，在急速的社会变革中，人们的生存危机意识空前增强，迫切需要接收更多的信息，及时了解和掌握国内外发展状况，掌握周围世界的不确定因素。因此，时代需要新闻，时代呼唤新闻。这种现象，在此前的各个历史时期还从未出现过。也正是在伴随外敌入侵，民族危亡的时代背景下，外国人来华办报作为其殖民侵略的一部分，促使中国近代新闻业在西学东渐的世界文化潮流中得以逐步确立。在外人外报彼此之间相互竞争的环境中，近代新闻文体得以确立。晚清时期的新闻业，经过两次国人办报高潮，呈现政府官报、在华外报、国人自办民报三足鼎立的局面。

二、晚清政府严格的新闻封锁与舆论管控

面对外敌的强势入侵，以慈禧太后为首的晚清政府不断妥协，对内却施行铁腕政策，遏制一切威胁其统治的言论和行为。

（一）严格管控官方新闻的发布内容和发布渠道，进行思想钳制

清朝统治者制定了严格的新闻检查制度，严格管控官方报纸的内容。他们为了维护封建专制，实行愚民政策，制定了严格的新闻检查制度，限制官方信息的传播内容和传播范围，钳制舆论，对有不满情绪或评议时政者，实行残酷镇压。新闻检查是各国专制政府控制新闻传播活动，进行思想钳制的重要手段，而这种制度最早诞生在中国。

中国古代的报纸，早在唐朝开元年间就已经出现了官报的雏形"邸报"，到宋代流行开来，直至清朝末年才渐渐消亡。古代封建政府的机关报即邸报承载着中央信息发布的任务，本应该是封建社会民众获取国家信息的重要传播媒介，但是其自诞生之日起，大众传播媒介这一性质就被扼杀在萌芽状态了。这是因为在唐代中期，为了方便统治，中央政府开始施行藩镇制度。而为了和朝廷联系，藩镇一般都自行选择官吏，常驻京城，并设立专门机构进奏院，配有专门的进奏院官。这种机构公开的职责是接待、安排来自藩镇向皇帝汇报边情的官员，代藩镇向朝廷转呈文书，并且通过正式和非正式的途径，从朝廷和设

在京师的政府机构以及一些有特殊关系的京官那里，探听朝廷的政事动态，以便及时向藩镇汇报。进奏院官吏只对节度使负责，不对中央政府负责，每隔一段时间，进奏院官吏就要从朝廷公开发布的"报状"上摘抄与本地区有关的内容，加上他们在京师探听到的一些内部消息写成报告，寄或带给节度使。唐朝的节度使制度既对唐朝边关的稳定起到了重要作用，同时也造成了地方权力的恶性膨胀，这最终导致了所谓的"安史之乱"。因此，赵宋王朝立朝后的第一件事就是削弱节度使的权力，把节度使设置的进奏院收回。981年，宋太宗下诏成立都进奏院，属门下省，主管都进奏院事务的长官被称为"监进奏院"，一般由京朝官或三班使臣担任。中央会直接任命150名进奏官办公，分管各州奏报。改革后，按照朝廷的筛选和分工，一个进奏官往往分掌几个州镇的进奏事务，从而形成了具有区别于唐朝一个州镇一个进奏院的宋朝进奏院管理体制。进奏院由唐代的地方官员的派出机关变成了直属朝廷的行政机构，继续分管各州奏报，并负责把皇帝的圣旨政命传送到各个地方。因此，到了宋代，进奏院状就成了中央朝廷的机关报，不再是原来的藩镇情报了。为了加强对邸报内容的管理，北宋王朝对官报的编排逐步建立起了一整套越来越严密的新闻检查制度。要求负责邸报编发的官员每天只能在进奏院办公地点内进行办公，所有公文一律不准带回住处。在新闻报道发布前，进奏院把各地上呈的奏章及皇帝对奏章的批复等内容，整理成"进奏院报状"的初稿，每五天编成一期，上报到枢密院；由枢密院审定甚至修删后，再退回到都进奏院，由各进奏院的官员抄写发报。也就是说邸报必须先经过有关当局审阅，形成一个不可以更改的类似模板的定本之后，才可以层层抄传，以预防危险的或反政府的信息内容在国内传播。为了防止进奏官从其他途径获得不应发布的新闻在进奏院状报上公布，"进奏院状报"在发出后仍然由枢密院派出的监官逐月抽摘点检，也就是实行事后检查制度。为了防止进奏官伪装私人信件通过驿站向各地传递朝廷不准发报的内容，宋代还施行"进奏官五人联保法"，一人触犯相关规定，与其有关联的其他四人也要受到惩罚，进奏官之间彼此监视，彼此制约。

　　清代统治者在取得全国政权以后，为了更好地统治庞大的帝国，广布国威，尽快消除种族隔阂，实现官民间、民族间的包容与认可，开始重视官方新闻的生产和发布工作，大量刊刻邸报。清中叶以后，尽管帝国主义的军舰大炮，打破了清朝皇帝夜郎自大的美梦，但为了维系清王朝的统治，朝廷仍然十分重视邸报的传播活动。即使到了像慈禧太后出逃西安那样"居无定所"的境况，清朝廷还在继续编印"行在邸抄"① 以通信息。在官报的抄传发行工作中，清代吸取以往各封建朝代官方新闻传播工作的教训，采用明松暗紧的策略，将新闻审查提前到官方新闻传播流程的最初环节，层层把关。为了做好邸报内容的选择和发布工作，清朝中央政府派遣亲信官员主管通政史司、六科这两个发报机关，晚清邸报的定本在六科形成。最重要的谕旨和臣僚奏章，哪个应该发行，哪个不可以发行，最后都由封建最高统治者皇帝描红确准。经皇帝御批的定本邸报经由提塘传抄四方。朝廷对提塘的传报活动加以约束和限制，禁止他们传报未经批发的章奏，禁止擅自探听和写录科抄以外的时事政治材料，禁止编造不实的报道，雍正时还禁止"胥役市贩"阅读邸报。② 其目的在于加强对官报发行工作的控制，堵塞泄露朝廷机密的渠道，避免不利于统治者的信息得到传播，实行对官方新闻信息的严密控制。

可见，直到晚清，最高统治者牢牢把握着封建官报信息的管控权。在严格的信息管控制度之下，邸报仅仅刊载经过御批的能够维护封建政府正常运转的内容和皇帝的诏书、命令和起居言行等，邸报没有专门的新闻采写人员，没有属于自己的报刊言论。而且不定期出版，时效性非常差，什么时候得到官方批示，才能进行层层抄传。而限于内容和传播渠道，呈递上来的大量章奏能够以邸报方式抄传出去的，只是其中较少的一部分，"估计不到全部章奏的三分之一"③。这样，封建政府的邸报传播就扮演了政府官方代言人的角色，国家重大政治军事信息被官方严格控制，一方面这使皇权得到维护，另一方面也使人们的言论受到限制。所以，中国封建统治阶级的强大势力使得中国的新闻传播活动自诞生起就沦为统治阶级的宣传工具，失去了及时传播、上下沟通这一新闻的基本要义，信息内容受到明确而严格的限制，只能对封建统治者效忠。

（二）出台各种报律，强力管控非官方新闻的传播

早在以报纸为主要载体的新闻传播活动出现以前，中国就开始了言禁，史籍记载了中国封建统治者对思想自由、言论自由的禁绝和控制。凡不利于封建

---

① 倪延年. 中国古代报刊发展史［M］. 南京：东南大学出版社，2001：262.

② 史媛媛. 清代前中期新闻传播史［M］. 福州：福建人民出版社，2008：86.

③ 方汉奇. 中国新闻传播史［M］. 北京：中国人民大学出版社，2012：25.

统治者的信息传播活动，都要受到严格限制。新闻的主要传播载体——报纸，自唐产生以来，就被视为一种政治通讯工具，被视为政府的一项垄断权力，各封建王朝都严禁邸报以外的任何报纸出版。清入主中原后，为加强政治集权，巩固封建专制统治，继续采用文化高压政策，实行"言禁""报禁"等，非官方新闻传播活动被严控。百日维新前，由于民间报刊发行量有限，影响不大，再加上对于外国势力的畏惧，晚清政府对于民间新闻传播活动的控制和其前代一样，无专门条款法令，处理有关民间非法新闻传播活动的案件都援用《大清律例》中的刑律盗贼类的"造妖书妖言"条，凡是涉及民间私自进行有关朝廷政事信息传播的，皆会被处以极刑。1900年后，列强对中国的瓜分达到顶峰，民族危机日益加深，清政府无奈实施"新政"，极其严厉的新闻管制被迫出现些许松动，私人办报被准许，"新政"后报刊数量激增，形成了第二次国人办报高潮，中国报界出现外报、民报、官报三足鼎立的局面。清朝统治者既深知报刊的作用和对其加以限制的必要，但又无法再用旧的手段去控制，所以在标榜实行"新政"，玩弄立宪骗局时，为了维护其腐朽统治，采用新的法制手段来进行控制。1908年颁布的《大清报律》进一步加强了对新闻舆论的规范与控制，强化了封建专制统治。

（三）以权代法，扼杀一切民间办报行为

由于受到种种限制，封建官报只在封建政府官员内部免费刊行，平民百姓很难接触到它。其实，历代封建政府都施行严格的官方信息管控，严禁民间报刊的出版以及官方信息在民间的自由流通。宋王朝历经320年，无一天安宁。在外，有金、辽威胁，年年战争，民族矛盾十分尖锐，直到南迁，在历次战役中，宋王朝几乎没有一次不是以丧师失地而结束的；在内，存在"冗兵""冗官""冗费"，政府开支巨大，大地主、大商人乘机兼并，大发横财，农民负担过重，阶级矛盾非常严重，不断爆发农民起义。另外，在统治阶级内部，长期存在革新派与保守派之间的新旧党争。各种政治势力的活跃，都需要一定的舆论配合；社会民众为求生计都需要了解形势的发展变化、各级官吏也都需要及时了解朝廷政事动态，以便采取相应的措施，维护其既得利益。社会需要大量信息，但封建王朝对官报舆论严格控制，于是民间小报在北宋后期得以产生，到了南宋时期得以大力发展。小报没有朝廷官报那样的审查制度，比起朝廷官报来，内容要广泛得多，对进奏院定本没有涉及的朝中事情，朝野之上官员奏报皇上但是没有被批准的事情，小报都有刊载。小报所着重传播的，主要是当时的一些突发事件，或者涉及朝廷秘而不宣的危机报道。民间自由编排，自由印发，小报在社会大变动的时期，传播人们所需要的各种信息，受到民众欢迎，它在市场售卖，以追求利润为目的，具有商品性质。由于小报有一支专业和业余的编排、采写队伍，可读性强，传播速度快，尤其是其所载虚实文章对朝廷产生了重要影响，因此也引起了当朝统治者的恐慌，并被皇帝严加禁止。民间报刊只要刚刚一露头，就会被扼杀在萌芽状态。由于明朝强化中央集权，集权统治到了一个极点，皇帝的爪牙遍布全国，人们的言行都受到了严密监视，随时都有因言论而招来杀身之祸的可能。因此，明朝时期这种民间报纸几乎绝迹。到了清朝更不用说，清朝文字狱是历代最为严酷的。18世纪初提塘报房的何遇恩、邵南山被判处斩刑，进一步说明清朝统治者对民间报纸的强烈抵触态度。清朝时期中国封建社会的集权统治达到了一种模式化的状态，仿佛生命结束前的垂死挣扎一样，他们更加控制社会舆论，严禁小报传播，因此宋代的非法民报小报在明、清中叶以前时隐时现，总是在刚一露头时就遭到朝廷的查禁。

晚清政府虽然在无奈之中制定了新闻法律法规，但这些法规不仅在保护报刊言论自由上毫无意义，而且在限制和镇压新闻出版自由时，官吏们常常将其抛在一边或随意解释，一切以当权者的意愿为依据。伴随外国人来华创办报刊的脚步，一部分爱国志士敢为天下先，纷纷以上海、广州等我国东南沿海城市为基地，创办属于国人的民报。1874年第一批留美学生中的容闳在上海创办《汇报》，为了维护民族利益，该报曾多次与《申报》和《字林西报》展开笔战。因评论政事，该报总是受到朝廷当局查封的威胁，于是就请英国人葛理担任主管，办了几个月以后，大家还是提心吊胆，就干脆请葛理当老板，以他的名义出版，改成《彙报》，音不变字变，后来又改成了《益报》，"挂洋旗"，这种情况后来成为我国近现代新闻史上的一个重要现象。全国在上海的"各省商帮"联合办的报纸《新报》因为受到当地官府压迫，找到了上海道台冯焌光，走上了"官商合办"的道路。1886年在广州出版的《广报》很注意报刊言论的得体谨慎，但是最后还是因为在一份报道中揭露了当地官员被参的消息，得罪了当时的广州都督李小泉而被查封，这开了中国近代历史上报纸被查封的先例。19世纪后期，伴随维新运动的脚步，维新派在国内创办了自己的报刊

《中外纪闻》和《强学报》，但它们只出版了不到半年的时间，因为慈禧太后给光绪施加压力，说它们蛊惑人心，图谋不轨，于是两份报刊被查封了。受到同样影响的还有资产阶级革命派创办的民报。中国近代资产阶级政治活动家于右任，在 1907 年至 1912 年民国成立之前的五年当中，先后创办了《神州日报》《民呼日报》《民吁日报》《民立报》，并且为在东京出版的《秦陇》《夏声》等革命刊物写稿，在"有闻必录"的口号下，详细报道各地武装起义的情况，给革命运动以舆论上的支持。1909 年 5 月 15 日，他创办了《民呼日报》，"为民请命"，将其办成"炎黄子孙的人权宣言书"。在宣传同盟会的纲领和介绍西方社会政治学说外，还以大量篇幅揭露贪官污吏的罪行，大造清朝气数已尽的舆论。《民呼日报》的宣传遭到清政府的仇恨，陕甘代理总督毛庆藩诬指于右任吞没救灾公款，向上海公共租界提出控告。《民呼日报》被迫停刊，前后仅出版 92 天。两个月以后，1909 年 10 月 3 日，于右任在租界又创办了《民吁日报》，1909 年 11 月 19 日被查封，只存在 48 天。还有资产阶级革命派创办的《大江报》，因为刊发政论怒斥清政府的假立宪，认为中国已经处于极其危难的时刻，如果不革命，必然招致亡国的革命宣传而使清朝统治者恨之入骨。1911 年 8 月 1 日，巡警包围了《大江报》报社，逮捕了詹大悲，何海鸣当时不在报社，于次日闻讯自行投案。詹大悲在法庭上表现得光明磊落，最后，詹、何被判监禁 18 个月，《大江报》被查封，其出版时间刚刚超过半年。就是这样，主管官员们只须抓住报纸文字中的只言片语，就可以无限上纲，既不必凭借任何法律根据，又不经任何法律程序，这使已经颁布的报律形同虚设。由于法的解释权、执行权均在于主管官员，他们在罗织罪名时，往往带有浓厚的封建文字狱色彩。在清政府大棒政策下，民间有组织有规模的新闻传播活动受到打击和限制。晚清当局不顾一切地打压和迫害，导致新闻传播活动无法跟上时代的步伐，无法满足社会对新闻信息的需求。

综上，晚清时期，外敌入侵，内部改革，从 19 世纪末的维新变法到 20 世纪之初清末新政的启动，无论从内容还是从数量来说，都产生了和历朝不同的大量信息。伴随社会改革越来越深入，以邸报为主体，依靠少数政府官员建立的传统的新闻传播媒介，对于洋务、军务、外交等信息不予公开或公开太少，造成邸报既不能满足士大夫了解政情的需要，又不能满足民众对于新闻的需求的局面。在全面管控封建官报的同时，晚清政府做垂死挣扎，出台各种文件法规，严控民间舆论。但封建官员无视法律，以权代法，凡民间报刊触及一点儿干扰封建统治的言论，就会被扼杀。"在 1898 年至 1911 年的 13 年内，至少有 53 家报纸遭到摧残，占当时报刊总数的 1/3，被查封的 30 家，被勒令暂时停刊的 14 家，……办报人遭到迫害的不下 20 人，被杀的 2 人，被捕入狱的 15 人。"①

三、晚清报业的勃兴与新闻缺乏的二元对立

伴随外敌入侵，封建政府的政治威慑力减弱，社会转型、城市建设、工业发展、商业往来频繁等带来了逐渐趋于完备的新的社会体系，为新闻传播业大踏步发展奠定了基础。19 世纪 90 年代中期和 20 世纪初，随着资产阶级维新派和资产阶级革命派轰轰烈烈的政治运动的开展，以及外报的刺激，国人自办民间报刊出现了两次高潮。民族报刊打破了外报的垄断壁垒，成为中国舆论的中心。晚清时期的新闻业，呈现政府官报、在华外报、国人自办民报三足鼎立的新闻传播繁荣局面。然而，社会却依旧因新闻的缺乏而怨声载道，无论是作为外人外报的《申报》，还是国人自办的《湘报》均发文反映社会舆论，认为凡是涉及国家重大政事的信息，国人却不能在自办报刊中及时知晓，这在当代社会是令人难以理解的。

（一）外人外报以盈利为目的，鲜于触及重要的时政信息

晚清政府对封建官报和舆论的严格管控，使得邸报无法及时、有效地面向社会传播社会重大政治军事信息。尽管庚子事变后，碍于国内各方面的舆论压力，慈禧太后最终吐口允许创办新式官报，但是其内容也多为邸报的翻版，无论内容还是时效性，都无法与西方近代的信息报相比，只为封建统治集体服务。

在 19 世纪末之前，对中国社会影响比较大的，是外人外报。从 1815 年第一份外报《察世俗每月统计传》创刊到 19 世纪末，"在近一个世纪的时间里，外报始终在我国的新闻出版界占统治地位"②，对我国社会的发展产生了多方

---

① 方汉奇. 中国近代报刊史 [M]. 山西教育出版社，1991：11.

② 陈昌凤. 中国新闻传播史：传媒社会学的视角 [M]. 北京：清华大学出版社，2009：76.

面复杂的影响。从政治的角度看，在华外报是西方殖民主义者侵华活动的产物，是他们侵略中国的舆论工具，是为外国侵华政策服务的。鸦片战争前，为叩开中国国门，揭开神秘的泱泱大国的面纱，一批外国传教士作为先遣队，来到沿海地区，创办了一批传教士报刊，他们以宣传教义为名，逐渐摸清了中国的现实情况，只是中国人能够读懂的寥寥无几，因而影响不大。两次鸦片战争后，中国的国门大开，原来不准外国人在中国办报，现在也被迫把办报的特权给了外国人，外国人在中国取得办报的特权后，各种各样的在华外报从沿海到内地都发展了起来，形成了一个在华外报网。影响最大的就是外商中文商业性报刊的出现和发展。

　　然而西方侵略者的根本目的是打开中国的大门，奴化中国的人心，占领中国的市场，掠夺中国的财富。鸦片战争之后，帝国主义者可以凭借不平等条约获得经商、传教、办报的特权，客观上也不再需要借助宗教杂志来"开化"中国民众。与此同时，随着大量西方商品向中国涌入，外商迫切需要中文报刊来宣传其商品，以便在中国人之中打开销路。在这种社会背景下，《上海新报》《字林沪报》等商业性报刊迅速发展起来，并且很快超过了外文报刊的规模和影响力。这些商业性报刊将各种商业信息的传播放在首位，每期都有广告、行情表、船期表等，真正反映新近发生时事的新闻报道量却很少。

　　19世纪70年代，为了追求利益的最大化，这些商业性报刊之间展开了激烈的社会竞争。仅这一点就把《申报》和它以前所有的报纸区别开来：宗教报刊重在宣传，不在营利，常免费赠阅；以往商业报纸旨在利用报纸宣传为主人所从事的商业贸易盈利，主要不靠报纸本身赚钱。为了达到盈利的目的，《申报》进行了一系列的改革，并以此拉开了同《上海新报》竞争的帷幕。《申报》用大登广告、行情表、船期单来提升订户量，获取利润。《上海新报》不注重时事评论，创刊初期虽曾发表过王韬撰写的少数政论，但未见其他重要言论。但是《申报》开商业报纸重视政论的先河，不但每期必有言论，而且将其置于首页，引人注目。创刊第一个月就发表论说72篇，如关于日英商人擅自建筑淞沪铁路一事，《申报》从1876年到1884年8月间先后就此问题发表了不少论说：《议建铁路引》《论铁路事》《论铁路有益于中国说》《论铁路火车事》《又论铁路火车》《再论铁路火车》《铁路不可不亟开说》等等。《申报》用增加内容、扩大报道面来吸引读者，打开销路，虽然它早期的言论与现代意义上的新闻评论尚有距离，只是一般性的论说文。评论的题材，从大方面看，与当时的时事政治、世道人心多少有点相关，但与当天报载的新闻并无联系，新闻性不是很强。当时针对晚清政府封杀官方消息的行为，《申报》大发政论，提出"有闻必录"，《申报》以新闻报道、售卖信息为第一要务，不断扩大报道面，增加新闻量。为了进一步增加新闻量，设立分销处，聘用访员，这些举措深得社会民心。《申报》侧重于对社会新闻的报道，报纸贴近社会生活，关注社会热点，反映普通人的疾苦，如对"杨乃武与小白菜"（1874.4—1877.4）一案和"杨月楼事件"的跟踪报道，就曾轰动一时。《申报》所设论说，受到社会各方面条件的制约，"《申报》创刊初期，每期只有几条新闻，10 年后增加到一二十条，90 年代增加到四五十条"①。《新闻报》的情况也类似。尤其涉及本国利益时，这些外人报刊维护本国立场的态度非常鲜明。20 世纪初，美国华工事件爆发，上海工商界联合起来抵制美货时，国人自办报刊《时报》采用系列报道和跟踪报道，全面反映这场国人维护自我权力的反帝运动，但是由美国商人福开森创办的《新闻报》却对这一重大事件视而不见。对于外人来华办报的基本情况，时人天笑曾经评价道："到外国资本所经营的《申报》《新闻报》他们对于辛亥革命，有如隔岸观火。他们还怀疑辛亥革命的未能成功。他们所揭示的目标是商业性质。他们如上海各洋行一般，呼华经理曰买办。所以革命之成功与否，和它们实无多大的关系了，但求销数不减，广告日增，于愿便足了。"②

可见，外人外报虽在晚清时期的报刊中也占有一席之地，但是其商业掠夺的性质，决定其必定要规避晚清政府的舆论管制，实现商业利益最大化。所以其无法及时有效地面向社会传递有关国计民生的重大信息，无法给晚清民众描绘真实的社会图景。

（二）国人自办报刊以"立言"为目的，信息承载量有限

甲午战争后，一方面，主张变法维新的资产阶级改良派正式登上了中国的政治舞台，维新变法迅速发展成一股汹涌的社会思潮，维新运动席卷神州大地。另一方面，清政府意识到洋务运动那样仅学西方技术行不通，唯有变法自

① 方汉奇. 中国近代报刊史 [M]. 山西教育出版社，1991：23.

② 天笑. 辛亥革命前后的上海新闻界 [M]. 中国近代报刊发展概括，1983：155.

强，为国家安危之命脉。于是，在晚清政府激进派的鼓励支持下，一部分报刊被创办起来。这些国人自办的报刊不仅在上海、香港、广州等外报基地发展，还深入江苏、北京、四川、安徽、湖南、广西等省，而外报则绝大部分是在上海、天津、广州、香港等沿海城市，一时之间"报馆之盛为四千年来未有之事"①。第一次国人办报高潮的出现，使报纸的大众化程度得以提高，报人的社会地位也得以改善，资产阶级维新派以报纸和学会为核心形成了公共交往和公众舆论的基本空间（以1896年《时务报》出版为标志）。1898年9月，慈禧太后发动戊戌政变后，光绪皇帝被囚禁，"六君子"被诛杀，清朝裁撤《时务官报》，下令全国报馆一律停办，并捉拿各报主笔，报坛变得血雨腥风，维新运动中新办的报纸除了澳门的《知新报》以外，大部分被封或被迫停刊，只剩下少数托庇于租界和改挂洋商招牌的报纸。中国近代史上第一次办报高潮随着变法运动的失败而受重挫，新闻传媒业的近代化与国家的近代化进程同步受阻。

晚清最后十年的"新政"时期，在较为松动的政治氛围下，近代新闻传播业蓬勃发展，国人办报进入第二次高潮。这次办报热潮较之前一次，数量更多，地区更广，势头更猛，报纸的政治取向和类型也更多元，革命派、改良派、清政府的官方报纸，成为这个时期报刊的主要组成部分，其中以革命派报纸为主流，立宪派报纸从数量上来说也有不小的规模。

虽然经历了两次国人自办报刊的高潮，国人自办报刊也成为国内舆论的主流。但是，从上面的叙述中可以看出，国人所办报刊的主流为政论报刊，而不是像西方国家那样，以消息报为主流。国人从一开始走的就是"立言"之路。资产阶级报人王韬创办《循环日报》，一方面传播西学新知，沟通内外信息，打破国人的闭塞状态；另一方面通过自己的办报实践，首创了一种报刊政论文体来爱国立言。王韬每天在报上发表一篇政论文章，仅1874年至1884年的十年间，就发表此类文章900篇以上。以后王韬精选其中180余篇，编成《韬园文录外编》，这是中国新闻史上第一本报刊政论文集。王韬的报刊政论文章仿佛纽带，使得报纸这一媒介产品与政治建立起了密切的联系。王韬把办报的宗旨从营利赚钱拓展到开启民智，把报纸的功能从单纯提供新闻消息拓展到议事

---

① 方汉奇. 中国新闻事业编年史 [M]. 福州：福建人民出版社，2000：135.

论政，这意味着中国近代报业社会价值的提升。《循环日报》的成功也说明国人办报一开始，并没有沿着外国人在中国办报的主流发展起来，而是沿着政论的主流发展起来。中国人成功创办的第一张中文报不是"消息报"，不是以赚钱营利为目的的报纸，而是政论报纸，是宣传政治主张的报纸。后来，资产阶级维新派和资产阶级革命派均在宣传政治主张、走文章报国道路的时候，发现用报纸宣传要比著书立说快得多，而且更有时效性。所以中国国人办报一开始，就走的是政论而不是商业报纸的道路。这些政论报刊主要以宣传政治团体的政治思想为目标，所涉及的时政信息有限，而且其时效性不强，重在发论。正因为如此，早在创办《时务报》之初，两位筹办人梁启超和汪康年还因为究竟是把报纸办成政论报还是信息报的问题闹过矛盾，也为梁启超后来的出走埋下了伏笔。

综上，报纸的出现，说到底是为了满足承载信息传播的需要。由于受到封建统治者严密的控制，封建官报无法从根本上改变官方信息传播的封闭状况。外人来华所办报刊虽高喊"有闻必录"的口号，但实际偏重社会信息和商业信息的传播；在两次国人办报高潮中占据主流的国人自办政论报刊重在政治宣传，国人自办商业性报刊刚刚起步，新闻采编能力和条件受到限制，使得报刊新闻文体数量少，形式单一，无法承载社会需要的大量信息。因此出现晚清报业的繁荣与新闻信息缺乏的矛盾，一方面外敌入侵，社会需要大量信息来消除自己的不确定性，另一方面晚清政府的高压舆论管控和新闻业政论报刊的勃兴促使晚清新闻业无法及时提供关乎国家生计的重大信息。社会迫切需要一种文体承担重任，于是，与报刊政论共版面的晚清新小说登场，勇敢地扛起传播社会信息，补白新闻的大旗，并逐渐发展繁荣起来。

四、晚清小说搭载报刊快车补新闻之缺

晚清时期，这些报刊新小说从产生之日起，就搭载报刊传媒，以传统的形式，通俗的语言，崭新的时事内容，补新闻之缺，及时有效地解决了大众传媒初步形成阶段新闻缺乏的矛盾，呈现出新闻化的特征。这主要表现在下列几方面：

首先，晚清报刊小说满足了社会希望获得信息，并且详尽获得新闻的要求。中国近代新闻业初兴，近代官报大多是由谕旨、奏折汇编而成的，没有专

为报道某人某事而撰写的新闻稿；民办报刊报人尚未职业化，不熟悉西方舶来品——新闻。因此，报刊所刊载的新闻的内容很简略，无法让人知道事件的来龙去脉。由于新闻信息的缺乏，小说常常充斥报刊版面，与新闻混编。从《劫余灰》《地方自治》到《立宪万岁》，从《邻女语》《苦社会》到《六月霜》，这些小说中既有社会中存在的大小官僚，又有医、卜、星相等三教九流；奴隶、女权、西患、大帽子的八行书等晚清特有的词语称谓屡见不鲜。而且这些小说内容涉及范围广，从山东到山西，从西藏到杭州。《孽海花》中200多个人物都以实有的历史人物为原型，或用化名，或用真名。它描写当时京城内外一大批知识分子、官僚、名士的聚会场景，通过他们的眼、嘴传达出大量的新闻，所涉及的新闻人物有慈禧、光绪、李鸿章、冯子材、刘永福、洪均、孙中山、谭嗣同、龚自珍、赛金花等，涉及的新闻事件包括中法战争、中日战争、中俄战争、孙中山领导的资产阶级革命等等，自始至终贯穿了反帝爱国的精神。

其次，满足某些读者较为及时地获得新闻的要求。很多小说直接取材于同一时段社会发生的时事，甚至直接取材于新闻，从成书到出版在2—3个月内就完成了。《上海游骖录》在湖南资产阶级革命党人发动武装起义后的两个月就问世了，而且内容比新闻还详尽，更加有趣味性。小说《劫余灰》在美国兵部大臣达乎特从菲律宾抵沪后不到半年的时间就问世了，通过陈述婉贞因丈夫被诱骗卖作猪仔的悲惨遭遇而激发国人团结起来反抗美国虐待华工的罪恶。这些小说的出版，几乎可以说是在"抢新闻"。这种写小说、出小说的速度，不仅在中国古典小说史上绝无仅有，而且，即使与当代书籍的出版周期相比，也算是极快的了。这是由小说的特殊内容和载体决定的，因为出版时间越推迟，小说反映的新闻价值也就越小。如果新闻变成路人皆知的旧闻，小说就很有可能变成一堆废纸，书贾当然不希望这样。于是，这些小说所报道的新闻，不仅对大多数老百姓来说，在时间上是新的，而且，即使对于一些地方官吏来说也算得上及时。连载小说的最大特点就是随写随刊，因此，它们提供的新闻，在时间上确实也是很新的。

最后，满足了文化层次较低的受众的需要。市民是当时最需获得新闻的阶层之一。近代官报由谕旨、奏折汇编而成，用的是正统文言文，文字古奥。近代民办报刊虽半文半白，但是对于识字率较低的普通民众来说，阅读起来依旧较为吃力。小说主要是通过章回说部这一载体来传播其内容的，虽也杂有许多浅近文言，但毕竟掺入了大量的白话。章回说部的传播从整体上来说不定向，但大体上又是定向的。它以市民阶层为主要读者群。阅读通俗小说，既能了解新闻，又能欣赏艺术，为市民阶层所乐于接受。

总之，晚清时期，伴随外敌入侵，社会转型，商品经济的发展，晚清社会呈现出工业化、城市化、商业化的发展趋势，社会对信息的需求量增加；同时，驿传之发达，传播工具的改进，以及市民文化水平的提高等，为信息传播提供了良好的条件，也进一步推动了中国近代新闻传播业繁荣发展。但是，一方面，中国近代新闻传播业刚刚起步；另一方面，其发展一直受制于晚清政府的新闻控制思想的严密钳制，报道内容以政论为主；报纸带有明显倾向性和偏见。报纸传媒还是难以满足社会对信息的需求。作为报刊中的主要文体的小说，担负起"补新闻之缺"的重任，满足某些人较为详尽地获得新闻的要求，满足某些读者及时获得新闻的要求，满足了文化层次较低的受众群的需要，解决了中国近代大众传媒起步阶段新闻信息难以满足社会需求的情况，呈现新闻化的趋向。

第二节　重要原因：报刊小说家的新闻素养与借报立言

在人类社会的历史进程中，信息交换和新闻需要与人类自身的生存发展相伴而生。新闻传播活动是人类社会生活的重要组成部分。晚清报刊小说作者梁启超、李伯元、吴趼人、刘鹗、曾朴、黄小配、陆士谔、陈景韩等人因《官场现形记》《二十年目睹之怪现状》《痛史》《九命奇冤》《老残游记》《孽海花》《大马扁》等小说而青史留名。他们既是社会上赫赫有名的文人，同时也从事新闻采编活动，给人办报打工，又自办报纸当老板，是思想、业务、管理素质均高超的全能报业巨人。在晚清风起云涌、复杂多变的社会环境中，他们所经营、主编的几份报刊，在当时的新闻出版业中有着鲜明的特色。由于长时间在新闻界摸爬滚打，他们熟悉新闻业的运作规律，常常根据社会变化和民众需求来进行报刊经营和管理，他们所创办的报刊有明确的办报宗旨和市场定位，而且还通过适当的方法和途径，如重大政治军事事件的跟踪报道，或者举办夺花魁大赛等来提高报刊的销量和影响力，展现出他们作为新闻从业者、经营者的良好素质。虽然他们小说家的身份盖过了其报人的身份，但实际上他们的新闻活动先于文学活动展开，并且他们将人生最宝贵的年华奉献给了中国的近代报业，他们的文学之路和他们的报业活动经历有着千丝万缕的联系，二者相辅相成，互为影响。

一、晚清报刊小说家大多有丰富的新闻从业经历

晚清报刊小说作者，无论是四大报刊小说名家，还是普通小说作者，大多都有过新闻从业经历。清末著名小说家李伯元被称为"小报界之鼻祖"①，曾经于1896年参与编辑《指南报》，开始了自己的报业生涯。1897年6月24日，他在上海创办了《游戏报》。之后近十年的时间，他又参与到《世界繁华报》《绣像小说》的编辑工作之中。小说家刘鹗1887年到上海闯天下，"设石昌书局，是为我国市廛间有石印之始。因亲属盗售人印书，致讼累，讼解，书局亦败"②。首先他是一位企业家，然后他是一名小说家，其实力雄厚，和友人罗振玉一起创办了《教育世界》，同时他热衷报业，特意为《天津日日新闻》报馆购置新的办报机器，他总是和报界有着千丝万缕的联系。曾朴的新闻职业活动，大约从1904年开始，他和朋友、家人一起创办了《女子世界》《真善美》杂志等，关注女性命运。为了方便出版印刷，用大量的图书滋养民众的心灵，曾朴尝试开办小说林社，大量刊印出版小说，并且自己积极参与到翻译小说的热潮中。集报人、小说家、革命宣传家于一身的黄小配，1898年担任由福建商人邱炜萲在新加坡创办《天南星报》的记者，开始了自己的笔墨生涯。作为资产阶级革命派小说的代表性作家，黄小配以港、穗地区的报刊为阵地，为民主革命思想喊与呼。1903年初，经尤列介绍，黄小配回到香港，先后担任陈少白等主办的《中国日报》的记者、编辑、主笔。黄小配在《中国日报》工作约一年，转而协助郑贯公编辑《世界公益报》《广东日报》。1906年5月黄小配创办《香港少年报》，报纸取名"少年"，含有企盼中国朝气蓬勃之意。1907年，他和黄伯耀合办了小说旬刊《中外小说林》，今知至少出版了28期。1907年年底，黄伯耀主编《社会公报》，黄小配担任主笔，在这张报纸上初步介绍了流行于欧洲的社会主义思想。1909年，卢博浪等在广州创办《南越报》，黄小配

---

① 阿英. 晚清文艺报刊述略［M］. 上海：古典文学出版社，1958：68-72.
② 刘德隆. 刘鹗及《老残游记》资料［M］. 成都：四川人民出版社，1985：404-405.

担任特约撰述。与吴趼人、李伯元等人并称的陆士谔（1878—1944）于1905年到上海谋生，参与了施济群办的《金刚钻报》《侦探世界》的编辑工作，并有大量医著问世。

二、报刊小说家积淀了良好的新闻素养

职业素养是人在长期的固定的社会活动中积淀下来的与职业身份相吻合的品质素养。黄小配、李伯元等人在长期的新闻业的摸爬滚打中不但成功创办了报纸杂志，撰写了具有一定社会影响力的小说，而且这种职业经历还内化为他们的一种职业素养，潜移默化着其小说创作。新闻职业素养包含着新闻传播主体的职业追求、行为目标和操作理念，具体表现为新闻工作者以客观、真实、求实的态度报道事实，以揭露社会贪污腐败黑恶现象为己任，无畏强权，捍卫真理，克服重重困难追踪事实的真相，深挖隐藏在事物表象背后的原因。

（一）密切关注社会时事，突出报刊与社会的联系

从维新运动到辛亥革命，在中国新闻史上被称为报刊政论时代。报刊政论时代所形成的政论传统一直强烈影响着中国新闻传播事业的发展。表现为报刊政论文占据大量报纸版面，用于抨击时弊，宣传政治派别的观点，而报刊新闻量较小，与时事联系较少。但是，自甲午中日战争以来，尤其是1901年庚子国变前后，国人的麻木和愚昧极大地震撼了李伯元、吴趼人等人，长期的报刊编辑工作使他们比其他知识分子更具有新闻敏感性，了解的社会真相也更多，他们创办、编辑的民营报纸逐渐将忧国忧民警世救国的人生理想与残酷社会现实相结合，报刊各个栏目突出时事性，描画社会黑暗、民族危亡的地图，刺激、警醒还在沉睡中的国人。无论是王韬、梁启超、于右任，还是李伯元、吴趼人、陆士谔，他们所创办的报刊从版面设计到文章内容，都立足国内，与社会现实关系密切。李伯元创办《世界繁华报》，不但关注国内外的重大时事，还注重版面的安排，为求醒目，将国内时事分为"最新电报""紧要新闻""翻译新闻"三个部分，各自归类，使读者阅读起来非常方便。不但能够及时阅读重大事件，了解事情始末，还节省了阅读时间。为求通俗易懂地把枯燥无味的重大政治军事事件及时地传播给民众，李伯元尝试把能够引发社会轰动的社会事件和民生事件融入国人喜闻乐见的戏曲唱词中，新辟"新编时事新戏"栏目，以通俗的形式演绎给民众，做好受众服务与引导。即使编辑文学期刊，他

们也非常注重正确的社会舆论导向，这在当时是非常难能可贵的。《采风报》中无论是《论中国无维新党》还是《滑头供状》，经常刊载与国内重大时政信息相关的报刊政论，并且立足本地，刊载《论妓院与商务相维系》等对区域内民风民俗进行评述的文章。黄小配、陆士谔等编辑的政党报刊也十分注意紧密联系时事，批评时政。对于我国早期的报刊编辑来说，他们在文艺报刊上只注重刊载与时局联系不紧密的文艺作品，偏重其文艺性，弱化新闻性。但是李伯元、吴趼人、黄小配等人不但强调文艺报刊的文艺性，同时也突出其社会性。在他们看来，国难当头，报纸杂志必须与社会生活，与民族危亡紧密联系在一起。《绣像小说》中的图像，大多为时事配图，成为反映社会现实的副文本，不但生动有趣，而且有效配合了时文内容。密切关注社会动态，以敏锐的嗅觉发掘新闻点，晚清报人也把这种新闻意识不自觉地运用到小说创作中，小说直接取材于新闻，用故事生动再现重大政治事件、军事战争场面，使民众在通俗易懂的文字中了解时政信息，建立民族危机意识。

（二）坚持报刊"有闻必录"，探求事实真相

事物呈现在人们面前的信息在很多情况下是零散的、不充分的，人们需要通过新闻报道所呈现的事实来理解其与其他信息之间的关系以及背后蕴藏的意义，才能获得对环境真实准确的认知，进而调整自身行为。"有闻必录是 19 世纪 80 年代以后中国新闻界畅行的办报宗旨。"① 在这一报道宗旨下，新闻媒体对各方面的报道全样照登，不以利害关系和其他主观因素决定取舍。

戊戌变法之后，政权当局开始强势干预新闻界各项职业活动，从业者日益感受到政治势力的压迫。面对此景，新闻界极力呼喊"有闻必录"，意在争取"有闻"就可以必录的自主性运作空间。加之彼时西方"言论自由"观的传播扩散，更使新闻界此番抗争增添了思想上的正当性基础。该时期，"有闻必录"实际上转变成了"言论自由"的操作性表达，较大程度上实现了以"职权"对抗"政权"的行业诉求，并由此迫使清朝末年民国初期的政界力量有所收敛。"有闻必录"之奠定，彰显了近代新闻界在政治干预下开展弱势抗争的职业心态，此种心态长期存于民国中后期的新闻实践中。在多年的报业从业经历中，李伯元、吴趼人、黄小配等人在瞬息万变、错综复杂的形势下，保持清醒

---

① 刘建明，王泰玄. 宣传舆论学大辞典［M］. 北京：经济日报出版社，1993：03.

的头脑，以敏锐的观察力、鉴别力，在新闻传播活动中坚持立足事实、求实为本、有闻必录的办报原则，探求事实真相。《游戏报》以"有闻必录"为基本宗旨，每期不但刊载时评文章，而且紧密结合当日时事，采用幽默滑稽的文字夹叙夹议进行分析，在引导受众准确知晓社会环境最新变动情况的同时，还使其在具体的分析中了解事件的本来面目，在"游"与"戏"中真正发挥了《游戏报》作为媒介的社会功能。这种打破砂锅追寻真相的社会责任意识促使晚清报刊小说家以写新闻的笔法写小说，运用报刊连载的方式，采用动态报道结构小说，以便其能承载更多的社会内容。当时的小说采用系列报道和追踪报道的结构形态，将多个重大社会事件和社会上的官员要员容纳其中，每期交代一个事件发生的始末，串联在一起即能看清一段时期内某一主题事件的全貌。

（三）坚守新闻报道的客观性理念

李伯元、吴趼人等在办报过程中立足于客观现实，以新闻价值的中立标准而非个人好恶来选择要报道的新闻，将社会上有新闻价值的事实呈现在公众面前，客观地反映事实不浮夸宣传，秉承保证新闻真实可信的科学精神，使报刊取信民众，赢得公信力。《游戏报》《世界繁华报》《采风报》《寓言报》每天都会选取具有新闻价值的社会事件进行刊载，将客观世界中存在的事实作为职业行为的出发点，并且会通过客观地罗列事实、不偏不倚地发表观点，呈现信息的最新变动，让人们全面、及时地了解重大社会事件的发展始末。即使主办文艺期刊，也只以实际的材料为准，如李伯元主编的《绣像小说》，只是原原本本地将某些长篇小说分期连载，从不进行口头浮夸宣传。曾朴直言不讳地说，在创作《孽海花》时大量融入了当时社会的重大新闻事件。在小说中反映帕米尔高原事件，反映甲午中日战争每一场战役发生始末时，作者都秉持中立的立场，尊重几乎每一场战役都以中国兵败的惨痛结果，尊重基本的新闻事实，不加以更改。面对晚清官场的种种腐败现象，李伯元采用客观笔法呈现真实场景，打破传统小说第三人称全知视角，改用限知视角串联起晚清官场二十年间的种种不可思议的奇怪行为和现象。叙述者不做过多评价，不参与故事发展，只是通过自己的眼睛把每一个官场事件发生的地点、人物、过程等核心要素通过他人的说与做一一呈现，将官场现状客观地向民众呈现，进一步凸显真实性。李伯元、吴趼人、黄小配等人坚持客观的精神，不但保证了其所办报刊所坚守的新闻原则，也使得其小说反映的社会现实客观而真实，为社会民众展示了一幅幅社会百态图、官场百丑图，使得晚清小说的舆论引导功能在小说文字故事中潜移默化地得以显现。

（四）具有忘我工作的新闻职业精神，坚守新闻时效

作为报刊编辑、记者，梁启超、黄小配、李伯元等人肩负起引导社会舆论的重任，认为自身必须具有忘我的工作精神。李伯元办《游戏报》，既编又写，兼做发行，"内外之事，仆以一身独任其艰。……手民环于前，友朋集于后，手挥口应，日不暇给"。《游戏报》的内外工作，由李伯元"一身独任其艰"，他往往"只辞之斟酌，一字之推敲，稍有未协，心即不能释然"。正是由于这样高效运作，他才能在百般繁忙的生活状态中，写出大量作品。他的写作速度有时达到惊人的程度。从 1903 年到 1905 年，李伯元在《世界繁华报》和《绣像小说》上，同时连载了《官场现形记》和《文明小史》两部长篇小说。与此同时，还连载了另两部小说：《活地狱》《中国现在记》。欧阳钜元在帮助李伯元编辑《繁华报》和《绣像小说》的同时，还创作了小说《负曝闲谈》。此书共三十回，发表时署名"蓬园"，刊于光绪二十九年（1903）六月至光绪三十年（1904）十二月《绣像小说》第六至四十一期。吴趼人也有类似的特点。正因为频繁而迅速创作，他才在到上海之后，从 1897 年 32 岁到 1910 年 45 岁逝世短短的十余年中，写出了三百多万字的作品。吴趼人自光绪癸卯年（1903）开始创作章回小说，到光绪庚戌年（1910）病逝，短短的七年间，为后人留下了长、中、短篇小说三十余种，其中以《二十年目睹之怪现状》"尤为世间所称"[1]，"他和李伯元，犹如双子星座，在晚清新小说璀璨的群星中，闪烁着耀眼的光芒"[2]。刘鹗撰写的《老残游记》从 1903 年 9 月 21 日开始在《绣像小说》上连载，为了保证文章准时刊发，他"每晚归家，信手写数纸"。从 1905 年到 1908 年，在短短的三四年时间内，黄小配一面编辑报刊，从事同盟会的实际工作，一面勤奋创作，接连发表了多部长篇小说，产量之多，质量之高，令人钦佩。这些小说集中揭露了晚清统治者的腐朽丑恶，猛烈抨击了清王朝的封建专制统治，宣扬了资产阶级民主革命的政治主张，有意识地配合了当时的革命斗争，反击了梁启超的保皇立宪观点，鼓动反清革命。

---

① 鲁迅. 中国小说史略［M］. 南京：江苏文艺出版社，2007：54.

② 欧阳健. 晚清小说史［M］. 杭州：浙江古籍出版社，1997：125.

在这种忘我的工作精神背后，恰恰是报刊小说家在长期的新闻工作中培养起来的敏锐的时间意识。他们深知"时间就是新闻价值"，所以当梁启超在日本东京组织"政闻社"，鼓吹君主立宪、反对革命，并在海外华侨中进行活动时，黄小配即于1908年在日本东京出版《大马扁》，把康有为写成"招摇海外"的"棍骗"，一个大言欺世的"伪圣人"，这是一部直接打击保皇派的小说。1911年4月27日广州武装起义开始后，黄小配亲历其事，事后搜集材料，写成"近事小说"《五日风声》，从5月起在广州《南越报》连载。他的政治眼光之敏锐，创作速度之快，令人惊叹。这部长达三万余言的作品翔实记载了起义准备、战斗经过，以至黄花岗收葬烈士，实际上"是一部激动人心的报告文学作品"①。晚清报刊小说家，一方面在新闻工作中遵循时间性原则，尊重新闻时效，另一方面则以敏锐的观察力和感悟力，用《六月霜》《孽海花》《大马扁》《宦海潮》等小说与新闻之间保持多方互动，在小说的虚拟想象间与新闻信息的快速反映之间寻求最佳结合点，尝试截取一系列社会热点事件，并借其批判官场黑暗，鼓吹革命。这些小说从连载开始，就受到了读者的热烈追捧，在社会上产生了极大反响，而且随着连载时间的延长，反响愈来愈强烈。

（五）以市场为导向进行报刊经营管理，具有受众意识

受众心理需求与报刊小说家的受众意识。② 受众的心理需求是影响新闻业生产什么样的产品、怎样生产产品的重要因素。同一新闻内容可以综合运用各种传播形式，以文字、声像、网络、通信等多种传播手段进行全方位、立体化的展示，衍生为融合新闻产品，受众根据不同的心理需求选择不同的新闻产品。在此条件下的新闻写作既要与各种传播方式相适应，更要满足不同受众的多样化的心理需求。受众的心理需求诱导了差异化、分众化和小众化的新闻传播。传播学教父施拉姆有一个经典的比喻：受众使用媒体就如同到自助餐厅就餐，吃什么、吃多少都由受众根据自身喜好决定。媒介不可能将自己提供的信息、观点强加给受众迫使其接受，而只能尽可能地满足受众的需求。受众的心理需求大致有娱乐休闲需求、信息知晓需求、研究思考需求、平等参与需求四种。娱乐需求是受众最普遍也是基本的心理需求。基于这种心理，受众要求新

---

① 赵明政. 插图本中国文学：黄小配 [M]. 沈阳：春风文艺出版社，1999：8.

② 李南. 受众心理需求视阈下的新闻写作 [M]. 新闻爱好者. 2012（10）：75-76.

闻内容丰富多彩，形式轻松活泼，能够满足人们茶余饭后的消遣休闲。信息知晓需求是受众娱乐需求的发展。受众要求新闻能够满足其对日常生活信息的关注、对国内外重大事件的知情以及自己兴趣和工作所涉及的知识需要等。通过获取上述与自己的生活直接或间接相关的各种信息，及时把握环境的变化。研究思考需求和平等参与需求是受众需求的最高层次。研究思考需求是指受众将新闻事件本身及新闻传播的方法等作为研究对象，继而引发受众关于一个时代、一个民族的文化心理等更深层次思考，从而将新闻传播的核心理念从大众传媒领域引申到政治学、文化伦理学、经济学等领域，从而增强了新闻的民生含量。按照传播学理论，传播者、信息、媒介、受众和反馈是构成传播活动的五要素。平等参与需求是在受众的主体意识增强后，对新闻传播活动有强烈的参与意识。在这种意识支配下，受众积极与信息传播者进行反馈互动，并发布新的信息，以此获得平等的舆论话语权。对同一新闻内容，不同受众在新闻消费过程中的心理需求是不同的，有的可能仅要求满足其娱乐休闲需求；有的可能逐渐升级，对此新闻持续关注产生信息知晓需求，继而引发对新闻背后更深层次东西的探求与思考，参与对新闻话题的讨论、发表看法。此外，同一受众在新闻消费过程中心理需求也不是一成不变的，而是不断发展变化的。因而，受众心理需求呈现多样化。使用与满足理论认为，人们接触使用传媒的目的都是为了满足自己的需要。同时受众在媒介接触使用经验基础上形成的媒介印象将影响其以后的媒介选择行为。无论何时，随着新的媒介形式的不断出现，受众在媒介选择上进而产生差异化。这种情况下，传播的大众化已经向分众化和小众化转变。可以说，随着传媒技术的不断发展，由于受众心理需求的纷呈性导致了差异化、分众化和小众化的新闻传播。作为新闻生产的重要环节，新闻写作要关照受众的心理需求，就必须与差异化、分众化和小众化的新闻传播相适应。

常年在报界的打拼，晚清报刊小说家们针对日益细化的受众不同心理的需求，根据不同的新闻特点，对新闻事件进行恰当展现，具备事实展示的差异化的写作能力和新闻素养。他们往往从报刊写作的总体要求出发，创新报刊文本的文种、写作技法，确定写作力度、写作视角，全方位、多角度地展示新闻内容。同时，又要充分尊重受众参与新闻传播的热情，以开放性的思维与受众进行互动和交流。他们注重对社会时事热点事件不断深入开掘，多视角对纷繁的信息源的多维价值体系进行探索和思考。通过深度开掘，将新闻产品构筑成短时迅速信息传递、综合表现事态进程，纵深报道隐含于新闻事件内部的故事，因而在报刊写作过程中，写作文种上有了更多的选择，写作语言也更丰富，有效地缩短了报刊媒介与受众的距离，以满足不同层次受众的不同心理需求。

从外人来华办报开始，以《察世俗》《东西洋考》等为代表的最早的一批传教士报刊就显现出了基本的受众意识。为了更好地宣传教义，这些报刊的相关负责人米怜、梁发、麦都思等人都特别注意研究宣传对象、读者对象的文化心理，选择其易于接受的内容和形式。他们先创办了立义馆，免费收当地的孩子读书，讨好当地群众，拉近彼此间的距离，增进了解。在接触中，他们了解到，中国人长期以来深受儒家思想的影响，所以这些传教士的报刊首选附会儒学，把孔夫子拉出来。当时这些报刊的目标受众都是一些穷苦的华侨，他们没时间读报，文化水平也比较低，所以传教士的文章都短小通俗，一篇文章就千把字，而且报刊里面的每一篇文章都尽可能地用市井阶层喜闻乐见的中国章回体小说的表现手法来写，尽量具有趣味性。鸦片战争后，在激烈的外商商业性报刊的竞争中，《申报》免费为文人刊载诗文，固定了文人读者群。《新闻报》另辟蹊径，大量刊载商业新闻，为来沪经商的中国人和外国人服务，站稳了脚跟。这些都是报刊经营者具备受众意识的表现。早期的报刊宣传家在实践中积淀了一定的受众意识。

19世纪末，严复、梁启超等人在进行资产阶级维新宣传的实践中意识到民众接受的程度直接决定了报刊宣传工作的成败。李伯元、陆士谔、陈景韩等报人在长期的新闻职业生涯中努力找寻传者和受众之间的结合点，实现双文本主体的良性互动。晚清时期，民营报刊竞争激烈，基于扩大报纸影响力和发行量的需要，报纸的经营者和管理者必须熟悉市场，依托市场，以满足受众的阅读需求为前提。李伯元、吴趼人、曾朴、陆士谔、黄小配等晚清报人熟悉报刊业市场，对当时读者的文化层次和接受能力有了一定的了解，他们紧密围绕市场需求安排报纸版面和内容，突显报刊的世俗性和消闲性。《绣像小说》中的多幅图片，既包括中外政治文化界的名人志士，又展现晚清社会一隅，无论老人还是孩童，无论官员还是平民，都能通过图片增长见识，拓宽视野，启蒙知识，满足了民众的阅读期待。当时戏曲文艺是百姓生活娱乐消闲的主要方式，为此在版面安排和栏目设置上，李伯元的《世界繁华报》特别推出了"书场顾曲""梨园日报""梨园要闻""花国要闻"等栏目。报刊之间的激烈竞争，决定了报刊要以满足各阶层读者的阅读需求为前提。为此，深谙报刊商业运行模式的李伯元、吴趼人、刘鹗等，对报纸的一次性阅读了然于心，他们认为文章既要受报纸版面容量大小的限制，也要充分考虑报刊小说与传统小说在连贯性阅读方面的不同，在小说创作落笔之时，采用动态报道式的故事结构，以一个主角为牵线人物，无论其是否参与故事情节，重点都在于呈现当时社会超乎想象的官场事件，全面展示纷繁复杂的晚清社会图景。《孽海花》《黑籍冤魂》《邻女语》《活地狱》等既是对"章回体"小说的推陈出新，又打破了雅俗的界限，受到社会民众普遍欢迎。

当然，晚清报刊小说传播的最终目的和意义是吸引受众，引导舆论。因此作为纸媒产品的生产环节，报刊小说创作既要关照受众的心理需求，更要对其进行正确的引导。这种引导，就是以责任媒体的权威性、可信性和公正性使受众对传播的观点和情感产生顺从和认同，进而内化为受众自身心理结构的一部分。受众的心理需求也就会在报刊小说的引导下不断提升。需要强调的是，报刊小说引导受众心理不是单纯地说教，而是人格化地走进人的心灵。"所谓传播的人格化就意味着把机器的传播者变为人的传播者。这个'人'是传媒的代言人，而在受众的感觉里，他就是他本人，他在表达着他自己，他说的是从他的思维情感中自然流淌出来的。受众感觉着他内心的波澜，从而自己的内心也掀起波澜。"①唯有这样，受众与当时的报刊小说作家才能精神与精神相融、心灵与心灵相通。

总之，生活阅历愈深，思想认识也愈深化，丰富的新闻从业经历内化为晚清报刊小说家的新闻职业素养，使其从事小说创作时自觉取材社会现实生活或者新闻热点事件，以平实的语言将事实客观地、及时地向公众呈现出来，不带个人偏见，从而使得其小说创作呈现新闻化的特征。

第三节　直接原因：晚清新闻业的繁兴

在人类社会整个的历史进程中，信息交换与新闻需要与人类自身的生存发

---

① 曹茹、高玉新. 立足受众心理 满足受众需要［J］. 新闻三昧. 2000（6）：28.

展相伴而生。新闻传播活动是人类社会生活的重要组成部分。晚清报刊小说因其本土化身份和通俗易懂的特性为中外报刊活动家所赏识，从而得以有机会搭载近代新闻业繁兴的快车，从发挥补白版面到补白新闻的功能，再到发挥舆论监督功能，形成了新闻化的特征。

一、中国近代新闻业的起步与晚清小说的版面补白

（一）传教士报刊叩开中国国门

19 世纪初的西方，资本主义正处于上升时期。西方资产阶级革命之后，束缚生产力发展的障碍被逐渐清除，随之而来的工业革命，使得整个社会的生产力水平、生产效率都有了很大的提高。这同时也促使资本主义基本矛盾的爆发——经济危机出现了，而且其发生周期越来越短。经济危机的主要特征是产品相对过剩，要缓解这种经济危机，资本主义就要向外扩张，寻找国际市场。西方资本主义者在寻找的过程当中，发现了一个很大的市场——中国。在他们看来，这里地大物博，物产丰富，他们可以在这个地方掠夺资源。而且这里一穷二白，卖什么都赚钱，人口也多，拥有众多潜在的消费者。于是，中国就成为西方殖民者觊觎的对象。但是中国的封建统治者长期以来都执行"闭关锁国"的政策，一直以来都自以为是世界的中心，以为自己地大物博，万物俱备，可以万事不求人，因此他们割断了与西方的联系，对欧美等国资本主义的发展一无所知。而且中国历代统治者都执行重农抑商政策，压制商人，把商人看作唯利是图的小人，严格限制对外贸易。在 18 世纪末、19 世纪初的时候，中国对外的形象还是一个泱泱大国，外国人尚不敢贸然对中国动武。于是，他们采取先文后武的策略，派来了传教士，让他们来敲开中国的大门，从而了解中国国情，为其进行殖民侵略做思想文化准备。随着传教士的到来，传教活动的开展，中国近代报刊也就随之出现。在报刊业务上，《东西洋考》《察世俗》《特选撮要》等传教士报刊虽然以传播教义为主，但是跟当时晚清政府所掌控的古代官报相比，新闻业务却大大前进了一步。这些传教士报刊受到各方面条件的约束，虽然均为月刊，但是实际出版周期不定。重视言论，每期必有，且置于首页。该刊言论的重点已不在阐发教义上，而是转向品评中国社会的政治、经济、文化。新闻也成为其必备的一栏，主要是刊登政治新闻，社会新闻就此开始出现。

（二）小说在商业性报刊中担任版面补白的角色

鸦片战争结束之后，海禁大开，留居在中国的外国人数逐年上升。直接以这些外国人为读者对象的外文报刊迅猛发展。《中国之友与香港钞报》《德臣报》《孖剌报》等这些外文报刊的编辑和主笔，一般都不是普通的文化人，这些办报人往往是办报、贩毒、直接参加侵华的外交活动三位一体。他们的目的很明确，就是为殖民主义侵略服务。因此，这些外文报刊实际读者对象也就主要局限于来华的外国人，仅仅成为在华外国人之间思想沟通、信息传递、行动协调的工具，是帝国主义侵略者的喉舌，而对中国人产生的影响较小。

这一时期真正对中国社会产生影响的是一批外商中文商业性报刊。19 世纪 90 年代，上海发展成为我国近代报业的中心，外商中文商业报刊逐步成长起来。西方侵略者的根本目的是要打开中国的大门，奴化中国的人心，占领中国的市场，掠夺中国的财富。鸦片战争之后，帝国主义者可以凭借不平等条约获得经商、传教、办报的特权，客观上也不再需要借助宗教杂志来"开化"中国民众。与此同时，随着大量西方商品向中国的涌入，外商迫切需要中文报刊来宣传其商品，以便在中国人之中打开销路。在这种社会背景下，商业性报刊迅速发展起来，并且很快超过了外文报刊的规模和影响力。为了占有市场，实现利益攫取最大化，《申报》与《上海新报》展开了激烈的市场竞争。美查和其他三位朋友商量，每人投资四百两银子，合资办报。经过一番筹备，1872 年 4 月 30 日《申报》创刊于上海，其以"行业营生为计"，即办报是为了"营利"，为了赚钱。仅这一点就把该报和它以前所有的报纸区别开来了：宗教报刊重在宣传，不在营利，常免费赠阅；以往商业报纸旨在利用报纸宣传为主人所从事的商业贸易营利，主要不靠报纸本身赚钱。为了达到营利的目的，《申报》进行了一系列的创新举措，并以此拉开了同《上海新报》竞争的帷幕。诸如，往各地派访员，增加新闻和论说量，扩大报道面，免费刊载广告等，来吸引读者，打开销路。在内容上，首创了刊载文艺（随笔、诗词）的专栏，在广大士大夫阶层中征集稿件，刊载诗文小品，使报纸成为与中国社会士大夫读者群的联系渠道，扩大了读者群。报馆规定对文艺作品实行免费刊登，以鼓励文人向报纸投稿。这对于有强烈发表欲的封建文人来说，具有很大的诱惑力，为《申报》打开销路起到了不小的作用。正因为这一系列得当的措施，《申报》很快就打垮了《上海新报》，几乎垄断了上海的商业性报刊市场，直到十年后

《新闻报》创刊，才打破了《申报》的垄断局面。

也正是在这个时期，一方面中国近代商业性报刊刚刚起步，各大报馆都没有专门的访员，加之电报发稿成本很高，制约了《申报》的新闻量。早期《申报》一期刊载几条新闻，根本无法填满报纸版面，迫切需要其他文章填补版面。另一方面，受到近代西方商业性报刊办刊理念的影响，美查拥有一定的受众意识，为了让报纸能够在广大文人之间打开销路，《申报》大量刊载小说。同样为了和《申报》争夺读者，字林洋行出资经营的《字林沪报》最早连载小说《野史曝言》。《申报》刊载小说和《字林沪报》随页附送小说不同，《申报》刊载的这些小说均出现在报纸社会新闻版面内，成为报纸文体的一部分。它们篇幅短小，虽为文言，但承载社会逸闻趣事，内容浅显易懂，随报纸传播，时效性增强，新闻元素凸显。有时让人分不清究竟哪篇是新闻，哪篇是小说。这些作为补白版面作用出现的报刊小说所呈现的新闻化状态是一种非自觉的新闻化状态，但是它从露面之时就已经成为报纸不可或缺的一部分，从版面编排到字符规模，都要受到报纸的制约，这也为小说新闻化的自觉埋下了伏笔。

二、晚清新闻业的"尚实"思潮与报刊小说的新闻补白

19世纪中后期至20世纪初，伴随外敌入侵，西学东渐的深入，在特有的社会政治经济形势下，人们的思想文化观念发生了根本性的变化。"尚实"思潮在晚清新闻界逐渐兴起。

（一）以爱国救亡为主题的尚实文化传统在新闻界的兴起

鸦片战争以后，西方列强屡侵中华，西方各国与中国的强弱之势表现得如此明显，以至于"天朝大国""中央帝国"之类的夜郎自大的神话均为残酷的现实所粉碎，有识之士纷纷起而探求中国的出路。以龚自珍、林则徐、魏源、包世臣、张际亮等为代表的一批开明的地主阶级知识分子，从西方资本主义在中国的胜利、中国的失败和危机，从利害得失之由的角度，对中国传统文化进行了深刻反思，为免受帝国主义的侵略和压迫，他们极力主张向西方学习，以寻求新的出路。"尚实"文化传统的回归，对当时的思想学术界产生了重大影响，广大知识阶层也逐渐惊醒过来，摆脱汉宋之学的束缚，把眼光转到迫切需要认识和研究的现实社会问题上来。知识分子留心时局、讥讽时政、慷慨论天下事开始成为一代新风。严复、梁启超等人在创办报刊推动变法维新运动开展

的同时，翻译和引进西学，大量西方的学术著作在这个时期被翻译和引介进来。伴随西学东渐的深入，西方社会的哲学认识论、科学实证主义思想以及文学的现实主义思想逐步为国人所接受和推崇，尚实思潮的社会影响力进一步增强。

（二）20 世纪初小说地位的提升与新闻补白

维新运动失败后，康有为、梁启超等资产阶级改良派流亡海外，他们不得不继续探寻新的救国救民之路。他们在日本大量阅读资料，在西方社会政治学说和资产阶级理论的影响下，结合自己政治斗争和海外生存的经历，认识到："国也者，积民而成……未有其民愚陋怯弱，涣散混浊，而国犹能立者。"① 梁启超把新民看作新国的前提，把"民德民智民力"看作"政治学术技艺之大原"②，认为只有打破国民心中的佣腐，彻底转变其思想，唤起国民公德意识，振作国民精神，使其积极行动并团结起来主动参与国家图强变革，才能从根本上改变中国积弱的状态。因此，梁启超在政治上逐渐摒弃以清政府为主导的自上而下的救国之路，转变为从国民思想层面入手开展自下而上的救国与政治改革的探索之路，"新民"成为他政治思想的核心。在新闻宣传领域，梁启超就如何有效地改变智识未开的国民固有的思维方式进行了深层次的思考，他认为报馆代表大多数国民之公益，向导国民之职，"为报馆诸职之干，而举之也亦最难"③。只有以"收效缓的浸润"方式，"积跬步以致千里"，才能达到"积壤泰华，阅世愈坚"④ 的目标。在实践中，梁启超等人以政论为主导的煽动宣传来势迅猛，但是宣传内容的重复化和宣传形式的模式化弱化了民众的阅读期待。当时中国国民"仅有15％具备阅读能力"⑤ 的状况，迫使梁启超在新民时期不断探寻宣传内容的有效载体。他注意到小说不但在西方国家盛行，而且

---

① 梁启超，黄坤评注. 新民说 [M]. 中州古籍出版社，1998：6.

② 梁启超，黄坤评注. 新民说 [M]. 中州古籍出版社，1998：55.

③ 梁启超. 本馆第一百册祝辞并论报馆之责任及本馆之经历 [M] //张之华. 中国新闻事业史文选. 北京：中国人民大学出版社，1999：36.

④ 梁启超. 国风报叙例 [M] //梁启超. 梁启超全集：第四卷. 北京：北京出版社，1999：891.

⑤ 梁启超.《蒙学报》《演义报》合叙 [M] //梁启超. 梁启超全集：第一卷. 北京：北京出版社，1999：131.

"助力于日本之变法"①。于是，他把小说看作"新民的最佳工具"，② 以"开启民智、培育民德、凝聚民力"为目标，以《新民丛报》《新小说》为阵地，将小说引进报刊，希望通过小说来潜移默化地"新民"，逐步尝试以"浸润"的方式对国民进行舆论动员，在循循诱导中启迪民众智慧，传递爱国情怀，唤起民众觉醒，从社会文化心理层面入手寻求改良社会、挽救国家之径。梁启超从政治宣传的角度夸大小说的社会功能，让小说承担起改造社会和国民的重任，使小说迅速从文学的边缘进入中心。小说既以报纸为传播载体，又成为报刊不可或缺的一部分，必然受到新闻界爱国救亡"尚实"思潮的影响。尤其在晚清政府严密的信息传播管控之下，随着国家民族意识的迅速崛起，小说把握时代脉搏、紧贴现实生活，甚至直接取材新闻，把难以直接用新闻演说的时事信息以故事的形式呈现出来。处于第一次国人办报高潮中的上海，因为海陆交通便利，文人志士云集等优势，出现了《寓言报》《世界繁华报》《真美善》等一大批报刊。晚清报刊小说作者李伯元、吴趼人、刘鹗、曾朴、黄小配、陆士谔、陈景韩等人用新闻的创作手法写小说，《痛史》《九命奇冤》《老残游记》《孽海花》《大马扁》等小说或报道国家重大政治军事事件，或传播社会趣闻，以嬉笑怒骂的方式针砭时弊，既富文化性，更重娱乐性，也不乏商业性，"作为新闻的补白角色，小说家把新闻里不能言说的内容通过小说的形式表现出来，使小说成为读者另一种认识现实的渠道"③。晚清小说成为新闻外的新闻。时人读这些小说即可了解时局动态，后人读之也可得到历史记录。这些小说同时具有文学价值和新闻价值，呈现出新闻化的特征。

三、第二次国人办报高潮与新闻化小说的集聚式呈现

20 世纪初，中国新闻界伴随清廷"新政"的利好消息，在较为松动的政治氛围下，迎来了一个办报的高峰期。中国近代新闻传播业蓬勃发展，报刊的发展进一步加快，出现了第二次国人办报高潮。这次办报热潮较之前一次，报

---

① 梁启超.《蒙学报》《演义报》合叙 [M] //梁启超. 梁启超全集：第一卷. 北京：北京出版社，1999：131.

② 梁启超. 论小说与群治之关系 [J]，新小说，1902（11）：3.

③ 康鑫. 晚清民国时期报人小说与报刊新闻的互文性 [J]. 2017（5）：164.

刊数量更多，涉及地区更广，发展势头更猛，报纸的政治取向和类型也更多元，这几种社会力量都把报刊作为推行自己主张的重要工具。革命派、改良派、清政府的官方报纸，成为这个时期报刊的主要组成部分，其中以革命派报纸为主流，立宪派报纸从数量上来说也有不小的规模。这一时期，作为报刊版面重要组成部分的小说，也在报刊业务的全面提升中受到新闻界的规约和影响，越来越向新闻靠拢，呈现出新闻化的倾向。

（一）新闻质量的提升与小说新闻化

这一时期，报刊都重视新闻信息，新闻数量得以显著增加。这同时为晚清小说创作提供了大量的素材，很多小说直接取材报刊新闻，随写随发，报刊小说结构的延展性既因不断发生的新闻事实而决定，同时也为连载小说的无限续篇提供了可能。由于以报刊为载体进行传播，这些小说需要形成吸引读者阅读兴趣的关键点而追求每期每回的相对独立，于是向报刊新闻的动态报道靠拢，逐步形成每一单元都内容独立，而按照一定的顺序组合后又全面突出主题思想的相对集中的体式结构形态，将各种政治外交事件，各种怪现状按照一定的主题平铺展开，呈现在民众面前，既开拓了民众视野，获得了更多信息，又组合在一起更好地表现了主题。这种动态结构可以满足一切以定期、连续方式与受众见面的报刊小说在处理大题材、多容量故事时的需要，适宜于写时事、写社会、写人生、写身边的你我他，对于唤起读者阅读兴趣、审美快感，稳定受众群体等方面具有积极而重要的作用，体现了时代对于小说的审美要求。

这一时期，很多报刊不但重视新闻报道量，还注重把新闻及时地传播开去，于是很多日报出现。伴随报刊的定期发行，尤其是日报的每天出版，长篇小说创作和刊载发表的周期明显缩短，短篇新小说应时而生。1904年《时报》刊载了《黑夜旅行》《火车客》等9篇短篇小说。1906年《新闻报》刊出了《双义传》《女间谍》《钻石串》《鸿印记》《炸烈弹》等5篇短篇小说。还有《神州日报》1907年推出了《火！火！火！》《狮子吼》《做好事》等5篇短篇小说，《申报》也在1907年推出了《人面兽》《滑头大会》《献土地》《寿头大会》《拆字谈》《剿匪》《铁路》等多篇短篇小说。这些短篇小说不但取材社会时事，而且篇幅短小，往往一期就能刊完，随日报出版，反映现实的时效性显著增强，比起长篇连载小说，更有新闻的味道。

同时，我们还要注意到，"报刊登载小说丰富了小说的传播形式，报刊小说的发展带动了小说在其他载体上尤其是文艺期刊上的发展"①。晚清小说期刊的出现既是这一时期新闻业发展的重要表现，也是晚清小说繁兴的重要体现。20世纪初四大小说期刊的出现和发展，有力地推动了晚清小说的发展，提升了小说的地位和社会影响力。"晚清报刊小说实际上是期刊小说，特别是文艺期刊小说的天地。只占晚清时期20％数量的文艺期刊却有效推动了晚清小说的繁荣。"② 1905年《月月小说》对短篇小说的倡导以及对吴趼人关于立宪主题的系列短篇小说的刊载，进一步推动了新闻化短篇小说的呈现。

（二）报刊评论的提倡与小说新闻化

庚子事变后，民族危机空前，新闻界的尚实传统得以被强化。《时报》等报刊在重视社论之时，倡导短小精悍的时评。1904年《时报》创刊之际，就当日某一新闻配发短小精悍、鞭辟入里的言论，夹叙夹议，鲜明亮出观点。在撰写时评的同时，吴趼人、陈冷等报刊编者也开始运用时评手法写小说，仅1904年《时报》便刊载了《中间人》《红楼轶事》《张天师》《歇洛克来游上海第一案》《卖国奴》《拆字先生》《歇洛克初到上海第二案》《黑夜旅行》《火车客》等9篇短篇小说。这些小说没有完整的故事情节，不做细致的人物刻画，常常选取日常生活中比较有特色或者有代表性的某一片段，以客观报道事实的方式完成叙事任务，观点或融于叙事中，或在篇末直接品评，冷峻、客观、结构简洁凝练，既适应报刊刊载和版面统一性的要求，又和报刊时闻短评一起共建着社会公共空间，很好地承担起品评时政、时代启蒙的重任，呈现出新闻化的特征。

（三）晚清舆论空间的拓展与小说新闻化

新闻业的勃兴进一步拓展了晚清的舆论空间，不管是政论报刊还是专业性报刊，不管是大报还是小报，都大量刊载小说，新小说堂而皇之地出现在读者面前。晚清报刊大量刊载小说，不仅改变了小说的传播方式，也使得小说作为报刊不可或缺的一部分，呈现出与中国古典小说不一样的特征。民族危机当前，《孽海花》《文明小史》《活地狱》《官场现形记》《二十年目睹之怪现状》等为代表的这些小说均以再现事实、传播事实为基础，注重语言的清晰与准

---

① 李九华. 论晚清文艺期刊与小说繁荣 [J]. 宁夏大学学报（人文社会科学版），2003，5（113）：44.

② 李九华. 论晚清文艺期刊与小说繁荣 [J]. 宁夏大学学报（人文社会科学版），2003，5（113）：45.

确、直白与浅易，每部小说用众多相对独立的事件组合成主题相同的长篇。它们结构松散，通过对这些事件夸张的描写，反映社会现实，辛辣地揭露了当时晚清社会和官场中的黑暗。很好地发挥了新闻舆论监督的职能。

综上所述，在两次国人办报高潮中，晚清新闻业打破了外报的舆论垄断，成为社会舆论的中心。晚清报刊小说以新闻报刊为载体，伴随新闻业务的显著拓展，得以登上日报版面，或补白版面，或补白新闻，或舆论监督，成为新闻外的新闻。

总之，近代新闻业在中国的诞生，给中国小说的发展带来了新的契机。社会政治的变迁、近代新闻业的发展、传媒的市场化以及域外文化的输入等，都使得晚清报刊小说在产生与发展的过程中具有文学和新闻的双重属性。同时，社会经济发达，呈现出工业化、城市化、商业化的发展趋势，社会对信息的需求量增加；同时，水路陆路交通网的拓展，传播工具的改进以及市民文化水平的提高等，为信息传播提供了良好的条件，为小说的新闻化传播提供了必要的保障。

结 论

从以上各章的研究中，我们看到，晚清报刊小说的新闻化是其重要的特征之一，也是以往研究中常常被遮蔽、被忽略的研究视角，它包含着丰富而复杂的研究内容，涉及文学、新闻、传播、报刊、受众等多个领域，是一个重要的研究课题。

晚清报刊小说的新闻化，体现在内容和形式等方面。

在内容上，晚清报刊小说大量融入国家重大政治、经济、军事、外交事件，还原了历史现场，翔实地记述了这些重大事件的经过。对社会腐败和黑暗现象给予了无情的揭露、批判和嘲讽。对社会民生以及底层人民的遭遇给予深切的关注和同情。小说大量选取新闻事件和真实人物，进行写真实录，具有高度的真实性。小说作为另一种"新闻"，与报刊新闻形成重叠、交叉和互补，多角度、全方位展现了晚清社会的民生百态，显示出鲜明的纪实性和时效性，成为新闻外的新闻，小说成为政治宣传的工具和载体。

在结构体式上，晚清报刊小说采用了动态报道式、采访见闻式以及时评式的结构方式，这些无疑都是新闻、采访、报道常用的方式和手段，这使晚清报刊小说同样具有新闻的特征。这也是晚清报刊小说区别于中国古典小说的主要特征之一。

在语言和表现手法上，晚清报刊小说也与中国传统小说不同。传统小说讲究语言的生动、形象、深沉、含蓄，彰显的是文学性、审美性。晚清报刊小说的语言则往往准确、简洁、直白、通俗，彰显的是新闻性、政论性。这恰恰又是新闻的特质，是晚清新闻业、报刊业发展，小说与新闻、报刊联姻，以及小说家的新闻从业经历，受到新闻、政论潜移默化影响的必然结果。因而，小说往往采用议论、论辩、演说等形式，鲜明亮出观点，呈现出新闻化的语言特征。

在叙事功能上，晚清报刊小说也表现出新闻化的特征。晚清报刊小说由于其"辞气浮露、笔无藏锋"，具有宣传性、煽动性、战斗性等特征，广泛参与到社会舆论监督和舆论引导工作中，承担了新闻的功能，与报刊新闻共同承担起了舆论共建的职责。不但吸引受众眼球，引发受众关注，形成"群体效应"，而且促使社会意识沿着舆论目标不断扩展，产生"聚合效应"。这也是晚清报刊小说新闻化的价值所在、意义所在。它推动了晚清文艺期刊的繁荣，在文学的市场化方面积累了一些经验，也对当下市场化的小说创作具有一定的借鉴意义。

但是，晚清报刊小说过分依赖社会环境和新闻事件，以及作品的一些新闻手法，也暴露出诸多缺陷。小说的新闻化导致了其强烈的即时性与纪实性，在内容和形式上都与新闻报道纠缠不清，而自身的审美特质被弱化，削弱了小说的文学性，让人感觉不到世界的千姿百态、生活的丰富多彩。小说的同质化、泛娱乐化也削弱了文学的魅力，致使大量作品成为过眼烟云，精品、经典的作品少之又少。

参考文献

一、专著教材类

[1] 严家炎.二十世纪中国文学史[M].北京:高等教育出版社,2010.

[2] 史媛媛.清代前中期新闻传播史[M].福州:福建人民出版社,2008.

[3] 哈罗德·伊尼斯.帝国与传播[M].何道宽译.北京:中国人民大学出版社,2003.

[4] 黄旦.传者图像:新闻专业主义的建构与消解[M].复旦大学出版社,2005.

[5] 麦美玲,迟进之.金山路漫漫[M].北京:新华出版社,1987.

[6] 朱士嘉.美国迫害华工史料[M].北京:中华书局,1958.

[7] 李良荣.中国报纸文体发展概要[M].福州:福建人民出版社,2002.

[8] 顾执中.报人生涯——一个新闻工作者的自述[M].南京:江苏古籍出版社,1987.

[9] 包天笑.钏影楼回忆录[M].北京:中国大百科全书出版社,2009.

[10] 陈平原.二十世纪中国小说史[M].北京:北京大学出版社,1989.

[11] 戈公振.中国报学史[M].北京:生活·读书·新知三联书店,2011.

[12] 方正耀,张菊如.近代短篇小说选[M].上海:华东师大出版社,1990.

[13] 王国伟.吴趼人小说研究[M].济南:齐鲁书社,2007.

[14] 陈平原,夏晓虹.二十世纪中国小说理论资料(第二卷)[M].北京:北京大学出版社,1997.

[15] 陈平原.中国小说叙事模式的转变[M].北京:北京大学出版社,2003.

[16] 鲁迅.中国小说史略[M].济南:齐鲁书社,1997.

[17] 陈平原.陈平原小说史论集[M].石家庄:河北人民出版社,1997.

［18］刘建明,王泰玄.宣传舆论学大辞典[M].北京:经济日报出版社,1993.

［19］杨光辉.中国近代报刊发展概况[M].北京:新华出版社,1983.

［20］方汉奇.中国新闻传播史[M].北京:中国人民大学出版社,2014.

［21］于润琦.插图本百年中国文学史(上卷)[M].成都:四川人民出版社,2002.

［22］倪波,穆纬铭.江苏报刊编辑史[M].南京:江苏人民出版社,1993.

［23］邵培仁.20世纪中国新闻学与传播学——宣传学和舆论学卷[M].上海:复旦大学出版社,2002.

［24］方汉奇.中国近代报刊史[M].太原:山西教育出版社,1981.

［25］夏晓虹.梁启超文选(上)[M].北京:中国广播电视出版社,1992.

［26］魏绍馨.现代中国文学发展史[M].延边:延边大学出版社,1990.

［27］夏晓红.晚清社会与文化[M].武汉:湖北教育出版社,2001.

［28］汪龙麟.中国近代文学史论[M].北京:首都师范大学出版社,2008.

［29］丁帆.中国新文学史[M].北京:高等教育出版社,2013.

［30］郭志刚,杨莲芬等.二十世纪中国文学期刊与思潮[M].南昌:百花洲文艺出版社,2006.

［31］杨义.中国叙事学[M].北京:人民出版社,2009.

［32］李汉秋.儒林外史研究资料[M].上海:上海古籍出版社,1984.

［33］马振方.小说艺术论稿[M].北京:北京大学出版社,1991.

［34］米切尔·斯蒂芬斯.新闻的历史[M].陈继静译.北京:北京大学出版社,2016.

［35］徐宝璜.新闻学[M].北京:中国人民大学出版社,1994.

［36］张之华.中国新闻事业史文选[M].北京:中国人民大学出版社,1999.

［37］邵飘萍.新闻学总论[M].北京:京报馆,1924.

［38］李良荣.新闻学导论[M].北京:高等教育出版社,1999.

［39］骆正林.新闻理论教程[M].北京:北京大学出版社,2014.

［40］刘明华,徐泓,张征.新闻写作教程[M].北京:中国人民大学出版社,2002.

［41］吴伯威,杨荫浒,林柏麟.写作[M].北京:高等教育出版社,1992.

［42］董小玉,刘海涛.现代写作教程[M].北京:高等教育出版社,2014.

[43] 梁衡.传媒新论[M].北京:学习出版社,1998.

[44] 中共中央马克思恩格斯列宁斯大林著作编译局.马克思恩格斯选集(第三卷)[M].北京:人民出版社,2013.

[45] 李慈铭.越鳗堂读书记[M].上海:上海书店出版社,2000.

[46] 王齐洲.中国通俗小说史[M].武汉:武汉大学出版社,2015.

[47] 童庆炳.文体与文体创造[M].昆明:云南人民出版社,1997.

[48] 李良荣.新闻学概论[M].上海:复旦大学出版社,2011.

[49] 陈昌凤.中国新闻传播史传媒社会学视角(第二版)[M].北京:清华大学出版社,2009.

[50] 方汉奇主编.中国新闻事业编年史(上)[M].福州:福建人民出版社,2000.

[51] 倪延年.中国古代报刊发展史[M].南京:东南大学出版社,2001.

[52] 戈公振.中国报学史[M].北京:生活·读书·新知三联书店,2011.

[53] 徐培汀,裘正义.中国新闻传播学说史[M].重庆:重庆出版社,2006.

[54] 方汉奇.中国近代报刊史[M].太原:山西教育出版社,1991.

[55] 梁启超.新民说[C].郑州:中州古籍出版社,1998.

[56] 张召奎.中国出版史概要[M].太原:山西人民出版社,1985.

[57] 宋原放.中国出版史[M].北京:中国书籍出版社,1991.

[58] 阿英.晚清文艺报刊述略[M].北京:古典文学出版社,1958.

[59] 刘建明,王泰玄等.宣传舆论学大辞典[M].北京:经济日报出版社,1993.

[60] 欧阳健.晚清小说史[M].杭州:浙江古籍出版社,1997.

[61] 陈龙.现代大众传播学[M].苏州:苏州大学出版社,1997.

[62] 陈旭麓.近代中国社会的新陈代谢[M].北京:中国人民大学出版社,2012.

[63] 周乐诗.清末小说中的女性想象[M].上海:复旦大学出版社,2012.

[64] 夏晓虹.晚清女性与近代中国[M].北京:北京大学出版社,2014.

[65] 何盛明.财经大辞典[M].北京:中国财政经济出版社,1990.

[66] 丁世良,赵放.中国地方志民俗资料汇编(中南卷)[M].北京:北京图书馆出版社,1997.

[67] 欧阳健. 晚清小说史[M]. 杭州：浙江古籍出版社，1997.

[68] 阿英. 晚清小说史[M]. 北京：人民文学出版社，1980.

[69] 熊月之. 上海通史（第 6 卷）[M]. 上海：上海人民出版社，1999.

[70] 刘叶秋. 古典小说笔记论丛·读《二十年目睹之怪现状》[M]. 天津：南开大学出版社，1985.

[71] 麦尔文·曼切尔. 新闻报道与写作[M]. 艾丰，张争译. 北京：广播出版社，1981.

[72] 方汉奇. 中国新闻事业通史（第 1 卷）[M]. 北京：中国人民大学出版社，1992.

[73] 鲁迅. 鲁迅全集第 3 卷[M]. 北京：人民文学出版社，1981.

[74] 魏绍昌. 李伯元研究资料[M]. 上海：上海古籍出版社，1980.

[75] 陈大康. 中国近代小说编年[M]. 上海：华东师范大学出版社，2002.

[76] 黄瑚. 中国新闻事业发展史[M]. 上海：复旦大学出版社，2009.

[77] 丁锡根. 中国历代小说序跋集[M]. 北京：人民文学出版社，1996.

[78] 张晋升，麦尚文. 实用新闻写作[M]. 广州：中山大学出版社，2006.

[79] 魏绍昌. 吴趼人研究资料[M]. 上海：上海古籍出版社，1980.

[80] 刘德隆，朱禧. 刘鹗及《老残游记》资料[M]. 成都：四川人民出版社，1985.

[81] 季桂起. 中国小说体式的现代转型与流变[M]. 济南：山东大学出版社，2003.

[82] 张丽华. 现代中国短篇小说的兴起[M]. 北京：北京大学出版社，2011.

[83] 芮和师，范伯群等. 鸳鸯蝴蝶派文学资料[M]. 福州：福建人民出版社，1984.

[84] 韩南. 中国近代小说的兴起[M]. 徐侠译. 上海：上海教育出版社，2004.

[85] 郑振铎. 郑振铎说俗文学[M]. 上海：上海古籍出版社，2000.

[86] 耿云志. 中国近代思想家文库（胡适卷）[M]. 北京：中国人民大学出版社，2015.

[87] 胡全章. 晚清小说与文学转型[M]. 北京：中国社会科学出版社，2012.

[88] 范伯群. 演述江湖帮会秘史的说书人——姚民哀[M]. 南京：南京出版社，1994.

[89] 欧阳宏生.广播电视学导论[M].成都:四川大学出版社,2002.

[90] 鲁道夫·韦尔德伯尔.传播学[M].周黎明译.北京:中国人民大学出版社,2013.

[91] 斯特林.大众传媒革命[M].王家全等译.北京:中国人民大学出版社,2014.

[92] 梁启超.梁启超全集[M].北京:北京出版社,1999.

[93] 朱立元,李钧.二十世纪西方文论选[M].北京:高等教育出版社,2002.

[94] 蒋晓丽.中国近代大众传媒与中国近代文学[M].成都:四川出版集团巴蜀书社,2005.

[95] 申报馆出版社.最近之五十年——申报馆五十周年纪念[M].上海:上海书店出版社,2015.

[96] 曹聚仁.文坛五十年[M].上海:东方出版中心,1997.

[97] 张静庐.中国近现代出版史料[M].上海:上海书店出版社,2011.

[98] 韦尔伯·斯拉姆等.报刊的四种理论[M].中国人民大学新闻系译.北京:新华出版社,1980.

[99] 章学诚.史通·文史通义[M].长沙:岳麓书社,1993.

[100] 孙家振.退醒庐笔记[M].上海:上海书店出版社,1997.

[101] 周海波.现代传媒视野中的中国现代文学[M].北京:中华书局,2008.

[102] 王世舜,王翠叶译注.尚书[M].北京:中华书局,2012.

[103] 中华书局影印本.清会典[M].北京:中华书局,1991.

[104] 梁启超.饮冰室合集[M].北京:中华书局,1989.

[105] 阿英.晚清文学丛钞·小说戏曲研究卷[M].北京:中华书局,1960.

[106] 阿英.反美华工禁约文学集[M].北京:中华书局,1960.

[107] 胡适.胡适文存三集(卷六)[M].上海:上海亚东图书馆,1931.

[108] 王德威.想象中国的方法:历史·小说·叙事[M].北京:生活·读书·新知三联书店,1998.

[109] 樽木照雄.新编增补清末民初小说目录[M].贺伟译.济南:齐鲁书社,2002.

[110] 范烟桥.中国小说史[M].苏州:苏州秋叶社,1927.

[111] 郑振铎.西谛书话[M].北京:生活·读书·新知三联书店,1998.

[112] 胡道静.上海新闻事业之史的发展[M].上海:上海通志馆,1935.

[113] 王芸生.六十年来中国与日本·第二卷[M].北京:生活·读书·新知三联书店,1979.

[114] 陈诩林.最近三十年中国教育史[M].上海:上海太平洋书店,1932.

[115] 王书奴.中国娼妓史[M].长沙:岳麓书社,1998.

[116] 孙家振.退醒庐笔记[M].上海:上海书店,1997.

[117] 顾炎武.亭林诗文集[M].上海:上海中华书局,1929.

二、期刊论文类

[1] 梁启超.论小说与群治之关系[J].新小说,1902,11(01):3.

[2] 彭树欣.梁启超所办报刊传播效果评析[J].江西财经大学学报,2003(05):105-108.

[3] 晴川.准确 通俗 简明:新闻语言的特色[J].淮北煤师院学报社会科学版,1998(02):145.

[4] 陈平原.有声的中国:"演说"与近现代中国文章变革[J].文学评论,2007(03):5-21.

[5] 李南.维新运动与梁启超的"煽动"宣传[J].辽宁师范大学学报(社会科学版),2019,25(03):120-125.

[6] 高伟.《老残游记》中的拟声词浅析[J].汉语言文字研究,2018(05):10-15.

[7] 胡全章.限制叙事意识的自觉:吴趼人小说叙事特征研究之一[J].明清小说研究,2007(02):151-159.

[8] 李南."新民"时期梁启超的浸润宣传[J].新闻爱好者,2019(03):61-63.

[9] 刘霞.风格多样随事赋形: 陈冷《时报》时评的艺术特色与写作手法[J].洛阳师范学院学报,2009,28(01):92-96.

[10] 刘海龙.西方宣传概念的变迁:从旧宣传到新宣传[J].国际新闻界,2007(09):36-40.

[11] 孟昭泉.《官场现形记》中的谚语特色[J].中州大学学报,2010,27(06):79-83.

[12] 彭树欣.梁启超所办报刊传播效果评析[J].江西财经大学学报,2003(05):105－108.

[13] 沁梅.公冶短[J].月月小说,1907,01(12):23－26.

[14] 邱炜蒉.客云庐小说话[J].新小说,1908,02(03):31－34

[15] 沈继成.梁启超与《时务报》[J].华中师范大学学报,1998(05):21－27.

[16] 晓苏.小说的可读性从哪里来[J].文学教育(上),2017(12):6－8.

[17] 徐勤.中国除害议[J].转引自戊戌变法丛刊(四),神州国光社,1953(04):149.

[18] 沃尔夫冈伊瑟尔.阅读过程:一个现象学的方法[J].当代电影,1988(05):28－37.

[19] 尤育号.清末资产阶级移风易俗潮[J].学习与探索,2005,3(03):134－138.

[20] 张承训.论报纸新闻语言的推敲[J].决策探索,2010(9):78.

[21] 张丽华.《时报》与清末"评"体短篇小说[J].文学评论,2009(01):181－190.

[22] 鲁湘元.《申报》与中国近现代报刊文学[J].中国现代文学研究丛刊,2001(02):91－113.

[23] 郭浩帆.清末民初小说与报刊业之关系探略[J].文史哲,2004(03):45－50.

[24] 李九华.论晚清文艺期刊与小说繁荣[J].宁夏大学学报(人文社会科学版),2003,(05):43－48.

[25] 李九华.晚清小说期刊营销手法述略[J].宁夏大学学报(人文社会科学版),2008(01):91－93.

[26] 文娟.试析《月月小说》影印本所删之广告[J].明清小说研究,2002(02):245－249.

[27] 张天星.晚清谴责小说兴起的重要动力[J].明清小说研究,2012,106(04):152－164.

[28] 方平.从《苏报》看清季公众舆论的生成与表达[J].华东师范大学学报(哲社版),2005(03):98－105.

[29] 胡凯.早期新闻学对中国近代小说叙事方法的影响[J].上海大学学报

(社会科学版).2003(03):18-21.

[30] 方国武.影射叙事与政治批判:晚清谴责小说政治修辞分析[J].学习与探索,2009(02):202-204.

[31] 王芳.改革开放三十年来新闻定义研究综述[J].东南传播,2009(08):13-17.

[32] 陈伟军.新闻与文学的多维参照及互鉴[J].新闻与写作,2018(01):105-108.

[33] 姚永刚.浅析新闻与文学的关系[J].中国地市报人,2015(05):27-29.

[34] 纪德君.清末报载小说叙事"新闻性"探究[J].求是学刊,2015,42(01):130-135.

[35] 叶砺华.走出新闻与文学关系的认识误区[J].东南传播,2013(02):112-113.

[36] 林帆.新闻是"事学"[J].复旦学报(社会科学版),1983(05):88-94.

[37] 杨文忠."新闻是事学"的文体学意义[J].河南大学学报(社会科学版),2007(05):171-175.

[38] 童兵.科学和人文的新闻观[J].新闻大学,2001(02):5-9.

[39] 刘霆昭."短"是新闻的"命"[J].新闻与写作,2011(07):56-58.

[40] 郭光华.小说新闻化及其美学倾向[J].中国文学研究,1989(04):74-79.

[41] 张立.论90年代以来小说中的新闻化叙事[J].常熟理工学院学报(哲学社会科学版),2007(01):53-56.

[42] 王金胜.新世纪小说的新闻化叙事批判[J].东方论坛,2008(03):69-73.

[43] 邱艳.当代小说的新闻性倾向分析[J].文学教育(中),2013(09):29.

[44] 王智.浅谈现当代文学与新闻传播学的关系——以新民主主义思潮时期为例[J].中国报业,2018(15):96-97.

[45] 王欣,张家昀.《世说新语》的社会新闻性质[J].淮南师范学院学报,2008(02):9-12.

[46] 段学民.从新闻学视角看《世说新语》[J].新闻爱好者,2012(02):91-92.

[47] 于伟娜,郭庆龄.略论《朝野佥载》对史学叙事的脱离及其意义[J].时代文学,2011(07):181-182.

[48] 安向前.唐代笔记《朝野佥载》琐谈[J].兰台世界,2011(13):40-41.

[49] 朱爽爽.试论《朝野佥载》的讽刺艺术[J].文教资料,2011(03):7-9.

[50] 欧阳见拙.晚明新闻小说试论[J].明清小说研究,1988(04):30-41.

[51] 康鑫.晚清民国时期报人小说与报刊新闻的互文性[J].中国现代文学研究丛刊,2017(05):162-169.

[52] 余玉.中国报纸时评的早期探索与成功实践:上海《时报》时评研究[J].新闻大学,2017(02):30-37.

[53] 朱占青.论《左传》的客观叙事特征[J].天中学刊,2004(04):52-55.

[54] 文际平.背离与超越:吴趼人短篇小说的叙事模式[J].佛山科学技术学院学报(社会科学版),2011,29(02):30-34.

[55] 李南.受众心理需求视阈下的新闻写作[J].新闻爱好者,2012(10):75-76.

三、博士论文类

[1] 徐萍.从晚清至民初:媒介环境中的文学变革[D].济南:山东师范大学,2011.

[2] 刘永文.晚清报刊小说研究[D].上海:上海师范大学,2004.

[3] 刘少文.论报人生活对张恨水及其小说创作的影响[D].长春:吉林大学,2005.

[4] 蔡之国.晚清谴责小说传播研究[D].扬州:扬州大学,2010.

[5] 赵健.晚清翻译小说文体新变及其影响[D].上海:复旦大学,2007.

[6] 徐先智.晚清文学的"舆论化"现象研究[D].南京:南京大学,2014.

[7] 方晓虹.晚清小说与晚清报刊发展关系研究[D].南京:南京师范大学,2000.

[8] 文迎霞.晚清报载小说研究:以《申报》《新闻报》《时报》《神州日报》为中心[D].上海:华东师范大学,2007.

四、硕士论文类

[1] 吕朋.晚清四大小说家的报业活动研究[D].济南:山东大学,2016.

［2］董伟岩.传播学视域下的《孽海花》研究［D］.汉中：陕西理工学院,2016.

［3］李嘉.晚清小说期刊的商业化倾向研究［D］.南昌：南昌大学,2012.

［4］易红丹.新世纪小说"新闻化"倾向研究［D］.长沙：湖南师范大学,2017.

［5］段闪闪.六朝小说与史书的互渗研究［D］.杭州：浙江师范大学,2015.

［6］黄海霞.老学庵笔记研究［D］.济南：济南大学,2010.

［7］方勇.周密《齐东野语》研究［D］.广州：广州大学,2011.

［8］李英孺.清末政治体制的改革(1901—1911)［D］.开封：河南大学,2014.

［9］张彩凤.近代社会小说的出现及文体研究［D］.南京：江西财经大学,2011.

［10］杨靓靓.《海上花列传》的时代性和创新性探析［D］.泉州：华侨大学,2012.

［11］王林.《申报》与晚清灾荒救济［D］.济南：山东师范大学,2007.

［12］王博潇柔.晚清《申报》(1872—1949)娼妓报道研究［D］.长春：吉林大学,2016.

［13］葛丽丹.从《申报》杨乃武案看重大社会新闻的报道［D］.上海：复旦大学,2007.

［14］蔡海荣.《官场现形记》量词研究［D］.重庆：西南大学,2011.

［15］丁娟.《孽海花》量词研究［D］.无锡：江南大学,2017.

［16］方义祥.《老残游记》量词研究［D］.重庆：重庆师范大学,2014.

［17］钟景就.晚清《申报》刊载小说研究［D］.广州：暨南大学,2020.

［18］樊苗苗.《官场现形记》成语研究［D］.重庆：西南大学,2012.

附录一　《新闻报》刊载自著小说目录

《新闻报》刊载自著小说目录

小说题目	作者	刊出日期	篇幅及类别
眼中留影		1906.4.1—1906.8.17	侦探小说
双义传		1906.8.18—1906.10.3	
女间谍		1906.10.4—1906.10.9	
钻石串		1906.10.10—1907.12.6	社会小说
鸿印记		1906.10.4	短篇小说
炸烈弹		1906.11.7—1906.11.9	札记小说
喜神方		1907.1.4	滑稽小说
小桥情史		1907.1.4—1907.4.26	写情小说
财神哄		1907.1.8	滑稽小说
恶鬼语如		1907.3.1—1907.3.25	侠情小说
慧珠传	佛	1907.3.26—1907.7.8	侠情小说
红巾缘		1907.4.29—1907.7.14	
男女现世宝	顽石公	1911.7.7—1912.1.18	奇情小说
天上春秋		1907.12.1—1907.12.24	滑稽小说
讨债记		1907.12.25	短篇小说
升官发财		1908.1.4	短篇小说
连环计		1908.1.4—1908.2.12	侦探小说
缙绅镜		1908.1.4—1909.闰2.16	社会小说未完

小说题目	作者	刊出日期	篇幅及类别
进化梦		1909. 闰 2.27	短篇小说
无题		1909.3.6	短篇小说
无题		1909.3.13	短篇小说
无题	铁	1909.5.23	滑稽小说
无题	铁	1909.6.6	滑稽小说
财神会议		1909.7.17—1909.7.19	短篇小说
车站之冒失鬼	镇恶	1909.7.20—1909.7.21	短篇小说
千里草	无术生稿	1909.7.22—1909.12.2	社会小说未完
蜡太子		1909.11.15—1910.6.7	侦探小说未完
立宪佳兆		1910.1.4	短篇小说
财神大会议	仕民	1910.1.5	短篇滑稽小说
商场蠢	化民	1910.1.8—1910.10.2	社会小说
苏州凤池庵冤案始末记		1911.8.8—1911.9.4	记事小说
家庭痛	化民	1910.11.10—1911. 闰 6.20	社会小说
飞头案	戛球	1911. 闰 6.1—1911.7.6	

附录二 《时报》刊载自著小说目录

《时报》刊载自著小说目录

小说题目	作者	刊出日期	篇幅及类别
中国现在记		1904.4.29—1904.10.24	未完
新水浒之一节		1904.6.7	
黄面		1904.6.23—1904.6.2	短篇
马贼侠客谈之	冷血	1904.9.21	
中间人	兢公	1904.9.24	短篇小说
红楼轶事	唤醒春梦客述	1904.10.10	短篇小说
张天师	天笑	1904.10.11	短篇文言小说
歇洛克来游上海第一案	冷血戏作	1904.11.12	短篇小说
卖国奴	冷	1904.12.3	短篇小说
拆字先生	冷	1905.1.4	短篇
歇洛克初到上海第二案	天笑	1905.1.10	短篇
黑夜旅行	黑夜旅行者	1905.1.16	短篇小说
火车客	天笑	1905.1.23	短篇小说
白云塔（一名《新红楼》）	冷	1905.3.10—1905.5.20	
军机大臣	赋也，兼	1905.3.19	短篇
三家村	冷	1905.4.18	短篇
新蝶梦	冷	1905.10.14—1905.11.23	言情小说

小说题目	作者	刊出日期	篇幅及类别
环球旅行记	雨	1905.11.24—1905.12.26	未完
千里马	冷	1906.1.4	短篇
飞花城主	冷	1906.1.4—1906.1.7 1906.9.5—19.6.11.23	未完
秋云娘	冷	1906.1.5—1906.2.9	言情小说
新西游记	冷	1906.2.14—1906.3.8 1907.10.3—1907.11.2 1908.1.4—1908.1.24 1908.8.15—1908.9.27	滑稽小说　未完
毒蛇牙	笑	1906.3.18—1906.5.12	
苏州之替察	笑	1906.4.13	短篇小说
张先生	笑	1906.4.20	短篇小说
造人术	笑	1906.4.27	短篇小说
盗贼俱乐部	笑	1906 闰.4.5	短篇小说
王公子	笑	1906 闰.4.12	短篇小说
新黄粱巧	笑	1906 闰.4.26	短篇小说
五烟先生	笑	1906.5.3	短篇小说
人力车夫	笑	1906.5.10	短篇小说
销金窟	笑	1906.5.13—1906.9.4	
爱国幼年会	笑	1906.5.17	短篇小说
纸扎常备军	笑	1906.5.24	短篇小说
新水浒之一斑——黑旋风大闹火车站	笑	1906.6.16	短篇小说
新儒林之一斑——瞧热闹建公孙赴宴	笑	1906.6.30	短篇小说
虚业学堂	笑	1906.7.7	短篇小说
梦想世界	笑	1906.7.14—1906.8.27	短篇小说

小说题目	作者	刊出日期	篇幅及类别
范高头之历史		1906.8.30	时事小说
盗贼官吏		1906.10.20—1906.10.21	短篇小说
吗啡案歇洛克来华第三案	冷	1906.11.15	短篇
侦探之侦探（一名《土里罪人》）	冷	1906.11.29—1907.3.25	
外交太守	韵琴	1906.12.7	短篇外交小说
藏枪案"歇洛克来华第四案"	笑	1906.12.12	短篇
无音瀑	笑	1906.12.16—1906.12.24	短篇小说
大吉羊	笑	1907.1.4	短篇小说
情网	笑	1907.3.28—1908.3.8	
双泪碑	南梦	1907.4.22—1907.5.1	哀情小说
雌蝶影	包袖斧	1907.5.2—1907.7.5	悬赏小说
彗星来	笑	1907.5.3	短篇小说
《哀史》之一节《逸犯》	冷	1907.7.8—1907.7.27	
保险行	毅孜	1907.7.17	短篇小说
王妃怨	冷	1907.7.28—1907.10.1	史谈
馒头大协会	笑	1907.10..12	短篇小说
军装侦探之侦探一	冷	1907.10.17	短篇
名片侦探之侦探二	冷	1907.10.18	短篇
三五少年侦探之侦探三	冷	1907.10.19	短篇
某客栈侦探之侦探四	冷	1907.10.20	短篇
某业	冷	1907.10.21	短篇时事小说
青阳港	笑	1907.10.23	短篇小说

续　表

小说题目	作者	刊出日期	篇幅及类别
奴隶列传	健来稿	1907.10.27	寓言小说短篇
女丈夫	冷	1907.11.3—1907.12.13	探险小说
丐者传	寄庐生	1907.11.26	短篇
盲人都会	冷	1907.12.21	短篇小说
逸红楼	无竞厂主人述	1907.12.21	短篇小说
客丐谈	痰迷	1907.12.22—1907.12.25	短篇
灶君会	笑	1907.12.24	短篇
财神宴	笑	1908.1.4	短篇
新年谈	程彦农	1908.1.4	短篇
海外乞	彦农	1908.1.13	短篇
魁星教育	彦农	1908.1.14	短篇小说
某镇	冷	1908.1.15	短篇小说
某统领	逸猿	1908.1.17	时事短篇
窟中人	冷	1908.1.24—1908.5.25 1908.6.26—1908.8.14 1909.7.15—1910.3.1	奇情小说
黄家村	方容均	1908.1.27—1908.1.28	时事短篇
某学生与某教员	明公	1908.2.21	短篇小说
美少年	冷	1908.1.27	时事小说
七姜令	冷	1908.3.6	时事小说
运动家	笑	1908.3.11	时事小说
外交家	冷	1908.3.12	时事小说
莲花娘	笑	1908.3.12—1908.3.18	短篇小说
某县令	笑	1908.3.20	短篇小说
无政府党之一夜如	笑	1908.3.22—1908.4.7	

续　表

小说题目	作者	刊出日期	篇幅及类别
续某县令	热血	1908.3.23	短篇小说
图画课	雍西	1908.3.26	短篇小说
新发明家大财政家	剑花	1908.4.3	短篇时事
易魂新术	笑	1908.4.8—1908.5.30	滑稽小说未完
母教	沪南家政会稿	1908.4.13—1908.4.17	家政小说
首县	冷	1908.4.18	时事短篇
江苏大激战		1908.4.30—1908.5.1	短篇小说
大成教		1908.5.2	短篇小说
节关	彦农	1908.5.5	短篇小说
妇道	沪南家政会稿	1908.5.7—1908.5.14	家政小说
毕业生	豫东野人	1908.5.18	短篇小说
地中怪贼	冷	1908.5.26—1908.6.15	侦探小说
梅花落	笑	1908.6.1—1909.7.13	长篇小说
盐场官	笑童	1908.6.23	短篇小说
少妇泪		1908.7.17	短篇小说
花少年	容均	1908.7.20—1908.7.21	短篇小说
严拿私刑开灯吃	王翁来稿	1908.7.23	短篇小说
虎狼窟	豫东野人	1908.7.26	短篇小说
吃乳官	季通	1908.7.28	短篇小说
黄金禅		1908.8.6	短篇时事小说
黑籍部	虞灵	1908.8.18	短篇小说
某公子	承郊	1908.8.26	短篇时事小说
浇薄儿	彦农	1908.9.1	短篇时事小说
某局绅	佛圆	1908.9.3	短篇时事小说

小说题目	作者	刊出日期	篇幅及类别
梅花女	容均	1908.9.4	短篇时事小说
禁烟谈	拙农	1908.9.5—1908.9.6	短篇时事小说
冤狱记	新安逸民	1908.9.7—1908.9.8	短篇时事小说
杨女士	笑	1908.9.17—1908.9.18	短篇时事小说
六女案	彦农	1908.9.25	短篇小说
杀人医生		1908.9.25	短篇时事小说
决斗（一名《金里罪人》）	冷	1908.9.29—1908.11.8	侦探小说
陈夫人	笑	1908.10.1—1908.10.4	短篇时事小说
军界魔鬼	凤章	1908.10.3	短篇时事小说
绅学生	凤章	1908.10.23	短篇时事小说
华盛顿之临终	笑	1908.10.24—1908.10.25	短篇时事小说
拿破仑之临终	冷	1908.10.26—1908.10.28	短篇时事小说
昙花女	周生女士	1908.10.30	短篇时事小说
狐祟	忧时子	1908.11.3	短篇小说
五五先生		1908.11.10	短篇小说
上海之流氓		1908.11.12	短篇时事小说
记客谈	承效	1908.11.13	短篇时事小说
国丧时之警察	亚通	1908.11.21	短篇时事小说
鸡谈为	冷	1909.1.4	短篇时事小说
十甲某闻	我亦	1909.闰2.6	选举小说
后十甲某	采南	1909.闰2.15—1909.闰2.16	选举小说
第三之十甲某	趣趣	1909.闰2.19—1909.闰2.20	选举小说
星期日	溪上少云氏	1909.闰2.125	短篇小说
三月十五	冷	1909.3.14—1909.3.15	短篇小说

续　表

小说题目	作者	刊出日期	篇幅及类别
催眠术谈之一 ——少女	冷	1909.3.14	短篇小说
催眠术谈之二 ——侦探	冷	1909.5.6—1909.6.13 1909.4.15—1909.4.16	短篇小说
局诈明珠案		1909.6.13—1909.6.13	侦探小说
鬼僧惊人案		1909.6.3—1909.6.27	侦探小说
教师中计案		1909.7.17—1909.7.25	侦探小说
恶妇习狼案		1909.8.10—1909.8.19	侦探小说
一封书	目	1909.6.16	短篇小说
一生	旁观	1909.6.17—1909.6.18	考试小说
冯妇第二	静观	1909.7.29	短篇小说
科学侦探	冷	1909.9.19—1909.9.26	短篇小说
破伤风	禅	1909.9.29	短篇医学小说
美人疥	禅	1909.10.3	短篇医学小说
黑死病	禅	1909.10.9	短篇医学小说
犬	冷	1910.1.4	短篇小说
空谷兰	笑	1910.3.2—1910.12.18	长篇小说未完
飞天破敌球		1910.8.4	短篇小说
飞行船	冷	1910.8.5	短篇小说
跑冰娘	蟠	1910.8.20—1910.8.22	短篇小说
怪人	冷	1910.8.23—1910.10.6 1910.12.19—1911.2.14	长篇小说未完
猪八戒	冷	1911.1.4	短篇小说
倒乱千秋	无知少年	1911.1.30	短篇小说
非洲石壁	冷	1911.2.15—1912.4.15	长篇小说未完
挑开地狱门	老夫	1911.4.1—1912.4.6	未完

小说题目	作者	刊出日期	篇幅及类别
梨园劫	知你	1911.4.7	短篇白话小说
侠女	剑平	1911.4.25—1911.7.1	短篇小说
黄花劫	铁冷	1911.4.28—1911.5.2	短篇小说
老兄谈	蟫仙	1911.5.5	短篇小说
黑籍镜	军国民	1911.5.6—1911.5.7	短篇时事小说
饭桶史	吴门九二	1911.5.8	寓言小说
五毒	铁冷	1911.5.9—1911.5.13	短篇小说
新索问	蟫仙	1911.5.14—1911.5.16	短篇小说
学究谈天	铁冷	1911.5.17—1911.5.20	短篇小说
鸡代表	蟫仙	1911.5.21—1911.5.24	短篇小说
错恨	铁冷	1911.5.25—1911.6.4	短篇小说
测字者之言	金秀卿	1911.5.28	短篇小说
可怜虫	球	1911.5.26—1911.6.17	侦探小说
瞎说	铁冷	1911.6.5—1911.6.10	短篇小说
镀金表	一笑	1911.6.12—1911.6.14	短篇小说
新朱卷	铁冷	1911.6.15—1911.6.19	未完
烟枪救命	笑世	1911.6.20	短篇小说
臭虫谈	慰元	1911.6.21—1911.6.24	短篇小说
社会妖	嚼舌	1911.6.25	短篇小说
哀婢歌	江纫兰女士	1911.6.26—1911.6.29	短篇小说
动物做官谈	凤孙	1911.6.30—1911.闰6.2	短篇小说
汽笛声中之烟雾谈	半霖	1911.闰6.3—1911.6.8	短篇小说
寺中人		1911.闰6.12—1911.6.14	短篇小说

小说题目	作者	刊出日期	篇幅及类别
信口开河	勇往之	1911. 闰6.18	短篇小说
恶讼师	傅卿	1911. 闰6.19—1911.6.20	短篇小说
野游谈	巽之	1911. 闰6.21—1911.6.23	短篇小说
续滑稽游记	冰血	1911. 闰6.25—1911.6.27	短篇小说
老学究臭谈	寿侠	19117.11—1911.8.5	短篇小说
奇怪	哀笑	1911.8.6—1911.87	短篇小说
乞儿漂院	舍予	19118.8—舍予	短篇小说
秋梧阁传	剑魂	1911.8.10—1911.8.13	短篇小说
哈哈笑	笾骚、文言	1911.8.15	短篇小说
见钱眼开	舍予、文言	1911.8.17—1911.8.18	短篇小说
滑稽游记	巍松、白话	1911.6.19—1911.8.23	短篇小说
卖先生	醉剧	1911.8.25—1911.8.26	短篇小说
虾莺战争记	雁南	19118.27	寓言小说
反对人	涤骨	1911.8.28—1911.8.29	短篇小说
小贼也要想做绅董了	无我	19118.28—1911.8.29	短篇小说
齷齪儿	涤骨少年	1911.9.1—1911.9.2	短篇小说
卖先生	涤骨	1911.9.3—1911.9.4	短篇小说
夜未央	涤骨	1911.9.5	短篇小说
旅客	涤骨	1911.9.6	短篇小说
新三国志	涤亚	1911.9.7—1911.9.14	短篇小说
拆字先生	涤骨	1911.9.9	短篇小说
祝英台	少蝉	1911.9.11	短篇小说
你来了		1911.9.14—1911.9.23	短篇小说
新小热昏	不名	1911.9.17—1911.9.18	未完

小说题目	作者	刊出日期	篇幅及类别
劝助军饷	冷眼	1911.11.6—1911.11.9	短篇小说
金戈戈小传	如狂	1911.12.2	短篇小说
龟大王	立志	1911.12.6	短篇小说
六畜谈	立志	1911.12.18—1911.12.19	短篇小说

附录三 《绣像小说》刊载自著小说目录

《绣像小说》刊载自著小说目录

小说题目	作者	刊出日期	篇幅及完成
文明 小史（附插图）	南亭亭长 自在山民	1903 第 1—13 期 1904 第 16—30 期 1905 第 41—56 期	长篇
泰西历史演义 （附插图）	洗红庵主	1903 第 1—7 期 1904 第 15—25 期	长篇
活地狱（附插图）	南亭亭长 愿雨楼	1903 第 3—11 期 1904 第 16—30 期	长篇
华生包探案		1903 第 1—8 期 1904 第 12—20 期	未完
邻女语（附插图）	忧患余生	1903 第 5—13 期	长篇
老残游记（附插图）	洪都百炼生	1903 第 9—15 期 1904 第 16—18 期	长篇
负曝闲谈	蘧园	1903 第 3—9 期 1904 第 17—25 期 1905 第 41 期	长篇
维新梦传奇 （附插图）	惜秋 旅生 遁庐补剩	1903 第 1—4 期 1904 第 9—27 期	长篇
痴人说梦记 （附插图）	旅生	1904 第 18—30 期 1905 第 41—42、47—54 期	长篇
月球殖民地	荒江钓叟	1904 第 1—24 期 1905 第 42、59—62 期	长
童子军传奇	遁庐	1904 第 7—9 期	未完

小说题目	作者	刊出日期	篇幅及完成
文明 小史（附插图）	南亭亭长 自在山民	1903 第 1—13 期 1904 第 16—30 期 1905 第 41—56 期	长篇
瞎骗 奇闻（附插图）	茧叟	1905 第 41—46 期	长篇
童子军传奇	遁庐	1905 第 41—54 期	长篇
市声 （附插图）	姬文	1905 第 43—47 期；第 55—65 期 1906 第 66—72 期	长篇
未来教育史（附插图）	悔学子	1905 第 43—46 期	未完
活地狱（附插图）	南亭亭长、愿 雨楼、茧叟、 茂苑惜秋生	1905 第 43—58、60—61、63—65 期 1906 第 68—72 期	长篇
扫迷帚（附插图）	壮者	1905 第 43—52 期	长篇
学究新谈（附插图）	吴蒙	1905 第 47—51、55—65 期； 1906 第 66—72 期	长篇
生生袋	支明 辒梅	1905 第 49—52 期	长篇
玉佛缘	嘿生	1905 第 53—58 期	长篇
花神梦	血泪余生	1905 第 56—59 期	长篇
世界进化史 （附插图）	惺庵	1905 第 57—65 期 1906 第 66—72 期	未完
三疑案		1905 第 60—62 期	未完
苦学生	杞忧子	1905 第 63—67 期	长篇

附录四　《新小说》刊载自著小说目录

《新小说》刊载自著小说目录

小说题目	作者	刊期	篇幅及完成
东欧女豪杰	岭南羽衣	1902 第 1—3 期 1903 第 4—5 期	长篇未完
洪水祸	雨尘子	1902 第 1 期 1903 第 7 期	长篇未完
新中国未来记 （稿本）		1902 第 1—3 期 1903 第 7 期	长篇未完
侠情记传奇	饮冰室主人	1902 第 1 期	短篇
结婚奇谈		1902 第 2 期	短篇
老学究叩阁记	弗措斋戏作	1902 第 3 期	短篇
痛史	我佛山人	1903 第 8 期 1904 第 9—12 期 1905 年 2 卷第 1、5—6、8—12 期	长篇
回天绮谈	玉瑟斋主人	1903 第 4—6 期	长篇未完
海底旅行	红溪生述	1903 第 5—6 期 1904 第 10 期、12 期 1905 年 2 卷第 1、5—6 期	长篇
唐生	平等阁着	1903 第 7 期	短篇
二十年目睹之怪现状	我佛山人	1903 第 8 期 1904 第 9—12 期 1905 年 2 卷第 1—3、5—12 期	长篇

小说题目	作者	刊期	篇幅及完成
警黄钟传奇		1904 第 9—11 期 1905 年 2 卷第 1—5 期	长篇
失魄	破迷	1904 第 12 期	短篇
九命奇冤	岭南将叟重编	1904 第 12 期 1905 年 2 卷第 1—12 期	长篇
狐魅		1904 第 12 期	短篇
臼神		1904 第 12 期	短篇
黄绣球	颐琐	1905 年 2 卷第 3—12 期	长篇未完
惜字获报		1905 年 2 卷第 3 期	短篇
说命		1905 年 2 卷第 3 期	短篇
三老爷		1905 年 2 卷第 3 期	短篇
女巫	破迷	1905 年 2 卷第 3 期	短篇
爱国魂传奇	川南筱波山人	1905 年 2 卷第 7—12 期	长篇未完

附录五　《小说林》刊载自著小说目录

《小说林》刊载自著小说目录

小说题目	作者	刊期	篇幅及完成
入场券	卓呆	1907 第 1 期	短篇
孽海花	爱自由者 东亚病夫	1907 第 1—4 期	长篇
魔海	任墨缘　觉我	1907 第 1—8 期	长篇
地方自治	饮椒	1907 第 2 期	短篇
买路钱	卓呆	1907 第 3 期	短篇
戕弟案	紫崖	1907 第 3 期	短篇
平望驿	饮椒	1907 第 4 期	短篇
三勇士	天笑	1907 第 4 期	短篇
滑稽谈	吴钊	1907 第 5 期	短篇
绿林侠谭	王蕴章	1907 第 5 期	短篇
亲鉴	老骥氏 冷眼人	1907 第 5—8 期	长篇
警察之结果	陶报癖	1907 第 6 期	短篇
乐队："啵！啵！ 啵！冬！冬！冬！"	卓呆	1907 第 6 期	短篇
碧血幕	天笑生	1907 第 6—9 期	未完
吃大菜	紫崖	1907 第 7 期	短篇
温泉浴	卓呆	1907 第 7 期	短篇

续　表

小说题目	作者	刊期	篇幅及完成
好男儿	铁汉	1908 年第 9 期	短篇
青羊裯	不因人	1908 年第 9 期	短篇
停车场	邵粹夫	1908 年第 9 期	短篇
奇童案	涵秋	1908 年第 9 期	短篇
临镜妆	铁汉　可庵加	1908 年第 9—11、12 期	短篇
穷丐	涵秋	1908 年第 10 期	短篇
俄罗斯之报冤奇事		1908 年第 11 期	短篇
劈棺	石如麟	1908 年第 11 期	短篇
西装之少年	陈铗侯	1908 年第 11 期	短篇
伪电案	罗人骥	1908 年第 11 期	短篇
白绫布	紫崖	1908 年第 12 期	短篇

附录六　《月月小说》刊载自著小说目录

《月月小说》刊载自著小说目录

小说题目	作者	刊期	篇幅及完成
两晋演义序（续）	萧然郁生	1906 第 1 期	短篇
中国进化小史	燕市狗屠	1906 第 1 期	短篇
预备立宪	偈	1906 第 2 期	短篇
八宝匣	知新室主人	1906 第 1—2 期	短篇
弱女救兄记	品三	1906 第 1—2 期	短篇
大改革	趼	1906 第 3 期	短篇
情中情	我佛山人	1906 第 1—2 期 1907 第 5 期	未完
恨海	新广	1906 第 3 期 1907 第 6 期	短篇
两晋演义（甲部 历史小说第一种）	我佛山人	1906 第 1—4 期 1907 第 5—7、9 期	未完
新封神传	大陆	1906 第 1—4 期 1907 第 7、10 期	长篇
盗侦探 （又名《金齿记》）	解朋	1906 第 2—3 期 1907 第 10—12 期 1908 第 6—7、9—12 期	长篇
悬呑猿传奇（续）	祈黄楼主	1906 第 2—4 期	短篇
玄君会		1906 第 3 期	短篇
义盗记	趼	1906 第 3 期	短篇

续 表

小说题目	作者	刊期	篇幅及完成
黑籍冤魂	趼	1906 第 4 期	短篇
新再生缘（续）		1906 第 4 期 1907 第 5 期	短篇
新石头记	报癖	1906 第 6 期	短篇
庆祝立宪	趼	1906 第 1 期	短篇
发财秘诀（一名《黄奴外史》）	趼	1907 第 11—12 期 1908 第 1 期	短篇
刺国敌	角胜子	1907 第 5—6、8—10 期	长篇
后官场现形记	白眼新	1907 第 9 期 1908 第 3—9 期	长篇
劫余灰	我佛山人	1907 第 10—11 期 1908 第 1、3—4、5—9、11—12 期	长篇
海底沉珠	新庵主人 知新室主人	1907 第 10 期	未完
海底世界	春帆	1907 第 10—11 期	未完
乞食女儿	冷	1907 第 10 期	短篇
人镜学社鬼哭传	趼人	1907 第 10 期	短篇
风云会	玉泉樵子	1907 第 10、12 期； 1908 第 1—3、5—12 期	长篇
破产	冷	1907 第 11—12 期	短篇
柳非烟	天虚我生	1907 第 11—12 期 1908 第 1—2、4—6 期	长篇
未来世界（续）	春帆	1907 第 11—12 期； 1908 第 1—5、7—12 期	完篇
云南野乘	趼	1907 第 11—12 期； 1908 第 2 期	未完
学究教育谈	天僇生	1907 第 12 期	短篇
快升官（记事）	趼	1907 第 5 期	短篇

小说题目	作者	刊期	篇幅及完成
立宪万岁（滑稽）	跀	1907 第 5 期	短篇
平步青云（笑枋）	跀	1907 第 5 期	短篇
大人国	老骥氏	1907 第 6—8 期	短篇
上海游骖录	跀	1907 第 6—8 期	短篇
小足捐	陶安化	1907 第 6 期	短篇
上海侦探案	吉	1907 第 7 期	短篇
两晋演义卷二（甲部历史小说第一种）	我佛山人	1907 第 8—10 期	短篇
查功课	跀	1907 第 8 期	短篇
恨史（言情）	报癖　阿阁	1907 第 8 期	短篇
黄勋伯传	跀	1907 第 8 期	短篇
新镜花缘	萧然郁生	1907 第 9—11 期 1908 第 1—3、10—11 期	长篇
少年军	社员	1907 第 9 期	短篇
运动	韬光	1908　第 1 期	短篇
公冶短	沁梅	1908 第 1 期	短篇
光绪万年	我佛山人	1908 第 1 期	短篇
今年维新	大陆	1908 第 1 期	短篇
女侦探	冷	1908 第 1—3 期	短篇
福禄寿财喜	原	1908 第 1 期	短篇
诸神大会议	笑	1908 第 1、5 期	短篇
自由结婚	知新室主人	1908 第 2 期	短篇
失珠	马江剑客 天民	1908 第 3—5 期	短篇
南存都阅兵记	天石	1908 第 3 期	短篇
新舞台湾雪记	报癖	1908 第 3 期	短篇

小说题目	作者	刊期	篇幅及完成
孤臣碧血记	天僇生	1908 第 4 期	短篇
媚红楼	天虚我生	1908 第 4 期	短篇
爆烈弹	冷	1908 第 4、6 期	短篇
杀人公司	冷	1908 第 5 期	短篇
孽海花（班本）	东亚病夫 天宝宫人	1908 第 5—9 期	长篇
新泪珠缘	天虚我生	1908 第 7—9、12 期	未完
放河灯	非非国手	1908 第 7 期	短篇
世界末日记	笑	1908 第 7 期	短篇
俄国皇帝	冷	1908 第 7 期、9 期	短篇
暗中摸索	虚白	1908 第 8 期	短篇
玉环外史	天僇生	1908 第 8—9 期、12 期	短篇
新乾坤	石膓山民	1908 第 8 期	未完
爱芩小传	绮痕	1908 第 9 期	短篇
猴刺客	黄翠凝	1908 第 9 期	短篇
空中战争未来记	笑	1908 第 9 期	短篇
介绍良医	阎异	1908 第 9 期	短篇
倪鎏传	飞	1908 第 9 期	短篇
善良烟鼠	柚斧	1908 第 9 期	短篇
水深火热	知新室主人	1908 第 9 期	短篇
学界镜	应叟	1908 第 9—12 期	未完
碧桃小传	流沙	1908 第 10 期	短篇
女豪杰	月行窗主	1908 第 10—11 期	短篇
天国维新	想非子	1908 第 10 期	未完
新鼠史	柚斧	1908 第 10、12 期	短篇

小说题目	作者	刊期	篇幅及完成
阿凤	原广	1908 第 11 期	短篇
赤斗篷	笑	1908 第 11 期	短篇
鸡卵世界	柚斧	1908 第 11 期	短篇
巧妇	柚斧	1908 第 11 期	短篇

后 记

　　岁月总是太匆匆，不允许你做任何停留。几年前，因为学校工作的需要，把我一个学中国现当代文学专业的人调到新闻学做专业教师。这对于我来说，实在太陌生，找不到归属感。也正基于此，我在做博士论文选题时经过再三考虑，征得导师的同意后，在文学和新闻学之间找到一个切入点，展开了我的研究。

　　衷心感谢我的老师王卫平教授的精心指导！王老师无论学识还是修养，都让人极为钦佩。特别是在我遇到人生中最大的困难，多次想要放弃写作时，老师和师母给予了我无限的关怀和鼓励，正是这份温暖备至的师生情和亲情让我得以坚持走到今天，再次向老师和师母表示诚挚的谢意！

　　感谢为了我的工作和学习一直默默帮助我的爸爸、妈妈、老公和可爱的儿子。你们都是我最爱的人。爸爸看到我坐在电脑前不断翻阅电子期刊，他也戴上老花镜，坐在我身边，跟我一起完成下载任务，我们两个人竟然在三个月的时间里，把晚清四大小说期刊的影印版全部都下载到了电脑里。为了我能顺利完成工作和学习任务，妈妈和老公承担起家庭生活的日常琐事，让我能够全身心地投入到工作和学习中去！感谢我的宝贝，他用自己的努力赢来优异的成绩，也在不断给予我拼搏向前的正能量。生活在这样的家庭，我感到很幸福！能看到女儿的成长，一直是陪伴在我左右、无私付出的妈妈的最大心愿。可是令人意想不到的是，身体一直很棒的她突然因为腰部剧烈疼痛而顽强地挺过两次大手术，但是命运依旧没有给予她优待，在短短六个月的时间里，癌症还是夺走了我的挚爱。记得2022年1月，在受到癌细胞侵袭而躺在病床上无法讲话时，妈妈还紧握着我的手，使尽全身力气冲我点头，鼓励我克服一切困难完成心愿……如今这本书已经付梓，却再也不见妈妈慈爱的目光……这成了我一辈子的遗憾！

最后，对默默关心我、给予我帮助的辽师文学院的老师们，鞍山师范学院的冯雪冬院长、王启凡教授、王珩教授，大连外国语大学的吴扬，辽宁师范大学的万水、徐清、王静表示诚挚的谢意！

谨以此书献给我最亲最爱的妈妈！